KB077614

영광된 미래의 초석

개벽

박모은
장편소설

개벽

박모은
장편소설

영 광 된 미 래 의 초 석

1
上

맑은샘

일러두기

민간에 널리 퍼져 있는 선인과 도통한 스님들의 구전 설화와 세계 예언자들의 예언을 한국 중심의 판타지로 재구성한 것입니다.
이야기 구성은 창작이므로 특정 종교와는 무관합니다.

차례

1부 - 上

인연

“이 강산이 피로 물들고 선량한 목숨이 무수히 죽겠구나. 나라 전체가 전란에 휩싸이니 이 백성들을 어찌하나…….”

방문을 열어젖히고 한 팔을 문지방에 걸친 20대 후반의 젊은 스님이 긴 한숨을 내쉬며 혼잣말을 내뱉었다.

일곱 살에 출가하여 산문에 들어온 지 열여덟 해가 되었다. 어려서부터 신들이 따라다니면서 주변 상황을 얘기해 주었었다. 출가를 하고 점점 더 큰 신들이 따라다녔고, 어느 정도 지나자 신들의 도움 없이도 미래가 보이기 시작한 지 수 년이 되었다. 주변의 신(神)들과 소통을 하면서 먼 곳의 사정까지 알게 되고 다가올 미래와 주변의 잡다한 일들까지 보이는 경지에 이른 것이다. 도의 경지가 높을수록 그 사람을 호위하는 신의 크기도 커서 빛을 강하게 발산했다. 빛의 크기나 세기에 따라 도력이나 신통력도 결정되었기 때문에 신통력과 빛의 크기는 비례했다.

이 젊은 스님에게는 수호신들이 줄줄이 따라다녔고 사람들 눈에 보이지 않는 빛이 은은하게 빛나고 있었다.

닦은 도(道)에 따라 각기 다른 빛과 크기를 가진 도인은 전국 방방

곡곡에 있었다. 그 빛의 주인공은 수호신을 통해 어디에 도력이 높은 도인이나 선인이 있는지 알고 있었다. 젊은 스님은 도력이 높은 도인이나 선인을 한 번도 본 적도 만난 적도 없었기에 한 번 전국을 돌며 만나 보고 싶어졌다. 그들의 수행 방법과 그들의 도력은 얼마나 되는지…… 앞으로 다가올 국난을 알고 있을 텐데…… 그러면 그들은 이 위기를 어떻게 생각하고 있는지 알고 싶어진 것이다.

아침부터 불경을 읽다 잠시 바라본 미래가 암담하자 가슴이 답답해진 젊은 스님은 책을 덮고 나갈 채비를 하였다.

하늘은 속절없이 맑고 하얀 구름이 둥실 떠 가고 있었다.

"공양간에 가십니까, 스님?"

며칠 만에 문밖으로 나오는 젊은 스님을 보고 꽃밭에서 풍뎅이와 무당벌레를 희롱하던 동자승이 쪼르르 달려왔다.

"바랑을 메셨네요. 어디 가십니까?"

"그래. 내가 얼마나 걸릴지 모르겠다만 전국을 한 바퀴 돌아올 터이니 주지 스님께 그리 말씀 전해 다오."

"그렇게 오랫동안 나가계시면서 주지 스님께 인사도 안 하고 가십니까?"

"주지 스님께서 나를 불편해하신다. 한 번이라도 덜 마주치는 것이 주지 스님을 돕는 일이니라. 다시 볼 때까지 몸 건강히 잘 있거라."

"예! 일옥 스님! 건강히 잘 다녀오십시오."

배웅하는 동자승을 뒤로하고 일옥 스님은 텅 빈 바랑을 짊어지고 산문을 나섰다.

주지승과 일옥 스님과는 사이가 좋지 않았다. 일옥 스님이 수행에

만 몰두하면서 다른 승려들과 달리 절의 크고 작은 일을 전혀 돕지 않았고, 탁발을 하거나 찾아오는 신자들에게 눈길 한 번 주지 않았던 것이다. 절간의 살림에 전혀 도움이 되지 않자 일옥 스님에게 돌아온 것은 차가운 냉대였다. 일옥 스님은 그럼에도 불구하고 불경과 수도에만 몰두하고 또 몰두했다.

그렇게 일옥 스님은 불경에 몰두하느라 누구를 탓하고 생각할 조금의 틈도 없었기 때문에 미워하는 것은 오로지 주지 스님의 일방통행이었을 뿐이었다.

완연한 봄기운에 들꽃이 군데군데 피어 있고 이슬을 머금은 싱그러운 풀내음이 가득한 산속, 여기저기서 영롱한 새소리가 들리는 한적한 오솔길을 따라 걸었다. 주변에 있는 절들을 간혹 돌아보기는 했지만, 이번에는 큰맘 먹고 아래부터 위쪽의 명산대찰의 큰 스님들, 빛을 내고 있는 선인들을 만나 볼 요량으로 나선 것이다.

산을 내려오자 너른 들판이 끝없이 펼쳐졌다. 들녘에는 농부들이 소와 함께 쟁기질하며 일하는 모습이 군데군데 보였고 초막들이 몇 채씩 옹기종기 모여 작은마을을 형성하고 있었다.

아무런 준비 없이 훌쩍 떠나온 길이지만 가는 길에 혼자 계신 어머니 오두막에 들렀다.

아버지도 어린 시절에 돌아가셔서 홀로 남은 어머니는 남의 집안일을 도와주며 품팔이한 대가로 근근이 명을 이어가고 있었다. 자식으로서 편안하게 봉양하는 것이 도리였으나 일곱 살 어린 나이에 입 하나 줄이기 위해 출가시킨 아들은 불법에 매진하느라 어쩌다 한 번씩 겨우 생사를 확인하는 정도였다. 집에서 바느질하던 어머니는 아들을 알아보고 맨발로 밖으로 나왔다. 먹지 못해 볼우물이 움푹 팬 어머니를 보니 가슴이 메어왔지만, 다행히 병든 곳 없이 건강해 보였다. 물 한 사발을 청해 마시고 인사를 하고 돌아서자 밥이라도 한술 뜨고 가라며 붙잡았다. 없는 살림에 밥 한 그릇이면 커다란 보시다. 쌀독이 빈 것을 아는 일옥이 미소를 지으며 고개를 젓자 어머니가 솥에 눌어붙은 보리뿐인 누룽지를 긁어 가는 길에 먹으라며 조그만 덩어리를 아들의 손에 쥐어줬다.

일옥 스님이 빙그레 웃으며 합장을 하고 말했다.

"보살님의 사랑은 산천초목도 감동시킵니다. 나무 관세음보살……."

아들이 떠나고 솥을 씻기 위해 솥뚜껑을 연 어머니는 깜짝 놀랐다.

조금 전에 보리 누룽지를 긁어 주고 텅 비어 있던 솥에 하얀 쌀이 가득 들어 있던 것이다. 깜짝 놀란 어머니의 눈에 눈물이 고였다.

"아들이 아니라 진정 부처님이로구나."

어머니는 멀어져 간 아들의 뒤에 대고 다시 절을 하였다.

일옥 스님이 산문을 나선 것은 그동안 미뤄 왔던 묘향산에서 도를 닦고 있는 청허 스님을 만나려는 것이다. 남다른 도력과 명망이 자자한 대사님이었고 자신이 본 앞날이 맞는다면 앞으로 이삼 년 안에 닥칠 답답한 시기가 한동안 계속될 것이었다. 그러한 느낌을 큰스님도 같이 느끼리라 생각해서 이 난국을 도를 닦는 스님의 입장에서 어떻게 생각하는지 알고 싶었다. 물론 자신은 이 난국과 무관하게 도를 닦는 일에만 정진하겠지만 불도를 닦는 도인이기 전에 이 땅에 발을 딛고 사는 민초인 것이다. 나라가 없으면 불도인들 제대로 정진할 수 있겠는가.

묘향산으로 가려면 북쪽으로 가야 하지만 일옥 스님의 발걸음은 남쪽으로 향했다. 일찍이 보지 못했던 서기가 남쪽 아래에 머물고 있었다.

'저 빛을 따라가면 대단한 도인이 있을 것이다. 어느 불도인이나 선인의 도력보다도 강하다. 여기저기 선인들이 있기는 하지만 저런 빛을 뿜어내는 정도라면 가히 하늘에서 낸 인물일 것이다.'

가끔 밤에 책을 읽다가 마당에 나와 밤하늘의 별을 보았다. 남쪽에서 한줄기 유독 큰 서기가 뻗쳐 있고 북쪽에도 여러 개의 빛이 빛나고 있었다. 물론 다른 선인이나 도인들이 본다면 자신의 빛도 보였겠지만 이 빛은 사람에게서 나는 게 아니라 도를 닦을수록 그 도인에게 도움을 주기 위한 신(神)들이 모여들어 내는 빛이었다. 도력이 높다는 것은 이 신들을 부리는 능력이 높다는 것이었고 빛이 강할수록 큰 신이었던 것이다.

걷다가 밤이 되면 민가에 의탁하여 하루 유숙하기도 하고, 그도 여의찮을 때는 나무 아래 누워 잠들기도 하였다.

빛을 따라 간 곳은 바닷가가 보이는 작은 고을이었다. 민가가 드문드문 있었고 해변이 넓게 펼쳐져 있어 농업보다는 어업으로 생업을 잇는 고을이었다. 한적하면서도 평화로운 파도 소리가 산속의 산문을 스치는 바람소리처럼 정겨웠다. 간혹 비린내가 풍기는 것 빼고는…….

남루한 행색으로 바닷가 마을을 이틀 동안 돌아다녔지만, 얼굴을 아는 것도 아니어서 마주치는 한 사람, 한 사람의 일굴을 살피며 길있다. 마음속으로 상대가 자신을 먼저 알아볼 수 있기를 기대하면서 되도록 천천히 걸었다. 민가가 몇 채 줄지어 있는 마지막 집에 '주막(酒幕)' 팻말이 붙어 있는 집을 지날 때였다.

"여보시오, 거기 스님! 이리 오셔서 곡차나 한잔하고 가시오."

스님이 고개를 돌리자 낮은 담장 너머 평상 위에 걸터앉은 남자가 단출한 작은 술상을 앞에 놓고 어서 오라고 손짓을 하고 있었다.

일옥 스님은 한눈에 그자가 자신이 찾아다니던 선인임을 알았다. 일옥 스님이 남자 앞으로 가서 합장하고 술상 맞은편에 앉았다.

"소승, 마침 곡차가 고팠던 참이었습니다. 이렇게 베풀어 주시니 부처님의 가피가 매우 크옵니다."

일옥 스님보다 연배가 십 년은 더 된 듯한 남자가 빈 잔에 술을 따라 주며 일옥을 바라보았다.

"먼 길 오시느라 고생했소. 드시지요. 이 집 곡차가 이 고을에서 으뜸이오."

술 취한 것 같으면서도 눈빛은 형형하게 빛나고 가늠할 수 없는 기(氣)가 주변에 꽉 차 있었다. 일찍이 이런 기를 경험한 적이 없던 일옥은 관리 복장을 하고 있는 이 사람의 정체가 궁금해졌다.

"소승이 오는 것을 아셨군요. 미리 잔까지 마련해 놓구요."

"이틀 전부터 이 고을을 다니시더이다. 조금 위쪽 산자락에서 불도를 닦으셨군요."

"예, 소승 일옥이라 합니다."

상대방을 알기 위해 자신을 먼저 밝히는 것이 예의인지라 일옥이 먼저 자신을 밝혔다.

"나는 이곳 관청에서 풍헌 일을 하고 있습니다. 성은 최가요. 공짜로 곡차를 주지 않으니 풍헌 일을 하여 곡차값이나 하고 있지요. 하하하하……."

일옥은 산속에서 수행에 수행을 거듭하여 지금의 경지에 올랐다. 어려서부터 남다르다는 말을 들으며 스승도 두지 않고 혼자 모든 것을 깨우쳐 왔고 앞으로도 계속 그럴 것이었다. 그런데 눈앞에 있는 선인은 술타령이나 하면서 가늠할 수 없는 도력을 지니고 있으니 일옥 스님은 그것이 매우 궁금했다.

"젊은 스님이 대단하시오. 서른도 되지 않은 나이에 대단한 성취를 이루었소이다."

풍헌이 일옥의 빈 잔에 술을 따르며 즐거운 듯 연신 웃었다.

"과찬이십니다. 소승이야 불도를 닦는 일이 업이지만 풍헌 나리는 세속에서 이렇듯 헤아릴 수 없는 도의 경지를 이루셨으니 참다운 선인이십니다. 탄복할 따름입니다."

풍헌이 주모에게 술 두 병 더 주문하자 주모가 난처한 표정으로 다가왔다.

"풍헌 나리, 오늘 벌써 다섯 병 드셨고 이미 취했으니 다른 날 오시지요. 이러다가 현령 나리께 쇤네가 불호령을 맞습니다요."

주모가 두 손을 모아 쥐고 애걸하는 목소리로 말하자 최풍헌이 허리춤을 풀었다.

"이거 봐, 주모! 어제 녹봉을 받았는데 외상값 갚고 아직 남았다구, 멀리서 나를 찾아오신 손님이 계신데 지금부터 진짜 마실 거거든.주모 솜씨 좀 발휘해서 안주도 좀 내어 오게나. 어서……."

"아니 어제 녹봉 받는 날인 건 쇤네가 압지요. 그게 아니라 현령 나리께서 풍헌 나리께 다섯 병 이상 팔지 말라고 하셨잖아요. 워낙 매일 많이 자시니까……."

"자네 여기 빈 병 가져가서 가져간 빈 병에 곡차만 채워 오게. 그럼 계속 다섯 병이니 현령 나리도 뭐라 못할 걸세. 그리고 지금부터는 그저 곡차라고…… 스님께서 곡차를 드시러 먼 길을 오셨는데 차 한 잔 대접은 해야 되지 않겠는가?"

주모가 입을 뾰로통 내밀었다.

"참말 당할 수가 없습니다요. 나리는……."

최풍헌의 비범함을 아는 주모도 더 이상 시비를 걸지 않고 술과 안주를 내왔다.

"풍헌 직에 어울리지 않는 행실이라 현령이 나무라지 않습니까?"

풍기문란을 단속해야 하는 풍헌이 대낮부터 주막에 앉아 허구한 날 술타령이니 고을 현령이 곱게 볼 리가 없어서 내심 걱정이 되어 물었다.

"그래서 하루 다섯 병 이상 주지 말라고 주막마다 영을 내렸고 어기면 벌금이 무려 한 냥이오……. 하하하……."

최풍헌이 유쾌하게 웃으며 검지손가락 하나를 치켜세웠다.

"그래서 나를 찾아온 이유는 앞으로 이 나라에 피 냄새가 진동하게 될 것이니 어떻게 하나…… 그래서 온 거요? 이미 답은 내놓고?"

일옥은 이미 자신의 속을 다 꿰뚫고 있는 최풍헌을 바라보며 가만히 고개를 끄덕였다. 곡차는 술술 넘어갔다. 스님이 있어서인지 주모는 야채 위주로 안주를 내놨는데 과일을 여러 종류로 풍성하게 깎아 놓아 과일향이 술과 잘 어울렸다.

"내가 사는 곳에서 정감록을 빙자한 잘난 이가 모반을 일으켜 무고한 목숨이 무수히 죽을 것이고, 이 난(亂)이 수습되면 남쪽에서 왜구가 침입할 터인데…… 이 나라를 어찌하면 좋겠습니까?"

"나야 세속에 있는 사람이니 나라님에게 말이라도 건네 볼 요량이오만 스님은 그런 생각도 전혀 없으면서 왜 떠보는 거요?"

"최풍헌 나리라고 했습니까? 스님으로 출가하여 산속에서 불도를 닦는 것은 세속의 온갖 잡념을 떨치고 오직 도에만 매달리기 위해서입니다. 그럼에도 끝내 미치지 못하는 이가 태반이지요. 풍헌 나리는 온갖 유혹이 난립하는 속세에서 이렇듯 큰 도를 이루셨으니 놀랍습니다."

"그런가요? 도를 논하러 온 거요. 앞으로 일어날 난(亂)이 걱정되어 온 거요?"

"둘 다입니다. 저도 속세의 연을 완전히 끊지 못하고 홀로 계신 어머니와 출가한 누이를 간혹 생각하곤 합니다."

"한 방향만 옳다고 고집하며 가는 것보다 사방을 둘러보며 가야 무엇이 있는지 잘 보이고, 잘 가고 있는지 판단도 할 수 있고, 멀리 보이지요. 잘하시는 거요."

최풍헌은 일옥을 지그시 쳐다보며 말을 받았다.

불도를 닦으며 어머니를 간혹 돌보는 것에 대해 주위 승려들의 험담이 있었다. 그 점에 대해 일옥은 반응하지 않았지만, 승려들에게 속세에 미련이 있는 모양새로 비쳐 일옥의 수행이 상당한 경지에 이르렀음에도 불구하고 인정하려고 하지 않았고, 오히려 깎아내리고 질투와 시기가 뒤따랐다.

최풍헌의 이 한마디에 일옥은 빙그레 웃었다. 새삼 풍헌의 주위에 꽉 차 있는 기가 사람의 경지를 벗어났다고 느낀 일옥은 부처님을 대하듯 자세를 고쳐 앉았다.

"참으로 선인이십니다. 이 땅에 선인이 내려와 계셔서 이 나라 걱정은 하지 않겠습니다. 오로지 제가 불도를 이루는 데 정진하겠습니다."

"국난이 닥칠 것을 걱정해서 이 땅에 신계의 선인들이 거의 내려와 있소. 스님도 이미 북쪽의 빛을 느끼셨을 거고, 그래서 길을 나선 것이지요? 빛을 뿜고 있는 몇 분을 만나기 위해서……."

"네! 소승, 예전부터 한 번은 이렇게 팔도를 주유하며 가르침을 받고 싶었습니다."

"도통하신 스님을 가르칠 이가 있겠소?"

최풍헌이 고개를 일옥 앞으로 기울이며 익살스러운 표정을 지었다.

"지금껏 우물 안 개구리로 있다가 오늘 선인을 만나 가슴이 확 트이는 것 같고 제가 작은 존재임을 알았는데 어찌 놀리십니까?"

"놀리는 것 아니요. 스님의 그릇이 워낙 커서 후대에까지 이름을 남길 터인데 그런 말씀을 하니까요. 하하하……."

"선인께선 소승의 그릇을 말씀하셨는데 소승의 그릇은 어느 정도나 됩니까?"

최풍헌이 몸을 뒤로 쭉 빼고 고개를 들어 하늘을 바라보았다. 하늘에는 그들의 머리 위에 구름 한 점이 양산처럼 떠 있을 뿐, 매우 청명하였다.

"흠, 그럼 스님은 나의 그릇 크기를 재 보시오."

일옥도 하늘을 바라보았다.

"소승 이제 연치가 이십 대 중반인지라 감히 선인을 바라볼 뿐입니다. 그런 말씀은 가당치가 않습니다."

"그것 보시오…… 그럼 내가 스님의 그릇 크기를 얘기하면 그 그릇 크기에 스님을 맞출 건가요? 이십 대에 그렇게 큰 도력을 이루었다면 앞으로 10년, 20년, 30년의 세월이 더해지면 스님은 대사로서 후대가 기억할 것이요. 지금도 담길 그릇이 없으니 그릇을 논하지 마시오."

일옥은 왠지 말하면 말할수록 자신이 작아지는 것을 느꼈다. 한 번도 이런 감정을 가져 본 적이 없는 일옥으로서는 이런 생각 자체가 당황스러웠다.

"이 나라가 어찌 되겠습니까?"

자신이 더 작아지는 것으로부터 벗어나기 위해 대화의 소재를 돌렸다. 일옥은 몇 년 후 피 냄새가 진동하는 이 땅의 앞날이 진심으로 걱정되었다.

"나라님의 의지에 달렸소. 이미 국난을 막을 한 번의 기회는 스스로 버렸고……."

"벌써 기회를 잃었다고요? 그럼 예방할 수도 있었다는 건가요?"

일옥은 자신이 생각지도 못한 말을 최풍헌이 쏟아 내자 눈을 동그랗게 뜨고 되물었다.

"조정에 썩은 관리만 있었던 건 아니요. 조정에도 선인 한 분이 계셨었소. 앞날을 꿰뚫어 보고 군사를 양병하고자 했는데 묵살됐오. 그 선인의 말씀대로 양병만 제대로 됐다면 국난은 막을 수도 있었을 거고 일어났다 해도 피해를 최소화하고 빨리 끝내겠지요."

"그렇게 되지 않았다는 거군요. 그래서 난은 일어날 수밖에 없는 거구요.”

“나라님이 어떻게 하느냐에 따라 전쟁은 바뀔 거요. 누구를 믿든 사람을 믿고 맡겨주면 빨리 끝날 것이고 그렇지 않으면 조정의 또 다른 선인을 희생하여 국난을 막겠지요. 그건 마지막 보루요.”

“어쨌든 나라는 지켜지는 거군요. 참으로 다행입니다만 인명 피해는 적었으면 좋겠습니다.”

“칼 들고 하는 전쟁에서 인명피해는 피할 수 없지요. 미련한 임금의 잘못된 판단 때문에 수십만, 수백만의 목숨이 달렸다는 걸 좀 책임감을 가지고 그 자리에 있으면 좋으련만…… 지금의 임금은 그릇이 간장 종지요. 허허허…….”

지금까지 호탕했던 최풍헌의 웃음이 허탈한 웃음으로 변하면서 산만하게 공중에 흩어졌다.

“선인께선 국난이 오래 갈 걸로 예상하시는군요.”

“나라님의 그릇으로 보아선…… 그렇소. 아무리 유능한 사공이 많아도 방향타를 잡은 선장이 사지로 몰아가면 방법이 없소. 망국까지야 안 가겠지만 크나큰 대가를 치르겠지.”

일옥은 가만히 고개를 끄덕였다. 아무리 품질이 좋은 물건도 쓰겠다는 사람이 없거나 물건의 용도를 제대로 모른다면 무용지물인 것이다. 일옥이 고개를 잠시 숙이고 생각에 잠겼다가 다시 말문을 열었다.

“불도와 선도에 대해서 말씀해 주십시오.”

최풍헌이 술 한 잔 들이켜고 사발에 술병을 기울이자 빈 병인지라 주모를 불러 다시 채워 오라 하였다.

“유 · 불 · 선은 본디 하나였고 그대가 이미 그리 행하고 있는데 무엇을 알고자 함인가? 다른 이들이 선을 긋고 분리해 놓은 것을 굳이 따르려 하지 마시오. 속세에 있다고 선이고, 산속에 있다고 불이 아닌 것을 이미 알고 있으면서…… 나를 시험하는가?"

지금까지 술을 마셨던 사람답지 않게 또박또박하게 조용히 낮게 깔리는 목소리로 힐책하는 듯한 최풍헌의 말에 일옥은 고개를 숙였다.

"소승이 잠시 미련했습니다. 용서하소서!"

일옥이 합장을 하고 고개를 숙이자 풍헌이 쳐다보고 있다가 술상 위에 손가락으로 '혈(血)' 자를 썼다.

"이미 아시듯 스님이 있는 동리에서 큰 모반이 있을게요. 스님은 산을 벗어나지 말고 주변 사람들로 하여금 사람 모여 있는 곳에 가지 말라고 하시오. 그 난동이 진압되면 그 지역에서 과거에 급제하는 이가 드물 것이고 그 시름을 풍류에 녹여 낼 것이니 많은 풍류객들이 배출되겠구려."

일옥은 자신도 알고 있었던 것을 콕콕 짚어 주는 이 선인이야말로 참스승인 것 같은 생각이 들었다. 급히 자리에서 일어나 큰절을 하였다.

"소승을 곁에 두시고 가르침을 주십시오."

풍헌이 멀뚱거리고 보더니 웃었다.

"어이쿠! 스님이 다시 머리라도 기르시려는 거요? 그런 무서운 말씀을 하시다니…… 곡차가 과하신가 보오이다."

일옥이 다시 일어나 앉으며 자세를 바르게 고쳐 앉았다.

"아닙니다. 오늘 선인께서 제 머릿속의 안개를 거두어 주셨으니 스승님과 다름없습니다."

"그렇더라도 내 곁에 있겠다는 소리는 마시오. 내가 싫으니……."

"소승이 마음에 차지 않으십니까?"

"스님은 북쪽으로 길을 잡으시오. 원래 가려던 길을 가셔서 다른 도인들을 찾아뵙고 한마디씩 들으시오. 그러려고 길을 나선 거 아니요?"

"아~예! 그러려고 길을 나섰으나 선인께서 소승의 눈을 밝혀 주시는지라……."

"등불은 도처에 있으니 가면서 하나씩 살펴보고 들으시오. 때로는 마음에 차는 이도 있을 것이고, 때로는 마음에 차지 않는 이도 있을 것이니……."

해가 넘어가며 하늘이 붉게 물들고 있었다.

"몇 년 후, 저 하늘의 붉은 빛이 땅에 내려와 피가 되겠구려."

붉게 물든 노을을 바라보며 풍헌이 탄식처럼 내뱉었다.

"선인들의 힘으로 지금이라도 막을 방도는 없습니까?"

"없소. 기회는 언제나 있는 것이 아니니까."

"소승이 풍헌 나리를 앞으로 가끔 찾아뵐까 합니다. 그래도 괜찮으시겠습니까?"

"아니요. 오지 마시오, 앞으로 난리통에 움직이기도 어려울뿐더러 기를 숨기고 산속에 있을 것이니 찾기도 힘들 것이요. 스님과의 인연은 이번 생에 이것이 처음이자 마지막이요."

일옥은 아쉬운 마음을 잔뜩 담아 다시 질문했다.

"그러면 다음 생 언젠가 또 만납니까?"

어느새 주위에는 어둠이 내렸고 술상은 봉놋방으로 옮겨졌다.

"또다시 선인들이 지상에 차례로 내려와 일부는 국난으로부터 나라의 명맥을 잇기 위해 올 거요. 또 일부는 다음 선경 세상을 열고 사람들을 그 세상으로 인도하기 위해 준비하러 올 텐데 대사와 나는 그때 다시 만나겠구려."

일옥의 귀가 번쩍 뜨였다.

"선경 세상이라고 하셨습니까? 이승에 선경 세상이 옵니까?"

일옥도 예지력은 있지만 아주 먼 훗날까지 보는 눈은 아직 미치지 못했다. 따라서 최풍헌의 이 얘기는 천둥 번개와 같이 들렸다.

술을 열 병 넘게 마신 사람답지 않게 또렷한 어조로 최풍헌이 담담하게 말했다.

"아직은 먼 훗날이지만 그리될 거요. 반상이 없어지고 모든 이가 풍족하게 먹고 잘 입고 눈부시게 발전한 세상에서 잘살게 될 거요. 그 전에 세상의 많은 목숨들이 대부분 죽을 테지만…… 반드시 그리될 거요. 그 전에 우리가 다시 만날 거고."

"사람들이 왜 대부분 죽습니까?"

"사람들의 미련한 욕심 때문이지요. 눈앞에 보이는 이익만을 좇다가 미래를 보는 눈이 가려져서 재앙을 불러오게 되고 그로 인해 멸망에 가까운 파국을 맞게 되지요. 욕심, 탐욕이 그만큼 무서운 건데 사람들은 그것이 오히려 당연하고 자랑스러워하니 참, 미련하기 짝이 없지요. 하하하……."

"욕심, 탐욕이 사람을 멍들게 하는 건 알겠습니다만 그렇다고 파멸까지 가겠습니까?"

"어느 시기에 도래하면 앞으로 문명은 비약적으로 발전할 거요. 발전에 발전을 거듭하다 보면 지금은 생각할 수도 없었던 일들이 일상이 되겠지요. 내가 사는 이곳에서 묘향산까지 가려면 족히 두세 달은 걸릴 것인데 단 몇 시각 안에 갈 수 있을 것이고, 백 명이 넘는 사람들이 떼 지어 하늘을 날아 먼 곳까지 단번에 이동할 거요. 우리는 신을 부릴 수 있으니 먼 곳의 사정도 언제든 알 수 있지만 그때가 되면 누구나 아무리 먼 곳에 있는 사람과도 이야기를 할 수 있고 보면서 얘기도 할 거요."

"모두가 도를 통한다는 겁니까?"

최풍헌이 또 재밌다는 듯 손사래를 치며 웃었다.

"그건 아니요, 편하게 살고자 하는 사람의 욕심이 자꾸 문명을 발전시키고 발전하다 보니 그렇게까지 문명이 발전한 거요, 모두 도를 통한 것이 아니고요. 또 내가 가진 것에 만족하지 못하다 보니 남의 것을 노리기도 하지요. 그러다 전쟁이 일어나고 전쟁을 위해 싸우는 무기가 점점 살벌하게 개발되고, 폐허가 되면 다시 건설해야 하니 그에 따른 건축법이 개발되고 부속적인 것도 개발되고, 자신이 잘 살기 위해 머리를 써서 이것저것을 계발하다 보니 문명은 상상 이상으로 발전하게 되고요. 이 아름다운 자연도 엉망진창이 되어 쑥대밭이 되겠구려. 그러면서 지금은 없던 병이 생겨나서 사람도 엉망이 될 거요. 참으로 미련한 짓이지."

최풍헌이 인상을 찌푸렸다.

"인간의 멸망은 인간 스스로가 초래한 거요. 또한 그들의 믿음이기도 하지."

"스스로 초래한 것은 알겠습니다. 그런데 그들의 믿음이라니요?"

최풍헌의 답변은 바로 나오지 않아서 잠시 방안에 정적이 흘렀다. 밤이 내려앉은 초가지붕 위에 초승달이 떠 있고 지나가는 바람도 없는 고요한 정적이었다.

“문명에 취한 인간의 믿음은 그들의 계산법이요. 보이는 것만 믿고 계산해서 나오지 않는 것은 믿지 못하는 거지요. 문명 속에 갇혀 사는 인간들의 오류는 보이지 않는 것을 믿지 못하는 것에서 시작되어 결국 파국을 불러올 거요…… 스님의 믿음은 무엇이오? 석가모니인가요?”

“그렇습니다. 저도 부처가 되려고요.”

“그럼 생불이 되시겠구려. 스님은 이제 무서운 것이 없을 거요. 이미 사람들이 보지 못하는 것을 보고 있고 신들과 대화가 오래전부터 가능했을 테니까요. 하지만 대부분의 사람들은 까막눈이요. 글을 못 보는 까막눈이 아니라 이 공기 중에 무엇이 있는지 자신들이 어디에 사는지 모르는 까막눈이오. 어디서 와서 어디로 가는지 모른단 말이오.”

“어디서 와서 어디로 간다…… 윤회를 말씀하시는 겁니까?”

“스님다운 말씀이시오. 하하하…….”

“그럼, 무엇을 말씀하시는 겁니까?”

“나는 신계(神界)를 말하는 거요. 자신의 본체가 있고 인간계와 신계가 투영된, 내 모습이 거울에 비친 듯 똑같은 그림 말이오. 생명은 신계에 있는 기간이 대부분이지만 그 대부분의 시간을 결정하는 것은 인간계에 있던 극히 짧은 시간이 결정짓지요. 그게 참 어려운 문제인데 사람들은 그걸 깨닫지 못해요. 스님은 이미 모든 걸 넘어서 도통을 하셨지만, 말이요…….”

일옥은 머리를 마구 두들겨 맞는 것 같았다. 자신이 지금까지 쌓아왔던 것이 보잘것없게 느껴졌고 이제 막 어느 한 부분에 발을 들여놓은 것에 불과한 것을 깨달았다.

"신계에 대해 말씀해 주십시오."

일옥이 최풍헌을 바라보며 말을 재촉하자 최풍헌이 하품을 길게 하며 기지개를 켰다.

"모든 것은 때가 되면 스스로 열리는 것을…… 너무 앞서가는 것도 옳지 않소."

주모가 다섯 병의 술병을 더 채워 놓고 더 이상 없다며 방문을 닫고 자신의 방으로 건너가더니 이내 코 고는 소리가 들렸다.

일옥이 최풍헌에게 질문했다.

"도력이 높은 분은 빛이 납니다. 신통력 때문이지요. 선인께서 아까 기를 숨기신다고 말씀하셨어요. 기를 숨기는 일도 가능합니까? 신들을 떼어놓는다거나 떠나보내는 건가요?"

"아!!! 그거…… 도를 어느 정도 이루면 신들이 붙지요. 신들의 크기에 따라 신통력이 커지는데 붙는 신들에게 끌려다니면 안 됩니다. 요사한 짓으로 심성을 흐리게 할 수 있으니까요. 제대로 된 도인이라면 선한 일에 신들을 부릴 줄 알아야지요. 신을 부리는 걸 넘어서면 기를 흩어지게 하고 숨기는 것도 가능해요."

"그래서 소승이 이틀 동안 이 고을을 뒤졌는데 선인을 못 찾았던 거군요."

"스님의 신도 매우 크니 잘 부리시오."

"소승, 아직 기를 흩어지게 하고 숨기는 건 안 됩니다. 그저 수호신을 부리는 정도지요."

"정진해야 하는 스님이니 기를 흩어지게 할 필요는 없소. 나 같은 술주정뱅이한테나 해당되는 거지요."

술이 다 떨어질 즈음 최풍헌도 벽에 기대어 비스듬히 눕더니 이내 코를 골았다.

새벽녘에 일어나 보니 함께 잠들었던 풍헌은 없고 지난밤 먹다 남은 과일향만이 달콤하게 떠다녔다.

'선경 세상이라…… 먼 훗날 그 세상을 준비하기 위해 다시 만날 거라고.'

간밤에 풍헌 최 씨와 나눈 대화는 지금껏 누구한테서도 들은 적이 없던 말이 많았다. 그동안 누구와도 이런 대화를 나눈 적이 없었던 일옥으로서는 이번 여행의 목적을 이미 이룬 것이나 다름없다고 생각하고 있었다.

바다에서 불어오는 바람에 흙먼지가 날리는 길을 나서며 일옥은 최풍헌이 한 말을 곱씹으며 북쪽을 향해 걸었다.

'먼 먼 훗날의 일까지 내다보는 혜안까지 가지려면 얼마나 더 닦아야 하는 것인가. 당장 백 년, 이백 년 앞밖에 볼 수 없는 자신과는 너무 차원이 다른 이인(異人)을 본 충격은 앞으로 만날 사람들에 대한 기대치까지 한껏 높여 놓았다.

승려들만 도를 닦는 게 아니다. 조정에서도 선인(仙人)이 있다고 하였다. 시궁창 같은 정치판에 선인이 있다면 일단 죽이 됐든 밥이 됐든 나라가 망하지는 않을 것이다. 그리고 신계! 자신이 간혹 생각나면 자신의 곁에 있던 신에게 물어봤지만, 신계에 대한 대답은 들을 수 없었다. 풍헌의 말대로 앞으로 계속 정진하면 20년, 30년 후에 알 수 있으려나. 일옥은 자신의 자만을 일깨우는 최풍헌과의 만남을 소중히 되새기며 계속 북쪽으로 걸었다.

산길을 가다 절이 있으면 묵고, 아침이 되면 다시 길을 갔다. 지리산 깊숙이 들어서자 대낮에도 산짐승들이 일옥의 곁을 지나갔다. 반달곰 가족과 마주치기도 했고, 늑대 서너 마리가 옆에까지 왔어도 신들에게 둘러싸인 일옥의 모습은 짐승들 눈에 보이지 않아서 무사할 수 있었다.

유유자적 걷다 보니 도성 근처에 다다랐다. 도성 근처라도 천민촌이어서 그런지 기워 입고 너덜너덜한 옷을 간신히 걸친 유령 같은 사람들이 하나같이 광대뼈를 내놓은 채 무표정한 모습으로 오가고 있었다. 흙벽에 판자를 얼기설기 얹어 가마니로 문을 달아 놓은 천민촌은 그야말로 최악의 거주지였다. 이 정도면 외딴 촌구석이나 산간에서 화전을 일구는 민초들과 별반 다를 바 없었다. 아니 어쩌면 산간벽지에서 화전을 일구는 이들은 세금도 내지 않고 양반에게 억압당하지 않고 목구멍에 풀칠할 걱정만 하면 되니 오히려 나을 수도 있었다.

양인들이 사는 곳에 다다르니 쭉 뻗은 길부터 달랐고 초가지붕도 번듯해졌다. 옷도 한결 깔끔해졌고 얼굴에 윤기가 돌고 생기가 있었다. 이따금 거드름 피우며 화려한 비단옷을 휘날리고 지나가는 양반들 얼굴에는 기름기가 번들거려 일옥의 심기를 불편하게 했다.

'선인께서 선경 세상에서는 천민과 양반 가문이 없고 모든 사람이 동등하게 살아가는 세상이랬지. 세월을 건너뛰어 어서 그런 세상이 왔으면 좋겠구나.'

어느덧 초여름이 되었다.

한낮의 태양은 강렬했고 매우 더웠다. 신들이 구름 한 조각을 일옥의 머리 위에 양산처럼 띄워 주어 한낮에도 걷는 것은 문제가 없었다. 산마다 절이 여러 개 있었기 때문에 스님이 주유(周遊)하며 수행하면 절에서 그런 스님들을 대접하는 것이 당연시되던 시절이었다.

수많은 절에 들러 스님들과 얘기를 나눴지만, 아직 일옥의 마음에 차는 스님은 없었다. 그들도 도를 닦고 있는 수행승이었지만 멀고 먼 고행의 출발점에서 몇 발짝 뗀 것에 불과한 것이 전부였다. 최풍헌 같은 선인을 불가에서 만나기를 간절히 바라며 일옥은 걷고 또 걸으며 계속 북쪽으로 향했다.

여름의 열기가 한풀 꺾여 빠른 가을걷이가 시작될 무렵 묘향산으로 들어섰다.

기암괴석과 절묘한 산세가 어우러져 절경을 자랑하는 곳곳에 사찰이 있었다. 그중에서 스스로 서산(西山)을 자처하는 청허 스님이 머무는 보현사는 일옥처럼 한마디 말씀이라도 배우고자 하는 스님들로 늘 북적였다. 스님들로 넘쳐나는 사찰이었지만 사람 소리는 경전 읽는 소리와 염불 소리만 들렸고, 간혹 풍경 소리, 산새 소리와 바람소리가 더해질 뿐이었다.

일옥이 방을 배정받아 수 개월간 어깨에 메고 다니던 조촐한 행장을 풀었다. 그 방에는 이미 다른 절에서 온 두 명의 젊은 스님이 묶고 있었다. 그들도 청허 스님의 법문을 듣기 위해 먼 길을 마다치 않고 온 수행승들이었다. 한 명은 이십 대로 젊고, 또 한 명은 삼십 중반을 넘은 스님이었다. 인사를 나눈 이후 세 명의 스님은 단 한 마디 대화도 없이 지냈다.

하늘에 걸린 하얀 달이 아직 갈 길이 남은 새벽, 어스름 날이 밝은 산사에 종소리가 은은하게 울려 퍼졌다. 그러자 여기저기서 등불이 켜지고 스님들이 말없이 일어나 그림자처럼 움직였다. 법당에 모여 예불을 드리는데 스님의 수가 하도 많아서 법당 바깥마당까지 줄을 서서 절을 하는 스님도 수십 명은 되었다.

아침 공양을 하고 산새 소리를 벗 삼아 법화경을 읊으며 경내를 돌아보고 있을 때였다.

"못 보던 스님이십니다. 어디서 오셨습니까?"

맞은편에서 키가 훤칠하고 이목구비가 수려한, 특히 눈이 부리부리한 장년의 스님이 미소를 띠고 다가오며 물었다. 이내 일옥의 앞에 와서 합장하며 인사를 하고 나서 일옥의 얼굴을 천천히 뜯어보았다. 일옥도 합장하고 맞절을 한 다음 공손하게 대답했다.

"어제 아래 지방에서 왔습니다. 큰스님께 공부가 되는 한마디 말씀이라도 들으려고요. 소승 일옥이라 하옵니다."

일옥은 잘생긴 이 장년의 스님 뒤에 큰 수호신이 버티고 있는 것을 보았다.

"그래요. 잘 오셨습니다. 큰스님께서 찾으십니다. 일옥 스님 오실 걸 알고 기다리셨습니다."

"네? 소승을요?"

조선의 도인들이 이곳에 다 모인 듯, 다른 절과는 달리 빛이 나는 스님들이 여럿 있다는 것을 이미 알고 있었던 일옥은 이 스님도 그 중의 한 사람이라고 생각되었다.

"예! 소승은 스님이 좀 더 연치가 있으신 줄 알았는데 이리 젊으셔서 놀랐습니다. 뵙게 되어 정말 반갑고요. 저는 처영이라고 합니다."

"아! 예! 처영 대사님!"

"어허, 큰스님이 계시는데 소승에게 대사라니요. 그리 부르면 안 됩니다. 따라오시지요. 큰스님께서 기다리십니다."

"예, 소승 실례했습니다."

일옥은 처영에게 넙죽 절하며 곧바로 사과했다. 청허 스님의 직계 제자로 유정과 영규, 처영이 유명하여 조선팔도에 모르는 스님이 없을 정도의 도를 이룬 스님이었고 일옥 또한 익히 들어 알고 있던 이름이었다. 직접 보니 미남자에다 인품까지 좋아 보여 유명세가 그냥 난 게 아님을 짐작게 했다.

처영의 안내를 받아 명부전 옆의 작은 암자로 가니 두 명의 스님과 그 앞에 노(老)스님 한 분이 있었다. 처영이 두 손을 모아 합장하며 절을 하고 일옥에게 따라 들어오라는 눈짓을 하며 먼저 짚신을 벗고 작은 방 안으로 들어섰다. 일옥이 처영의 뒤를 따라 들어서자 작은 방은 이내 꽉 차 버렸다. 먼저 있던 스님이 자리를 좁혀 앉아 둘의 자리를 내주자 다시 한번 노스님을 향해 절을 하고 문 옆의 가장자리에 앉았다. 큰스님과의 거리는 1미터가 조금 넘었고 가부좌로 앉은 옆의 스님과는 무릎이 닿아 있었다. 아무것도 없고 아무런 장식도 되어 있지 않은 수수한 작은 토방 안에 사람들로도 꽉 찼지만, 각자가 뿜어내고 있는 기는 작은 방을 꽉 채우고 주변까지 철철 넘쳐흐르고 있었다.

육십 후반의 청허 스님은 보통 체격에 하얀 수염이 한 뼘 길이로 자라 있고 야윈 뺨 위로 하얀 눈썹 아래 안광이 빛나고 있었다. 처영 옆에 두 스님이 있었지만, 굳이 보지 않아도 엄청난 기를 뿜어내고 있어서 일옥은 이 두 스님이 영규, 유정일 거라고 짐작했다.

"어서 오시게. 이곳에는 무엇 때문에 왔는고?"

청허 큰스님이 맑고 힘 있는 목소리로 물었다.

"큰스님께 가르침을 받고저 왔습니다."

큰스님이 유쾌하게 웃었다.

"스님의 스승이 뉘신가?"

"아직 없습니다. 소승 지금껏 홀로 불경을 읽은 지 열여덟 해가 되었습니다. 처음으로 가르침을 주실 분을 찾아 전라도에서 올라왔습니다."

"오호, 그러신가! 스님의 나이가 어찌 되시는가?"

"일곱 살에 출가하여 올해 스물다섯이 되었습니다."

"으흠…… 스물다섯이라……."

처영과 옆의 스님들이 일옥을 바라보았다.

"법명이 무엇인고?"

"법명은 일옥이옵고 부르기는 진묵이라 불립니다."

"기특하구나. 홀로 법력을 그리 깨쳤다니…… 부처님 그림자를 드리웠으니 내게 배울 것은 없을진저…… 지금껏 하던 대로 정진하시게나. 아직 나이가 한참이니 앞으로 사십 대로 접어들면 누구라도 스님을 부처님으로 대할 것이야!"

"소승은 아직 부족함이 많아서 칭찬의 말씀이 부끄럽습니다. 부디 내치지 마시고 제가 잠시라도 큰스님 곁에 머물다 갈 수 있게 허락해 주십시오."

일옥은 최풍헌에게서 느낀 기와 또 다른 기를 이 작은 방에서 느끼고 있었다. 그 기의 크기가 자신과는 확연히 차이가 났으므로 그것의

원인을 알아야 했다.

"어제 이 절에 찾아온 상서로운 빛이 있어 내가 스님의 얼굴을 보고자 불렀구나. 스님과 내가 부처님을 따르는 제자가 맞으나 조금은 차이가 있는 것 같으이. 며칠 머물며 그 차이가 뭔지 알고 가시게나. 그리고 여기 있는 내 제자들과도 얘기를 나눠 보면 도움이 될 게야. 음…… 인사들하고 같이 나가서 이 절 구경시켜 주거라."

큰스님의 권유가 아니더라도 큰 관심을 가지고 있던 세 사람이 일제히 일옥에게 말을 건넸다.

"반갑소! 난 공주에서 올라온 기허당 영규라 하오."

"아, 예! 반갑습니다."

일옥이 앉은 채로 허리를 깊이 숙여 절을 했다.

씩씩하게 굵은 목소리로 제일 먼저 말을 꺼낸 영규라 하는 스님은 얼굴이 구릿빛으로 그을려 있었고, 가사장삼 사이로 보이는 손가락 마디마다 굵은 핏줄이 선명하게 두드러져 근력이 다른 스님과 달리 발달해 보여 무장(武將)의 느낌이 들었다.

"사명당 유정이오."

고요한 음성으로 자신을 바라보던 스님이 고개를 살짝 숙이며 자신을 소개했다.

역시 유정이었다. 눈은 부리부리하고 오똑한 콧날에 적당한 두께의 입술에 부처님 같은 미소를 머금고 사십 대의 원숙한 아름다운 모습이었다.

"만나 뵙게 되어 반갑습니다."

이번에도 일옥은 허리를 깊이 숙여 절을 했다.

"나는 뇌묵당 처영이오."

"예! 저는 일옥이라 합니다."

이미 밖에서 통성명을 하고 온지라 두 사람은 마주 보고 미소 지었다.

"나가 보거라."

청허 큰스님의 말씀에 모두 절을 한 다음 차례로 밖으로 나왔다.

일옥이 세 사람 앞에 서서 다시 고개 숙여 절을 했다.

"소승 아직 어리고 배움이 적어 가르침이 필요합니다. 부디 어여삐 여기셔서 많은 말씀 내려 주시면 기쁘게 듣겠습니다."

밖으로 나오니 세 사람의 기가 확실히 구별되었다. 처영과 유정은 사십 대였고 영규는 삼십 대였으므로 일옥에게는 모두 형님뻘이었다. 일옥은 한 사람씩 얼굴을 보며 그들의 기를 나름대로 가늠해 보았다. 유정의 기는 영규와 처영보다 한참 컸다. 유정을 감싸고 있는 수호신들의 무리가 워낙 많아 그 기가 주위를 압도하는 것 같았다. 유정도 일옥의 예사롭지 않음을 눈여겨보는 듯 빤히 쳐다봤다.

"저쪽에 가면 우리를 위해 누워 있는 나무가 있으니, 그쪽으로 가십시다."

처영이 가리키는 쪽을 보니 과연 나무 한 그루가 뿌리를 땅에 박고 활처럼 휘어져 누워 있었다. 그 앞에 앉기 편한 바위가 있어 네 사람이 앉기 딱 좋았다.

이제 막 아침 해가 떠오르는 중이었다. 산새 소리가 맑게 울려 퍼지는 산중에 간밤에 내린 이슬로 풀잎과 나뭇잎들이 촉촉하게 젖어 있었다. 바위에도 물기가 촉촉했는데 유정이 선 채로 손바닥으로 바위위를 훔치듯 한 번 휘젓자 촉촉이 맺혔던 이슬이 없어지고 마른 바위가 되었다. 일옥은 내심 놀랐다. 마음을 다스리는 일은 다른 사람도 가능하다고 여겼지만, 물질적인 것을 변화시키는 걸 자신 외에 다른 사람에게서 본 것이 처음이었다.

"앉으시오."

유정이 일옥과 영규를 바위에 앉게 하고 자신과 처영은 휘어진 나무에 걸터앉았다.

"이 나무도 이제 제대로 자랄 수 있도록 해야 하지 않겠어요?"

처영의 말에 유정이 대답했다.

"오늘까지는 내 엉덩이를 받쳐 주어야겠소. 내일 아침부터 하늘을 향해 서서 하늘님을 공경할 겁니다."

처영이 씨익 웃었다.

"과연…… 유정이시오. 금강산에는 언제 돌아가실 거요?"

"큰스님께 인사도 드렸으니 가봐야지요. 내일 떠날 거요. 볼 일도 있고…… 풍악산의 단풍은 놓칠 수 없는 내 기쁨이요."

유정이 내일 떠나겠다고 처영에게 말하고 있었다. 일옥은 보자마자 이별하게 된 유정에게 커다란 아쉬움을 느꼈다. 그래도 하루 동안은 볼 수 있으니 얼마나 다행인가.

"일옥 스님은 여기 머물다 위로 더 올라가실 건가요?"

"예? 아……! 아닙니다. 소승 큰스님을 뵙기 위해 왔으니 더 위로 갈 목적이 없습니다. 얼마간 있다가 제가 있던 곳으로 돌아갈 것입니다."

느닷없이 처영이 언제 갈 거냐고 묻자 일옥이 잠시 머뭇거리다 대답했다. 이 정도 인물들을 만났으면 조선 팔도에서 법력을 가졌다는 이는 거의 본 셈이라 여긴 것이다.

"아까 전라도 쪽이라 하셨는데 소승도 그쪽 길이라 물어본 거요. 스님! 나는 지리산 자락에 있는데요."

"소승은 모악산 자락에 있습니다."

"가까운 곳에 계시는군요. 오늘로써 구면이니 혹시라도 나중에 마주치게 되면 아무래도 더 반가울 것이요."

처영의 말이 끝나기가 무섭게 옆에서 영규 스님이 물었다.

"젊은 스님이 앞날을 보는 혜안이 열려 있는 것으로 보이는데…… 곧바로 물읍시다. 앞으로 왜적이 쳐들어올 거요. 스님은 어찌하실 거요?"

"그 질문은 온당치 못하오."

유정이 영규 스님을 제지하고 나섰다.

"불도는 각자 부처의 길에 이르기 위해 닦는 겁니다. 일옥 스님은 큰스님을 찾아온 손님일 뿐, 우리와 같이 동문수학할 스님은 아니요. 또한 미래에 일어날 일에 대해서 대처하는 방법도 다를 것이니 그런 질문으로 손님의 마음을 상하게 하거나 떠보는 것은 삼가는 것이 좋겠소."

작은 소리로 나지막이 말하지만 천 근의 무게가 실린 것처럼 유정의 목소리는 주변을 장악해 버렸다. 유정의 위엄에 눌린 영규 스님은 더 이상 미래에 대한 질문을 하지 않았다.

일옥도 그러한 질문은 매우 난감했던 터라 자신을 보호해 준 유정이 고마웠지만 내색하진 않았다. 유정이 질문했다.

"홀로 법력을 깨치고 도를 이루는 것은 여러 사람이 모여 수행하는 것보다 두 배, 세 배의 힘이 들지요. 스승님의 말씀처럼 앞으로도 그리하시오. 스님은 누구를 따르거나 가르침으로 되는 분이 아니니 모든 것을 독수행하여 부처가 되시오."

"맞아요. 독수행으로 부처가 되는 건 아무나 되는 게 아니지요. 대단하시오. 일옥 스님!"

처영 스님이 엄지를 치켜세우며 웃었다.

"참으로 몸 둘 바를 모르겠습니다. 오로지 칭찬만 해 주시니……."

일옥이 일어서서 합장하고 공손히 절을 했다.

"칭찬이 아니라 대견해서, 한편으로 부럽기도 해서 있는 그대로 말하는 거요. 이 젊은 스님이 앞으로 우리 나이가 되면 얼 만큼 큰스님이 될까~ 하는 기대도 있고요. 그렇지 않습니까, 유정?"

처영 스님이 유쾌하게 말하자 유정도 빙그레 웃으며 고개를 끄덕였다.

"그러게요."

"소승 그리해야만 하는 줄 알고 그리했습니다. 도처에 이리 큰스님들이 많은 줄 알았다면 진즉에 찾아봬 올 것을, 소승이 우매하여 이제야 큰스님을 뵈니 제가 우물 안 개구리였던 것을 비로소 알겠습니다."

잠자코 있던 영규가 한마디 내뱉었다.

"스님은 개구리치고는 왕~개구리요."

영규의 말에 모두 웃었다. 큰 소리는 아니었지만, 조용한 산사에 걸쭉한 네 남자의 웃음소리는 멀리 퍼져나갔다. 웃음소리에 지나가던 스님 몇 명이 돌아다보았다. 스님들이 소리 내어 웃는 일은 거의 없었기 때문에 네 명이 한꺼번에 소리 내어 웃는 파장은 컸다.

"왕개구리가 우물 안에서 나오면 어떡할까요?"

계속되는 영규 스님의 농담에 처영 스님이 맞장구를 쳤다.

"그야 몸이 마르기 전에 냇가로 뛰어가야지요. 더 왕개구리가 되면 강으로 가야 하고요."

웃음소리는 한동안 이어졌고 무슨 일인지 궁금해하는 스님 십여 명이 멀찍이 서서 구경하고 있었다.

한참을 웃고 난 영규 스님이 일옥에게 물었다.

"스님! 농으로 한 말이니 기분이 나쁘진 않지요?"

"별말씀을요. 덕분에 소승 오랜만에 실컷 웃었습니다. 기분 역시 참으로 좋고요. 여러 대사님을 뵙게 되어 참으로 즐겁습니다. 혼자 있을 땐 느끼지 못했던 즐거움입니다."

"더불어 사는 것의 즐거움이요. 혼자 있으면 마음 쓸 일이 없어 속상할 일도 적겠지만 즐거움 또한 적지요. 여러 사람이 부대끼고 사는 건 서로 양보하고 배려하면서 살아야 하기 때문에 조금 불편할 수 있지만 그로 인해 얻는 즐거움 또한 그 불편함을 잊을 만큼 크게 돌아오지요. 그게 서로 부대끼며 어울려 사는 이유입니다."

유정이 여전히 웃는 얼굴로 말했다.

"일옥 스님이 왕개구리라면 나는 어느 동물쯤 되려나……?"

처영이 자신을 가리키며 장난스럽게 말하자 유정이 말을 잘랐다.

"스님은 스님이요. 오래전에 우물 밖으로 튀어나와 팔도를 뛰어다니며 도를 이룬 왕개구리가 스님이요."

또다시 폭소가 터졌다. 웃음이 잦아들 무렵, 유정이 말했다.

"우리 모두가 우물 안 개구리에 불과하지만 그 세계를 벗어나 더 큰 세상을 보고 말고는 개구리의 의지에 달렸지요. 의지가 있어도 고집이 있다면 못 이룰 것이고, 집착이 있으면 더더욱 안 될 것이고요."

일옥은 퍼뜩 깨달았다. 개구리라는 표현을 통해 세 분의 대사님이 법문을 펴고 있다는 것을……. 일옥은 무릎에 놓인 두 손을 가지런히 모았다.

"아~ 그러니까 유정도 그렇고 나도 그렇고 다들 우물 안 출신이구려. 어차피 동문이니 잘해 봅시다."

처영 스님이 웃으며 말하자 영규 스님이 말을 받았다.

"그러니까 우물이 우리의 근본인 셈인가요?"

"우리가 아니라 모두가 그렇지요. 끝내 우물 밖으로 나오지 못하는 개구리가 대부분이겠지만 뛰쳐나갔다고 해서 다 되는 것도 아니고 개울은커녕 조그만 물웅덩이라도 찾지 못하면 몸이 말라서 죽는 개구리가 대부분이지요.…… 하하하…… 스님들처럼 우물 밖으로 뛰쳐나오는 개구리라면 더 넓은 세상에서 더 많이 다니며 보고 개구리 울음소리를 들려주겠지요."

처영 스님이 매우 즐거운 듯 얼굴 가득 웃음을 머금고 말했다.

"개구리가 고생이 많습니다!"

영규 스님이 말하자 또다시 웃음소리가 번졌다.

멀리서 지켜보던 스님들이 어느덧 주변에 모여들어 그들의 대화에 귀 기울이고 있었다. 도를 닦는 스님들이 큰소리로 웃는 것은 거의 없는 일이다. 아직 젊다고 하나 고승(高僧)들인지라 잔뜩 호기심을 불러일으킬 만하였다.

"그러지 말고 올겨울을 풍악산에서 같이 지내시는 건 어떠실까요? 처영 스님!"

유정이 처영에게 은근히 풍악산행을 떠보았다.

"그것도 좋겠소만 가서 할 일이 있어서요. 어차피 다음에 또 만날 텐데…… 준비할 게 많아서 지금은 곤란합니다."

처영이 정중히 거절하자 유정이 피식 웃었다.

"곤란하면 풍악산과 개골산 그림을 보시오. 그 그림 속에 들어가면 그대로 신선이 될 터이니……."

유정이 포기하지 않고 한 손을 처영의 어깨에 올려놓았다.

"시국이 시국인지라, 그 그림 속의 신선을 지키려면 준비가 필요해서요."

유정이 고개를 끄덕이며 처영의 어깨에서 손을 내렸다.

"이제 얼마 안 남았군요. 준비를 해야지요. 가시면서 한양에 들러 스승님의 심부름을 하셔야 한다고요?"

"예. 몇 년 전에 돌아가신 율곡 선사가 추천한 한 장수를 만나 보라 하셨습니다. 내려가는 길에 한양에 가서 만나 보고 말씀 좀 전하라 하셔서요."

"율곡 이조판서께서 일찍 돌아가신 것이 조선으로썬 큰 손실이요. 잘 익은 열매가 먼저 떨어진다더니 말이요."

"그렇죠. 땡감들만 조정에 득실대니, 조선의 운도 참…… 그 장수의 어깨가 무겁습니다."

처영과 유정의 대화를 잠자코 듣고 있던 영규 스님이 끼어들었다.

"역시 우물을 뛰쳐나온 개구리는 고생이 많습니다. 안 그렇습니까, 일옥 스님?"

가라앉았던 분위기를 깨고 일옥도 옆에 있음을 알리려는 듯 영규 스님이 또다시 개구리 얘기를 꺼냈다. 현실로 돌아와 심각한 얘기로 가라앉은 분위기에 아까처럼 웃음소리는 없었다.

"아, 예! 소승, 법문 잘 듣고 있습니다. 신경 쓰지 마시고 말씀하십시오."

"법문으로 듣고 있었소? 마지막 이야기도요?"

처영 스님이 말하자 일옥이 고개를 숙이며 합장했다.

"예! 소승, 대사님들 말씀 모두 법문으로 들었습니다."

"스님! 저쪽을 보시오."

유정이 손으로 가리키는 곳을 보니 꽃밭에 하얀 나비 한 쌍이 어울려 나풀나풀 날고 있었다. 한가롭고 평화로운 풍경이었다. 왜 이런 곳을 보라 하는지 의심이 들기도 전에 멧새 한 마리가 날아와 순식간에 두 마리 모두 입에 물고 날아갔다.

잠시 침묵이 흐른 뒤 유정이 말했다.

"일옥 스님? 저 멧새에게 자비심이 있을까요?"

느닷없이 치고 들어오는 질문에 일옥은 정신이 퍼뜩 들었다.

"동물의 세계에서는 약육강식의 법칙이 있지요. 인간 세계에서도 힘센 놈이 약한 놈을 괴롭히고 착취하는 것처럼 말이요. 짐승들이야 먹고살기 위해서지만 인간 세계에서는 힘의 균형이 무너지면 자비가 사라지고 살생이 일어나지요. 스님도 앞날을 보니까 하는 얘기이오만. 우리는 부처님의 제자요."

새소리도 들리지 않는 고요한 산사에 천천히 낮은 음성으로 말하는 유정의 얘기는 주변을 압도하고 있었다.

"도를 닦는 이의 덕목은 자비를 베푸는 것만이 아니요. 우리가 이 세상에 와서 누리고 있는 모든 것, 먹고, 입고, 이웃에게 받는 친절한 말 한마디까지 소중하고 은혜로 알아야 하오. 평화로울 땐 소소한 일상도 행복인 걸 모르지만, 우리가 곤경에 처하면 일상과 멀어지겠지요. 그것이 외세에 의한 거라면 일상을 지키기 위해, 이웃을 위해서 어떠한 행동이라도 해야지요. 비록 우리가 불가의 승려라도 말이요. 우리의 몸을 주신 부모님도 있고 우리가 도를 닦게 도움을 주는 이웃도 있고, 무엇보다 우리가 딛고 있는 이 땅이 우리 땅이어야 하오. 그래야 불도도 있고 우리의 세상이 존재하는 것이요."

일옥은 무슨 소리를 하는지 알아들었다는 표시로 고개를 끄덕였다.

주위를 둘러선 스님들이 합장을 하고 고개를 끄덕이며 동감을 나타냈다.

"맞습니다."

"옳소!"

처영도 고개를 끄덕였다.

"그것 때문에 우리가 무술을 익히고 있는 거요. 나의 불도(佛道)를 위하여…… 나의 부모 형제를 위하여…… 이 강산을 위하여……."

영규 스님이 끼어들었다.

"벌써 십 년 정도 무술을 익혔으니 내 몸 정도는 지킬 수가 있지만 이 강산을 지키는 것은 우리만으로 부족하지요. 조정에서 부디 정신을 차려야 할 텐데요."

영규의 말에 모두 침울한 표정이 되어 분위기가 우울해졌다.

조정에서 동인, 서인으로 나뉘어 당파싸움이 치열하게 전개되는 것을 알고 있었고 그들 사이를 중재하던 율곡 이이도 사망하고 없었다.

자신들의 파(派)가 아니면 명분이 어떻든 반대하고 보는 이 치졸한 당파싸움은 재위 초기 명석했던 임금을 진저리 치게 하였고 판단까지 흐리게 만들고 있었다. 이런 상황은 고스란히 관리들의 부패로 이어져 민초들의 고단함으로 나타났다.

가라앉은 분위기를 깨고 처영이 목청 높여 말했다.

"우리는 부처님의 도를 따르면서 불법(佛法)을 구하고, 나를 구하고, 이 강산도 구할 것이요. 이것이 우리가 정진하는 이유이고 우리가 가야 할 목표이기도 합니다. 앞으로도 여러분들은 지금처럼 열심히 수련하셔서 나 자신의 불법을 지키고, 부모 형제를 지키고, 이웃과 이 강산을 지켜 내야 할 것이요. 그런 다음, 이 땅에 불국토를 이루어야 할 것이요."

네 명의 스님을 둘러싼 스님들이 손을 하늘로 치켜들고 함성을 질렀다.

"불법을 위하여!"

"불법을 위하여!"

유정이 일옥에게 몸을 기울였다.

"스님과 나는 인연이 있구려. 앞으로 몇 생을 건너뛰어 우리는 또 만날 것이요. 그때 나는 범생이겠지만 스님은 또 스님일 거요."

점심 공양 후 일옥은 유정, 처영, 영규 스님을 찾았으나 보이지 않았다. 지나가는 스님에게 물어도 보았으나 모른다는 대답만 들었고 그 이후로도 그들은 볼 수가 없었다.

다음 날 아침, 어세 아침에 세 명의 대사와 이야기를 나눴던 곳을 다시 찾은 진묵은 누워 있던 나무가 곧게 선 것을 발견하였다. 다시 한 번 유정의 도력에 놀라며 보고 싶은 마음이 간절해졌다. 하지만 같은 방에 묵었던 스님에게 들은 바로는 유정은 이미 금강산으로 떠났고, 처영, 영규 스님은 청허 큰스님을 모시고 인근 사찰에 법회를 갔다는 것이다.

하루 종일 사찰의 뒤쪽 큰 바위에 걸터앉아 생각에 잠겨 있던 일옥은 다음 날 아침 일찍 행장을 꾸렸다. 가벼운 행랑을 어깨에 짊어지고 큰스님을 찾아 인사를 했다.

"벌써 가시게?"

"예! 큰스님께서 소승에게 말씀해 주실 것을 유정 스님을 통해 다 들은 듯합니다. 해서 이제 제자리로 돌아가려 합니다."

"그러시게. 들은 이야기는 모든 승려에게 해당되는 것은 아닐세. 그 길을 가는 것이 옳다고 여긴다면 그 길을 가는 것이고, 그 길이 부처님의 뜻과 다르다고 생각한다면 다른 길로 가는 것이지. 그건 스님의 뜻대로 하시게나. 허허허……."

일옥의 마음속을 꿰뚫고 있는 것 같은 큰스님의 말씀이었다.

"예! 가르침을 새겨듣겠습니다. 큰스님!"

"내가 가르친 건 없지만, 스님을 보는 동안 내 마음이 즐거웠으니 내가 복이 많은 사람이구려. 다시 볼 일은 없겠지만 부디 원하는 대로 다 이루시게나."

"예! 감사하옵니다. 큰스님! 강건하시고 만수무강 하시길 부처님께 빌겠습니다."

"허허허…… 나야 육십 줄이니 살 만큼 살지 않았는가? 나를 위해 빌지 말고 이 나라의 민초들을 위해 빌어 주게나. 산천초목들도 다 생명을 가지고 있으니 이 강산에 귀하지 않은 것이 없을 터, 스님의 욕심을 조금 덜어 주변 사람들도 챙기게나. 그래야 스님 마음이 조금은 가벼울 터이니……."

"예, 그리하겠습니다."

일옥은 청허 큰스님에게 큰절을 하고 물러 나왔다.

일옥의 나이 만 서른 살에 임진왜란이 일어났다.

이 왜란은 당파싸움에 여념이 없던 조선의 조정과 조선 백성 전체에 엄청난 시련을 안겼다. 왜구가 조선을 침략할 것이라는 경고의 말은 귓등으로 흘리고 준비를 할 수 있었음에도 준비를 하지 않았던 무지와 나태의 결과였다.

악전고투 끝에 승리를 하기는 하였으나 결과는 처참했다.

왜란의 피해는 조선의 인구를 절반으로 대폭 감소시켰고 가족과 이웃을 잃고 버려진 농토만큼 민심도 피폐해졌다. 반상(班常)을 뛰어넘는 실학(實學)이 태동하였고 전염병이 창궐하자 《동의보감》 같은 의서(醫書)도 나왔다. 무기가 개발되고 군사 제도가 개편되며 국력을 정비하였지만, 후유증은 오래갔다.

청춘

"야! 김무영! 일어나. 선생님 보고 계셔…… 야!"

미래가 작은 소리로 다급하게 옆 짝꿍을 부르며 손가락으로 찌르고 툭툭 쳐도 책상에 엎드려 자고 있는 무영은 꿈쩍도 하지 않았다.

"자게 내버려 둬라. 밤에 얼마나 책을 봤길래 학교에서 잠을 자겠니."

어느새 미래 옆까지 온 담임 선생님이 무영의 벌린 입에서 침이 흘러나오는 것을 보며 미래를 말렸다. 아주 푹 잠든 것이다.

담임은 이제 초등학교 입학한 지 보름밖에 되지 않았음에도 한글과 덧셈, 뺄셈에 구구단까지 선행학습이 되어 있는 무영에게 며칠 전 놀랐었다. 대부분 한글을 정확하게 읽고 쓰기까지 2~3학년이나 되어야 가능했지만, 입학 전에 이렇게 맞춤법까지 다 익혀 온 어린이는 처음이라 내심 흐뭇해하고 있었다.

선생님의 목소리를 자장가로 알고 자던 무영이 쉬는 시간 종소리가 나자 눈을 떴다. 옆에서 그 모습을 지켜본 미래가 앞에 있던 선생님을 한 번 쳐다보고 작은 소리로 말했다.

"아까 선생님이 너 자는 거 보고 가셨어. 수업 시간 내내 잠만 잤다구. 이 잠꾸러기야."

책상까지 흐른 침을 닦으며 무영이 머리를 들자, 침과 콧물이 쭈욱 늘어지다 책상 위로 뚝뚝 떨어졌다. 미래가 질색했다.

"으~ 더러워. 너 콧물도 나고 침도 흘리고…… 수업 시간에 잠자고…… 뭐 하러 학교 왔냐?"

무영이 허리를 펴고 하품을 하며 눈을 뜨자 교탁에서 자신을 바라보고 있는 담임과 눈이 딱 마주쳤다. 담임 선생님은 웃고 있었다.

초등학교에 입학해도 아직 철부지들이라 천방지축으로 까불고 말썽 피우고, 친구들과 싸우는 것이 보통이다. 철부지라도 긴장을 하기 때문에 오줌을 싸기도 하지만 위축되어 있는 상태라 졸려도 꾸벅이는 정도이지 푹 잠들 정도는 아니었다. 초등학교 십 년 차 선생인 이은주 담임은 입학한 지 보름 만에 배짱 좋게 자는 아이가 무슨 생각을 하는지 앞으로 어떻게 지도해야 할지 잠시 생각하다가 잠에서 깨어난 무영과 눈이 마주쳤던 것이다.

무영이 침과 콧물을 옷소매로 닦으며 넉살 좋게 웃었다.

"아유, 야! 더러워!…… 선생님!"

미래가 큰소리로 선생님을 부르자 담임 이은주가 의자에 앉은 채 바라보았다.

"왜 그러니, 미래야?"

"저 짝 바꿔 주세요. 얘 너무 더러워요."

미래의 날 선 목소리에 왁자지껄 떠들던 아이들이 일제히 돌아봤다.

"미래야, 네가 너무 깨끗한 거야. 다른 아이들도 비슷한데 짝 바꿨더니 오줌을 싼다거나 콧물 흘린다고 또 바꿔 달라고 하면 한 달에 몇 번을 바꿀 수도 있어. 무영이만 보지 말고 다른 남자아이들도 좀 보렴.

네 마음에 들게 깔끔한 애가 있니?"

남자아이들이 서로를 쳐다보았다. 수업 한 시간만을 남겨 놓은 때라 엄마의 손길로 단정하게 머리 빗고 깔끔하게 등교했던 옷차림의 아이들이 아니었다. 속옷은 바지 위로 삐져나왔고 얼굴에 코딱지 묻은 아이, 머리가 하늘로 솟은 아이, 코를 훌쩍이는 아이, 연필로 코밑에 수염을 그려 넣은 아이, 화장실 사용을 하다 옷에 변 묻혀서 냄새 풍기는 아이 등 이은주 선생님 말씀처럼 말끔한 아이가 없었다.

한 남자아이가 손을 번쩍 들었다.

"선생님! 제가 미래랑 짝할게요. 미래야! 나랑 짝꿍 하자."

미래가 손을 든 남자아이를 한 번 보고 다른 남자아이들까지 한 바퀴 돌아보고는 다시 선생님에게 말했다.

"선생님! 저 여자애랑 짝꿍 하게 해 주세요."

이은주 선생이 천천히 일어서서 미래 옆으로 걸어와 허리를 구부려 미래와 눈높이를 맞췄다.

"미래야. 하루 생각해 보고 내일 다시 얘기하자. 잘 보렴. 남자애들끼리 앉은 애들은 있어도 여자애들끼리 앉은 애들은 없잖니. 착한 미래가 짝꿍을 인형처럼 봐주면 어떻겠니? 소꿉놀이한다, 생각하고……."

"소꿉놀이요?"

"그래. 인형한테 밥도 주고 업어도 주고 목욕도 시키고 그러잖아. 무영이한테 그러라는 건 아니고 짝꿍이니까 좀 봐달란 말이지. 큰 인형이라 생각하고……."

미래가 무영을 다시 한번 보고 인상을 찡그렸다.

"얘가 인형은 아니잖아요. 인형은 더럽지도 않고 깨끗하단 말이에요."

"그렇지. 그런데 인형은 나중에 미래가 넘어지거나 힘든 일이 생겼을 때 도울 수가 없지만 무영이는 도울 수가 있어. 그렇지, 김무영?"

이은주 선생이 무영의 머리를 손으로 헝클어뜨리며 물었다.

"제가 얘를 도와야 하나요?"

무영이 아무 생각 없이 대꾸했다.

"남자애들은 여자애들보다 힘이 세니까 여자애를 보호해야지. 나중에 커서 신사가 되려면 여자와 노약자, 가족을 먼저 지켜야 하는 거야."

"그럼 나라는 언제 지켜요?"

"뭐?"

엉뚱한 질문이 튀어나오자, 이은주 선생은 어깨를 들썩이며 웃었다.

한 남자아이가 무영이를 타박하는 말을 내던졌다.

"야, 바보야. 그것도 몰라? 커서 군대에 가면 나라를 지키는 거야. 남자는 모두 군대를 가잖아."

이은주 선생은 웃으면서 말한 아이를 치켜세웠다.

"아유, 우리 상민이가 똑똑하구나. 맞아! 군대에 가면 군인이 되어 나라를 지키는 거야. 그 덕분에 우리는 마음 편히 살 수 있는 거고."

선생님께 칭찬받은 상민이라는 아이가 으쓱하며 어깨를 세웠다.

"그건 그렇고 김무영! 아까 수업 시간에 잘 자더라. 잠은 집에 가서 자고 이제 한 시간 남았으니 자지 마라. 잠자면서 침 흘리니까 미래가 너 보고 더럽다잖아. 알았지?"

무영은 마지못해 고개를 끄덕였다.

"네."

종소리가 울리고 마지막 4교시가 시작되었다.

옆자리의 미래는 틈만 나면 눈을 가늘게 뜨고 무영이를 노려보았다.

수업을 시작한 지 10분이 지나자 무영의 눈이 다시 감겼다. 옆에서 미래가 꼬집어서 잠시 떴지만 이내 다시 감겼다.

"선생님이 자면 안 된다고 했잖아."

미래의 목소리가 아득하게 멀리서 들리는 것 같았다.

"얘는 집에서 안 자고 뭐 하길래 학교에 와서 잠만 자."

미래의 까칠한 목소리가 들리고 수업 종료를 알리는 종소리가 들렸다.

'종소리!'

무영이 무거웠던 눈꺼풀을 올리고 머리를 들었다.

"김무영! 집에 가서 잠자고 내일은 수업 좀 하자. 어제 안 자고 뭐 했니?"

이은주 선생이 대나무 자로 무영의 책상을 치면서 엄한 목소리로 말했다.

"책 좀 보느라고, 아침에 잠깐 자고 왔거든요. 학교에서 자면 안 되죠?"

"그걸 말이라고 하니? 당연히 학교에서 잠자면 안 되지. 공부하러 학교에 오는 거지. 잠자러 오는 건 아니잖아. 그런데…… 무슨 책을 읽었어?"

어린애가 책을 보느라 밤을 새웠다는 것에 내심 놀라며 보는 책에 대해서 궁금증이 생겼다. 말소리는 이내 부드러워졌다.

"그게요. 엄마가 도서관에서 빌려 오셨다는데…… 이렇게 두꺼운데 굉장히 재밌어요. 선생님!"

조그만 손을 양쪽으로 벌려서 책 두께를 표현하는 것이 귀여우면서 대견해 보였다.

"그래? 책 제목이 뭔데?"

"제목이 뭐였더라. 우리나라 옛날 왕도 나오고 왕비도 나오고 왕자도 나와요. 거기 보면 전쟁하는 장군도 있고 많은 사람들이 나와요. 좋은 사람도 있고 나쁜 사람도 있구요."

"역사 소설이구나? 알았다. 책을 많이 보는 건 좋은데 밤은 새우지 말고 10시 이후엔 자도록 해. 알았지?"

"네!"

대답은 했지만 무영의 머릿속은 온통 책 내용으로 가득 차 있었다.

"자! 수업은 다 끝났고 우리 한 학기 동안 우리 반을 이끌어 나갈 반장을 뽑고 집에 가도록 하자. 반장은 우리 반을 대표해서 선생님 심부름도 하고 반 친구들도 도와줘야 하고 학생 회의에도 대표로 참석해야 한단다. 보름 동안 친구들을 지켜봤으니 이 친구가 반장이 됐으면 좋겠다고 생각되면 손을 들고 말해 보렴."

선생님 말이 끝나기가 무섭게 미래가 손을 번쩍 들었다.

"선생님! 저요."

"응, 미래야! 누구를 추천할래?"

"저요! 제가 반장 할래요."

"아, 그래! 그래, 우리 이미래 후보 1번, 그리고 또 반장 하고 싶은 사람이나 추천할 사람 있으면 손 들고 얘기해."

"저두요! 저도 반장 할래요."

"나두요, 선생님!"

거의 동시에 두 남자아이가 손을 들었다. 첫 번째 손을 든 아이는 입학하던 때부터 줄곧 여자아이, 남자아이 가리지 않고 시비를 걸며 괴롭히던 한민성이었다. 수업 시간에도 주의가 산만해서 담임에게 주의를 받기도 했었다.

두 번째 남자아이는 평소 말도 없이 조용히 수업받아서 아직 별다르게 눈에 띄지 않던 오재영이었다.

탐탁지 않았지만, 이은주 선생은 2번에 한민성을, 3번에 오재영을 썼다.

"자! 또 후보가 될 만한 사람…… 없어? 그럼, 투표를 해 볼까? 이 세 후보 중에서 마음에 드는 사람을 손 들면 되는 거야. 두 번 들면 안 돼. 딱 한 번만 손드는 거야. 자! 1번 후보 이미래가 반장이 되어야 한다는 어린이, 손 들어 봐."

열세 명의 어린이가 손을 번쩍 들었다.

이은주 선생은 이미래의 이름 아래 '13'이라는 숫자를 썼다.

"2번 후보, 한민성이 반장이 됐으면 좋겠다는 어린이, 손 들어 봐."

한민성이 손을 번쩍 들고 주위를 두리번거렸다. 자신 외에 아무도 손든 아이가 없는 걸 보고는 입을 삐죽 내밀며 손을 내렸다.

이은주 선생은 한민성 이름 밑에 '1'을 적었다.

"마지막 3번 후보 오재영이 반장이 됐으면 좋겠다는 어린이 손 들어."

아이들의 손이 우르르 올라갔다. 불안한 이미래의 눈이 두리번거리는 사이 올라간 손을 다 헤아린 이은주 선생이 칠판 3번 후보 이름 아래 '12'라는 숫자를 썼다.

아이들이 함성을 질렀다.

"한 표 차이다. 와!"

왁자지껄한 아이들을 소리 질러 조용히 시킨 다음 이은주 선생이 말했다.

"김무영의 한 표가 미래를 반장이 되게 했네. 축하한다, 이미래! 나와서 반장이 되었으니 우리 반을 어떻게 이끌어 나갈 건지 한마디 할래?"

이미래가 교탁 앞으로 쪼르르 나갔다.

"뽑아 줘서 고마워. 앞으로 잘할게. 그리고 아까 무영이한테 더럽다고 했는데 나 뽑아 줘서 고맙고 앞으로 더럽다고 안 할게."

집에 돌아온 무영은 가방을 내던지고 거실에 있는 책장에서 어제 본 다음 권을 빼 들었다.

얼마나 지났는지 4학년인 형 대영이 돌아왔다.

"너 점심은 먹고 책 보는 거냐?"

"점심? 안 먹었는데. 이거 보느라고……."

"야! 인마, 먹을 건 먹고 책을 보든 해야지. 굶으면서까지 책을 보냐?"

형의 잔소리를 귓등으로 들은 무영이 건성으로 대답하고 눈은 여전히 책에 박혀 있었다.

대영이 냉장고를 뒤져 반찬을 내놓고 밥통에서 밥을 퍼서 식탁에 간소하게 밥상을 차렸다.

"밥 먹어라. 너 점심밥 안 먹으면 엄마한테 나 혼나는 거 알지? 어릴 때 안 먹으면 키가 안 큰다더라. 책 덮고 빨리 이리 와서 앉아."

"응."

대답만 하고 여전히 소파에 엎드려 책을 보고 있는 무영이는 좀처럼 움직이려고 하지 않았다. 짜증이 난 대영이 다가와서 다짜고짜 책을 빼앗아 들고 빼앗은 책으로 머리를 후려쳤다.

"인마, 일어나라구. 밥 먹고 책 보라구."

"아야! 아프잖아. 왜 때려! 형!"

"밥 먹고 책 보자. 순서 좀 지키라구. 동생 새끼야."

대영이 소파에서 무영의 두 팔을 잡고 끌어내렸다.

마지못해 식탁 의자에 앉은 무영이 수저를 들고 밥을 깨작거리며 먹기 시작했다.

무영이 밥 먹는 것을 지켜보다가 대영도 밥 한 수저 가득 떠서 먹으며 말했다.

"밥은 이렇게 먹는 거야. 너처럼 먹다간 한 시간이 걸려도 다 못 먹겠다."

대영이 숟가락 가득 밥을 떠서 김치를 올리고 쩌억 벌린 입으로 밀어 넣었다.

"와! 형, 밥 진짜 빨리 먹는다."

"내가 빠른 게 아니라 네가 밥알을 몇 개씩만 먹으니까 밥이 안 줄잖아. 이렇게 듬뿍 퍼 봐. 이렇게……."

대영이 밥그릇에 푹 집어넣어 숟가락 가득 밥을 퍼서 무영의 눈앞에 들이밀었다.

"자, 봐라. 이렇게 먹으면 몇 숟가락 안 먹어도 한 그릇이 금방이라구. 너는 이 한 숟가락을 한 시간 동안 나눠 먹고 있잖아. 그러니 밥이 줄어드냐?"

대영이 밥을 입 속에 넣고 멸치조림을 집어 먹었다. 형이 먹는 걸 물끄러미 바라보던 무영이 말했다.

"근데 저 책 다 보고 나면 저 책장에 있는 거 다 보거든. 그럼, 뭐 읽지?"

대영이 책장을 한 번 스윽 보더니 무영이를 보며 눈을 크게 떴다.

"야! 저거 나 반의반도 안 읽었거든. 너 벌써 다 읽은 거 맞아?"

"동화책은 유치원 들어가기 전에 다 봤고 위인전은 유치원 다니면서 봤고 저쪽에 전집으로 있는 거 올해부터 보기 시작했어, 형!"

대영이 비쩍 마른 동생을 쳐다보며 괜히 심술을 부렸다.

"야, 그러니까 책 좀 그만 보라고. 그리고 밤에 책 보면 눈 나빠져. 너 눈 나빠지면 안경 써야 하잖아, 한 번 안경 쓰면 평생 써야 하는데 얼마나 불편하겠냐? 그리구 형은 4학년인데 저 책 다 보려면 아직 멀었거든. 내가 저 책 다 볼 때까지 넌 책 보는 거 쉬어. 알았어? 저 책들이 초등학교 때 볼 수 있는 책 전부야."

대영이 성질을 부리며 폭풍 잔소리를 하면서 밥그릇을 박박 긁어 먹고 벌떡 일어났다.

"나 학원 다녀올 테니까 밥 먹고 상보 덮어놔."

"응, 알았어. 형!"

"엄마, 아빠한테는 절대 책 다 봤다는 소리 하지 말고, 절대로 책

더 사달라는 소리도 하지 말고…… 알았어?"

"왜? 볼 책이 없으면 심심하잖아……."

"나랑 나가서 놀면 돼. 내가 데리고 나가서 노는 데 끼워 줄 테니까 엄마한테는 얘기하지 마."

대영이 보조 가방을 들고 학원에 가기 위해 나갔다.

대영이 나가자 무영은 숟가락을 놓고 슬금슬금 일어나 아까 빼앗긴 책을 찾아 들었다.

다음 날, 무영은 수업 시간에 졸지 않았다.

쉬는 시간이 되자 선생님이 무영의 옆으로 왔다. 수업 시간에도 계속 무언가의 책을 보고 있었고 이은주 선생은 아이의 독서를 방해하지 않기 위해 지적을 하지 않았다. 그러다 쉬는 시간을 이용해 아이가 무슨 책을 그리도 열심히 읽는지 궁금해서 온 것이다.

"무영아! 오늘은 졸지 않았네. 수업 시간에 책을 읽고 있던데…… 무슨 책이니?"

"아, 이거요. 조선 왕조 오백 년이요."

이은주 선생은 깜짝 놀랐다.

"어머나, 이건 초등학생 1학년이 읽을 만한 게 아닌데…… 이해는 하고 읽고 있는 거니?"

"네!"

"재밌니?"

"네!"

"엄마가 무영이 이렇게 책 많이 보는 거 아시니?"

"네!"

"동화책은 어디까지 읽었니? 너는 동화책을 읽을 나이인데."

"동화책은 유치원 들어가기 전에 거의 다 봤어요. 유치원 들어가서 위인전 읽었구요. 이건 엄마가 읽던 책인데 어느 날 보다 보니까 재밌어서 읽고 있어요."

"동화책을 거의 다 읽었어? 위인전도?"

"네!"

"그럼, 이순신 장군이 어떤 사람인지 말해 볼래?"

"임진왜란 때 나라를 구하신 분이요. 바다를 지키면서 쳐들어온 일본군을 다 무찔렀어요."

"혹시 그때 임금님이 누구였는지 아니?"

"선조 왕이요."

이은주 선생이 감탄사를 내뱉었다.

"정말 대단하구나. 그럼, 세종대왕님은 어떤 분이실까?"

"한글을 만들고 과학자를 우대하여 여러 가지 과학 기구를 만들었어요."

"아! 그래, 그럼. 세종대왕 때의 과학자가 누가 있을까?"

"장영실이요."

이은주 선생은 머리를 저었다.

"넌 커서 뭐가 되고 싶으니?"

"아직 생각해 본 적 없어요."

"그럼, 위인전을 좀 더 읽어 보렴. 우리나라의 위인뿐만 아니라 외국의 훌륭한 위인전도 보면 좋겠구나."

수업 태도를 타박하려고 무영에게 갔다가 그럴 상황이 아님을 깨닫고 돌아선 것이다.

일주일 후, 무영의 엄마가 이은주 선생의 전화를 받고 학교를 찾았다. 교무실에서 인사를 하고 앉은 무영 엄마의 얼굴에 살짝 긴장감이 감돌았다. 이은주 선생이 웃으며 말했다.

"제가 오늘 뵙자고 한 것은 무영이가 여느 아이들보다 좀 특별해서 말씀드리고 상의하려고요."

"무영이가 특별해요? 선행학습이 되어 있는 것 말씀인가요?"

"어머니! 선행학습은 보통 한두 학기를 앞선 것을 선행학습이라고 하는데요. 무영이는 한두 학기를 앞선 것이 아니라 몇 학년을 건너뛸 정도로 앞서 있어요. 저도 처음에 어머니처럼 생각했다가 국어 능력이나 수학 능력, 역사까지 두루 꿰고 있어서 깜짝 놀랐거든요. 무영이에게 이런저런 질문을 해도 막힘없이 대답해서 이제 막 초등학교 입학한 아이가 맞는지 의심이 갈 정도로 앞서가고 있다는 겁니다."

"아이가 독서를 많이 하는 건 사실이지만 그 정도까지인 줄은 몰랐어요. 선생님은 무영이가 몇 학년 정도까지 학습이 되어 있다고 생각하시는 거예요?"

무영이 어려서부터 책을 끼고 살았지만 그걸 어느 정도 읽고 있는지, 이해는 하고 읽고 있는지 중간중간 물어보기는 했었다. 그럴 때마다 아이는 대충 얼버무리며 넘어가는 식이어서 가늠이 안 되었다. 수학도 덧셈, 뺄셈, 구구단 정도는 외우고 있었고 가끔 형 대영이의 수학책을 같이 들여다보며 풀고 있을 때도 있어서 공부 때문에 학원을 따로 보내지 않아도 되겠구나, 정도로 생각했었다.

"정확한 건 테스트를 해 봐야 알겠지만 지금 제 견해로는 고학년으로 바로 가도 될 실력을 갖추고 있어요. 그래서 아이가 지금의 학습은 흥미를 느끼지 않는 것 같아요. 수업 시간에 잠을 자거나 딴 책을 보거나 하더라고요. 또래의 친구들은 집에서 놀 때 컴퓨터 게임을 하거나 학원에 가거나 하잖아요. 무영이는 집에서 책만 보나요? 학원은 가나요? 텔레비전은 안 보나요?"

이은주 선생은 무영이의 평소 생활이 궁금해서 폭풍 질문을 쏟아냈다.

"텔레비전은 잘 안 보는 편이고요. 컴퓨터는 가끔 사용하는데 게임보다는 뭘 찾거나 검색하는 데 많이 활용하는 것 같아요. 모르는 단어나 어디에서 전쟁이 났으면 그 전쟁이 왜 났는지 원인을 찾는 검색 같은 거요. 그런 면에서 무영이는 다른 아이들과 좀 다르지요. 무영이 위에 형이 하나 있는데 이 학교 4학년이에요. 대영이라고……."

"아! 김대영!…… 알아요, 어머니! 제가 작년에 3학년 담임을 맡았었는데 대영이가 우리 반이었어요. 아~ 대영이가 무영이 형이었군요. 어머나, 놀라워라. 대영이랑 무영이랑은 엄청 성격이 다르네요. 대영이는 활달하고 여느 아이들과 별반 차이가 없었어요. 간혹 말썽도 부리고, 짓궂은 장난도 하고, 아이들과 잘 어울려 놀고요. 무영이랑 정말 극과 극의 성격이네요. 무영이는 조용하고 다른 아이들 노는 거 조용히 지켜만 보고 쉬는 시간에도 화장실 다녀올 때 외엔 별 움직임이 없어요. 거의 조용히 책만 보는 편이죠. 마치 독서실에 온 것처럼요. 컴퓨터를 검색하기 위해 쓰는 초등학생 1학년은 거의 없을걸요? 정말 특별한 아이예요."

무영의 엄마는 이런 소리를 유치원 원장 선생에게도 들었었다. 그래서 유치원에 갓 들어간 무영이를 붙들고 유치원에서 다른 아이들과 어울려 노는 것에 집중해 달라고 몇 번이고 신신당부하곤 했었다. 그래서인지 유치원에서 아이들과 제법 잘 어울려 논다는 얘기가 들렸는데 어울려 논다기보다 아이들을 잘 보살펴 준다는 유치원 선생님들의 전언이 있었다.

"그러니까 선생님 말씀은 테스트를 받아 보고 월반도 고려해 보라는 말씀이네요. 그렇죠?"

"네!"

"그건 저 혼자 결정하기 어려운 일이고요. 애 아빠와 함께 의논하고 무엇보다 무영이 생각이 우선이지요. 체구가 왜소해서 왕따나 괴롭힘을 당할 수도 있고요."

"이미 다 알고 있는 거라 아이가 학습에 흥미가 없어요, 어머니. 잘 생각하셔서 바깥분과 무영이 잘 설득해 주세요. 염려하시는 것이 왕따라면 대영이와 같이 수업하는 것도 고려해 보세요."

"혹시 무영이가 선생님 수업하시는 데 부담이 된다거나 그러지는 않나요?"

"예? 그건 무슨 말씀이신지요?"

"아니…… 무영이가 수업에 무심해서 선생님이 기분 나쁘시지 않을까 걱정돼서요."

"아유~ 그렇지는 않아요. 저는 무영이가 좀 더 많은 것을 빨리 배워서 우리나라를 위해 큰 동량(棟梁)이 되었으면 하는 바람이라서 드린 말씀이에요. 수업을 못 따라가서 힘든 아이는 있지만 진도가 너무 많이 나간 아이가 힘든 경우는 없어요. 그런 걱정은 안 하셔도 돼요."

무영 엄마는 언젠가 무영이가 한 말을 떠올렸다. 유치원 때 아이들과 잘 어울려 놀라고 당부하자 무영이가 웃으며 한 말이었다.

"엄마! 나 내 나이 알아. 여섯 살이잖아요. 나가서 여섯 살에 맞게 행동할 거고, 초등학교에 들어가면 초등학생에 맞게 할 거야. 나이가 같아서 같은 공간에 있어도 엄마가 보는 것처럼 나 좀 어른스럽지 않아요? 그런 거 티 안 낼 테니까 걱정하지 마. 어른 속에 애가 섞여 있으면 그게 더 부자연스럽지."

무영이는 티 안 낸다고 했지만 티가 안 날 수 없는 차이가 엄연히 존재하고 있었다. 그것은 무영도 가족 모두가 알고 있었지만, 무영의 선택은 부대끼지 않는 동년배였다.

"저어, 선생님. 무영이는 동갑내기들과 어울리는 걸 선택했어요. 덩치 큰 형들 속에 끼여 부대끼는 것보다 동년배들과 어울리는 걸로요. 아직 어려서인지 모르겠지만 만약 중간에라도 무영이가 형들과 공부하는 걸 받아들인다면 저는 언제든지 그렇게 할 겁니다. 하지만 아직은 무영이가 또래들과 있기를 원하네요."

"아! 물어보셨어요?"

"유치원에서도 선생님들이 항상 그러셨거든요. 무영이가 아이들을 가르치고 돌본다고요. 유치원에서 아기 선생님으로 불렸었어요. 유치원에서 학습 정도를 테스트해 본 적이 있었는데…… 그때가 다섯 살이었거든요. 이미 초등생 수준이라고 하더라고요. 대영이 학습지를 가끔 같이하기도 하니……까요. 대영이가 처음에는 무영이를 가르쳤는데 지금은 이미 대영이를 넘어선 것 같아요."

"앞으로는 동생이 형을 가르치겠군요."

"네, 그래서 아이 아빠와도 무영이에 대해 얘기를 많이 했었는데요. 어리지만 그래도 무영이의 생각을 존중하는 입장에서 무영이의 의견을 따르기로 했어요. 마음은 애 아빠와 저도 선생님과 같은 생각이에요. 무영이가 마음의 준비가 된다면 그때 월반이든 유학을 가든 할 겁니다. 무영이가 준비만 된다면요. 그때까지 기다려야겠지요. 선생님께선 무영이 학습 참여도가 낮다고 질책만 안 해 주시면 좋겠습니다. 그것만 부탁드릴게요."

토요일 아침이었다. 늦잠을 자고 늦은 아침을 먹고 나니 정오가 다 되었다. 평상시와 다르게 무영이 TV 앞에 있는 것을 보고 엄마가 관심을 갖고 물었다.

"무슨 프로니?"

"다큐인데 빙산이 녹아서 북극에 곰들이 자꾸 줄어들고 있대요. 저렇게 빙산이 녹다가는 바닷속으로 사라지는 섬들이 많을 거래요."

"그렇겠구나. 곰들이 먹을 게 없어서 굶어 죽는 거야."

"네."

"요즘 책은 뭘 보니?"

무영은 망설이다가 말했다.

"엄마, 서점에 가 보면 안 될까? 구경도 하고 무슨 책이 있는지도 보고 싶은데요."

"응? 서점?…… 요 앞 사거리에 대형 서점 있잖아. 우리가 강남 한복판에 살면서 너희 서점을 한 번도 안 데리고 갔구나. 맙소사! 오늘

당장 가 보자. 여보! 대영이도 데리고 모두 서점에 가요. 무영이가 필요한 것도 사 주고."

소파에 앉아 같이 TV를 보고 있던 아버지가 엄지손가락을 올리며 흔쾌히 승낙했다.

엄마가 소리쳤다.

"대영아! 오락 그만하고 아빠, 엄마랑 같이 서점 가자."

방에서 머리를 빼꼼히 내밀고 대영이 툴툴거렸다.

"아니…… 뭐, 나는 저기 아직 볼 책이 많아서 갈 필요가 없을 것 같은데……."

아버지가 옆에서 거들었다.

"모처럼 가족끼리 각자 관심 있는 책 구경도 하고 외식도 하고 오자."

"외식이요? 뭐 먹을 건데요?"

대영이 먹을 거에 관심을 보이자 엄마가 대영의 겉옷을 챙겨 가지고 나오다가 혀를 찼다.

"에이그…… 무영이는 어린 것이 책을 너무 보고, 대영이는 너무 노는 데 열심이고, 둘이 반반씩 섞었으면 좋겠구나."

"그러게. 정말 그랬으면 좋겠네."

아버지도 웃으며 엄마의 말에 공감했다.

"아빠도 가는 거야? 와! 그럼, 우리 가족 다 가는 거다."

무영이 자못 신나는 얼굴로 아빠, 엄마의 얼굴을 올려다봤다.

"자! 대충 걸쳐 입고 갑시다. 걸어서 10분이면 가잖아."

"엄마! 거기에 책이 얼마나 많아?"

무영의 질문에 엄마는 간단하게 답했다.

"가 보면 알아."

아빠가 무영의 옆으로 와서 손을 잡으며 말했다.

"네가 생각하는 것보다 엄청 많을 거고 네가 무슨 책을 읽고 싶어 하든지 다 있을 테니 구경 실컷 한 다음에 네가 읽고 싶은 책을 골라."

"책이 그렇게 많아? 한 만 권쯤 되나? 정말 내가 보고 싶은 책 다 골라도 돼?"

"그럼. 아……! 아니, 아니! 당장 꼭 읽을 책만 사자. 가까우니까 한 달에 한 번씩 오면 돼. 꼭 읽고 싶은 책들만 사자고. 웬만한 건 거기 앉아서 봐도 돼."

"거기서 봐도 돼요? 정말요? 돈 안 내고 본다고 뭐라고 안 해요?"

"앉아서 볼 수 있는 책이 있고 포장된 책은 사야만 볼 수 있어. 요령껏 보는 거지."

아빠 손을 잡은 무영은 신나서 폴짝폴짝 뛰었고 대영은 늦은 점심을 뭐 먹을까를 생각하며 따라나섰다.

강남 교보문고의 회전문을 밀고 가족이 들어섰다. 입구부터 진열된 책에 무영의 눈이 휘둥그레지더니 고개를 돌려 좌우로 훑어보았다. 어디를 봐도 책, 책이 빼곡히 있었다.

"우~와! 세상에…… 무슨 책이 이렇게 많대요."

"여기는 전문 서적이 많고 아래층에 내려가면 초등학생부터 고등학생까지 읽는 소설이나 참고서들이 있고, 문구용품도 있으니까 엄마랑 같이 돌아보고 있어라. 이따 아빠도 내려갈게. 당신이 애들 좀 데리고 가."

지하층으로 가기 위해 엄마가 형제를 데리고 에스컬레이터 앞으로 갔다. 무영이 엄마를 올려다보며 말했다.

"아빠 따라서 여기 있는 책도 한 번 구경하고 가면 안 돼? 뭐가 있는지 궁금한데."

"여긴 주로 대학생 이상 어른들이 보는 책들이야. 네가 보기엔 너무 어려운 책들이니까 조금 더 크고 오자."

엄마가 무영이를 이해시키려고 했으나 무영이의 눈은 이미 아빠를 따라가고 있었다.

"아, 얘! 무영아! 무영아!"

무영이 엄마 곁을 떠나 아빠가 걸어가는 쪽으로 뛰어가서 옆에 착 붙더니 아빠 손을 꼭 잡았다. 아빠가 무영이를 보더니 엄마를 보고 오라는 손짓을 하며 웃었다.

평상시에도 무영이 책 읽는 습관에 대해서 부부가 의견교환이 많은 터라 어떤 책이든 많이 보게 해 주고 싶었다. 초등학교 1학년들이 보기엔 꽤 난이도 높은 역사 소설을 시리즈물로 다 읽고, 읽은 내용을 물어보면 척척 대답하곤 해서 부부를 놀라게 했었다.

어차피 엄마가 봐야 할 쪽도 이쪽이었고 대영이 봐서 혹시 관심이 가는 분야가 있을지도 모른다는 생각에서 다 같이 입구 매장부터 둘러보기로 하였다.

최근 신간 베스트셀러, 취미 · 생활 책, 각국 여행책들, 법률, 음악, 미술과 각 종목의 체육전문 책들까지 눈 가는 곳마다 책이었다. 대영이 휘리릭 한 번 둘러보고는 아래층으로 내려가고 아빠, 엄마, 무영이 자리 잡고 책을 뒤적이는 곳은 취미 · 생활과 전문서적 쪽이었다.

무영의 시선을 끈 《한자○급 자격증 따기》 책을 들고 그 자리에서 한 장, 한 장 넘기며 보고 있었다. 엄마가 옆에 와서 물었다.

"무영아! 한자 공부하려고?"

"한자 말이에요. 왜 한자는 이렇게 어렵게 했는지 몰라. 우리말은 엄청 단순하면서도 과학적이고 뭐든지 표현할 수 있는데요."

"그러니까 세종대왕님이 위대하신 거지. 우리 한글은 웬만한 사람이면 한 시간이면 다 배우잖아. 한문은 평생토록 익혀야 할걸. 글자가 너무 많아서."

"맞아요. 엄청 많아. 헷갈리는 것도 많고."

"우리도 세종대왕님이 우리 글을 만드시기 전까지 이런 한자를 썼단다. 그래서 우리말에는 한자가 많이 섞여 있지. 예를 들어 '가족'이라는 단어도 집 '가(家)' 자에 가계 '족(族)' 자를 쓰거든. 우리 말을 제대로 알려면 한자도 알긴 알아야 해."

"그래요? 근데 이 글자 금방 할 수 있을 거 같은데……."

"그거, 3급이야."

아빠가 취미 · 생활 코너에서 이것저것 뒤적이다 어느새 무영이 옆에 와 있었다.

"한자는 금방 할 수 있는 게 아니고, 무영아! 한자는 7급부터 해야 하니까 아래층에 가서 단계별로 사 가는 게 좋겠다. 옥편을 보는 법도 알아야 하고. 그거 3급이야. 나중에 봐야 할 거다."

아빠의 말에 엄마도 동조했다.

"그래. 국어에도 많은 도움이 되니까 옥편과 한자를 급수별로 사 가도록 하자."

"옥편이 뭐야?"

"한자에는 부수라는 게 있어. 그걸 가지고 글자를 찾는 거지. 그 부수에 해당하는 글자가 열 개든 백 개든 나와 있어서 부수만 알면 옥편에서 글자를 찾아서 뜻을 알 수 있는 거야. 한문 기본 사전인 셈이지."

"응! 그건 컴퓨터 자판 밑에 한자를 누르면 한글 옆에 한자가 표시되던데요."

"그러니까 한글의 기억, 니은, 디귿과 같은 거라고 보면 돼."

아빠와 엄마가 번갈아 가며 대답을 해줘서 무영은 쉽게 이해가 됐다.

3급 한자책을 넘겨 보던 무영이 고개를 흔들었다.

"엄마, 이거 거의 다 아는 글자에요."

"뭐?"

엄마, 아빠가 동시에 놀라며 눈을 크게 떴다.

아빠가 무영의 손에서 3급 책을 낚아채어 한쪽을 손으로 가리고 무슨 글자인지를 물었다.

"여기 글자 뜻과 음을 말해 볼래?"

"요건 꾀 모, 요건 깎을 삭, 요건 막을 저……."

아빠가 가렸던 손을 떼고 답을 보았다. 무영이 말한 대로 적혀 있었다.

"언제 한자 공부를 했니? 집에 공부할 수 있는 책이 따로 없는데?"

아빠의 질문에 무영이 대수롭지 않게 대답했다.

"컴퓨터가 있잖아요. 단어를 치면 거기에 맞는 한자와 뜻이 다 나와요."

"그래서 그렇게 공부한 거라고?"

"예! 아빠, 저 잘했죠?"

"그래! 기특하다. 정말 대단하네. 우리 무영이."

아빠가 무영이의 어깨를 토닥거렸다.

"우와! 우리 무영이 천재 아냐? 어른들이 모르는 것도 다 알고 너무 대단하네. 그럼, 아래층에 가서 한자책을 보자."

엄마의 말에 가족은 대영이 먼저 내려간 아래층으로 내려갔다.

한층 아래로 내려가니 왼쪽으로는 책들이, 오른쪽으로는 완구용품과 문구용품이 다양하게 진열되어 있었는데 대영이는 학용품 코너에서 조그만 통에 이미 상당한 학용품을 쓸어 담고 있었다.

"공부 안 하는 놈이 학용품은 더 밝힌다니까……."

아빠가 대영이를 보며 웃었다. 이렇든 저렇든 내 새끼가 하는 짓은 다 이뻐 보이는 게 부모의 마음이었다.

"내가 무영이 책 고르는 거 봐줄 테니까 당신이 무영이 쓸 학용품을 골라 와야겠어."

"아유, 대영이가 무영이 것도 다 골랐을걸요."

엄마의 말대로 대영의 바구니에는 무영의 것까지 담겨 있었다.

그날 무영은 두툼한 옥편과 3급, 2급, 1급 한자모음집, 사자성어(四子成語) 책을 사 들고 왔다.

자나 깨나 옥편을 끼고 들여다보던 무영이 3급 한자책과 연관된 사자성을 한 달 만에 다 보고, 곧바로 2급으로 건너뛰었다.

2급을 보며 쓰고 있자니 엄마가 다가와서 물었다.

"벌써 2급이네. 엄청 빠른 속도야. 알고 넘어가는 거니?"

"응! 글자가 한글만큼이나 쉬워. 언젠가 본 거 같은 글자야."

"언젠가, 는 너 아기였을 때를 말하는 거니?"

"그건 아니고 옥편에서 본 거겠죠. 왠지 한글만큼 쉬운 글자라는 생각이 들어."

"그럼, 이 글자가 뭘까? 한번 알아맞혀 볼까?"

엄마가 무영이 펴놓은 1급 책에서 손으로 가리고 한문만 보이게 하면서 물었다.

"그게…… 이 부수에 있는 글자니까. 궤 자네. 무너질 궤(潰)."

"맞다. 우리 아들 천재네. 지금 보고 있는 게 어디까지 본 거야?"

엄마가 새삼 놀라며 칭찬을 아끼지 않으며 기특해했다.

"옥편을 부수에 맞춰 찾아보고 그 부수에 해당하는 글자들을 다 찾아보니까 부수가 나올 때마다 글자들을 자꾸 보게 되는 거예요. 이렇게 자꾸 보니까 쉽게 눈에 들어와. 이거 쉽네."

"이게 쉽다고? 무영아! 너 아직 초등학교 들어간 지 몇 달 안 됐거든. 이 공부는 중학교 때 시작해야 정상인 거고…… 공부도 물론 중요하지만, 엄마는 네가 형처럼 건강한 게 더 중요하다고 생각해. 잘 먹고 잘 놀고 건강해야 공부도 많이 할 수 있거든. 너 밥도 잘 안 먹고 매일 책상에 앉아서 공부만 하니까 비쩍 말라서 키도 다른 애들보다 작고 바람만 불어도 날아갈 것 같단 말이야. 남자는 뭐니 뭐니 해도 덩치가 중요하지. 음, 우리 무영이는 말이야. 건강만 조금 신경 쓰면 백 점짜리 아들인데 말이야…… 저녁마다 밥 먹고 형이랑 체육관 다니는 거 어때?"

"싫어. 다칠까 봐 무서워."

무영이 몸을 곧추세우며 정색을 하고 눈을 크게 떴다.

“엄마도 아빠도 우리 무영이가 공부 열심히 해서 나중에 박사가 되고 원하는 일 하길 바라. 하지만 그렇게 되기 위해선 무엇보다 건강해야 해. 너 너무 안 먹어서 친구들보다 키가 작잖아. 그게 나중에 얼마나 크게 손해 보는 노릇인지 모를 거야. 공부 잘하고 못하고보다 더 큰 손해일 수 있으니 엄마 말 좀 듣자. 무영아!”

대영이 화장실에서 나오다 입을 삐죽 내밀었다.

“엄마! 나한테는 맨날 공부하라고 하면서 무영이에게는 놀라고 그러네. 너무한 거 아냐?”

“이놈아, 넌 놀지 말래도 놀기만 하잖아.”

엄마가 소리를 빽 지르자 대영이 후다닥 방으로 사라졌다.

“어이구, 한 놈은 너무 놀기만 하고, 한 놈은 너무 공부만 해서 탈이고…….”

무영은 토요일, 일요일만 되면 아침 겸 점심 밥을 먹고 걸어서 10분 거리에 있는 대형 서점에 가서 원하는 책을 뽑아 들고 바닥에 주저앉아 책을 보았다.

전에 가족끼리 왔을 때 많은 사람들이 바닥에 앉아 책을 읽고 있었던 기억이 나서 엄마에게 허락을 받아 한 번은 엄마가 동행을 해줬고 그다음부터는 혼자 와서 책을 보게 되었다.

이 습관은 무영이 초등학교를 졸업할 때까지 줄곧 이어졌다.

어느 날, 학교에서 한문에 몰두하고 있는데 맑고 청아한 노랫소리가 들려왔다. 고개를 들어보니 교탁 앞에서 미래가 노래를 부르고 있었다.

귀 기울여 들으니 노래 가사도 좋고 목소리는 더욱 좋았다. 미래의 노래가 끝나자 모두들 박수를 쳤다. 무영이도 힘껏 박수를 쳤다.

무영의 반응이 뜻밖이었는지 이은주 선생이 활짝 웃었다.

"미래의 천사 같은 목소리가 돌 같은 김무영의 마음까지 움직였구나. 잘 불렀어. 미래야!"

미래가 자리에 돌아와 앉자 무영이 칭찬했다.

"정말 잘한다. 목소리가 진짜 좋아. 선생님 말씀대로 천사의 목소리 같아. 노래 제목이 뭐야?"

"아기 염소!"

먼저 말을 걸어온 적이 거의 없던 무영이가 말을 건네자 미래는 흠칫 놀라는 눈으로 쳐다봤다. 미래는 얼굴 가득 웃음 띤 무영의 눈을 처음 봤다고 생각했다. 하얀 피부에 이목구비가 뚜렷한 무영의 얼굴도 처음으로 제대로 본 것 같았다. 입학하고 짝꿍이 된 지 무려 석 달이 지난 후였다.

"응! 내가 노래는 좀 하는데, 괜찮았지?"

"응, 잘하네. 말할 때 목소리도 이쁘구나."

"어, 너 오늘 왜 그래? 겨우 노래 한 곡 듣고."

"목소리가 이쁘니까 이쁘다구 한 거야."

"그게 다야?"

"뭐?"

무영은 미래가 무슨 소리를 하는지 몰랐다.

"목소리 이쁜 게 다냐고. 다들 나 귀엽게 생겼다고 하던데…… 이쁜 짝꿍 두고서 그 알지도 못할 책이나 보고…… 재미없게."

무영이 미래의 말뜻을 알아채고 웃었다.

"이거 알고 보는 거야. 내가 다른 사람들보다 배우는 게 좀 빠르거든. 그리고 네 말대로 너 이뻐."

"그치. 나 이쁘지? 그럼, 쉬는 시간이면 나하고 얘기도 좀 하고 그러자. 맨날 공부만 하지 말고. 응?"

미래가 무영을 빤히 쳐다보며 다그치자 무영은 마지못해 대답했다.

"응."

"약속했다. 너, 쉬는 시간에는 책 보기 없기다."

미래의 당돌한 행동에 내심 걱정도 되면서 한편으로 귀엽다는 생각도 들었다.

"내가 너 처음에 얼마나 싫어했는지 알아? 코찔찔이에다가 침 흘리며 자고 말이야. 침도 아무 데나 닦아서 진짜 더러웠는데 요즘 좀 나아졌더라. 그리고 자세히 보니까 잘생기기도 해서 네가 좀 마음에 들기 시작했어."

무영이 배시시 웃었다.

"그래? 나를 싫어하지 않으니 다행이다. 나는 아직도 네가 나 싫어하는 줄 알았거든."

"지금은 아냐. 나 반장 되는 데도 네 한 표가 도움이 됐거든."

"아, 참…… 그걸 아직도 기억하고 있냐?"

"내가 그런 쪽으로 예민해."

하굣길에 무영과 같이 나온 미래가 학교 앞 분식집으로 무영을 데리고 갔다.

"너랑 친구 하기로 했으니까 오늘 내가 떡볶이 사 줄게."

그러면서 미래는 떡볶이와 튀김을 시켰다.

"먹어 봐. 몇 번 왔었는데 이 집 맛있어. 넌 오늘 처음이지?"

"벌써 몇 번이나 와 봤다고? 정말?"

"너 같은 공붓벌레는 학교 집만 왔다 갔다 하지만, 대부분 애들은 안 그래. 이 근방에 놀 만한 곳을 찾아가 놀기도 하고 이런 떡볶이집에서 맛있는 거 사 먹기도 하지. 우린 이제 유치원생이 아니니까."

"그래도, 부모님과 먹는 것도 아니고…… 가족 말고 다른 사람이랑 밖에서 뭘 먹는 건 처음이네."

"가족 말고 외식은 나랑 처음이구나? 튀김에 떡볶이 국물 찍어 먹어. 맛있어."

"나한테 너무 잘해 주지 마. 괜히 부담돼."

무영이 먹으면서 미래에게 거리를 두려 하자 미래가 말했다.

"너에게 빚 갚는 거야. 지난주에 받아쓰기 시험 볼 때도, 어제 받아쓰기 시험 볼 때도 네 거 보고 베꼈거든. 그랬더니 백 점이더라? 역시 내가 짝꿍을 잘 뒀지, 뭐야."

"하! 그랬어? 더럽다고 짝 바꿔 달라고 떼쓰더니만."

무영이 빈정거리자 미래가 고개를 흔들며 애교 섞인 소리로 말했다.

"어, 내가 그랬었나? 아유…… 그때는 내가 널 몰라서 그랬어. 첨 봤을 때는 그럴 수도 있는 거지 뭐. 그건 잊어버리고 앞으로 잘 지내자. 네가 원하면 가끔 노래도 불러 줄게. 그 대신 넌 내가 모르는 공부 좀 가르쳐 줘. 너 유치원에서 꼬마 선생님이었다며."

"누굴 가르쳐 준 적은 없고 답을 써 주거나 만드는 거 도와준 적은 있어."

"그럼, 나한테도 그렇게 해 줘."

"넌 공부 안 해?"

대놓고 공부 안 하겠다는 소리로 들리자 무영이 물었다.

"하긴 하지만 모르는 것도 있단 말이야. 넌 우리보다 엄청 앞서가니까 평범한 아이들의 힘든 걸 나를 보면서 알라고. 알겠니?"

"내가 왜 그걸 알아야 하는데?"

미래가 인상을 썼다.

"너 그럴래? 너 잘났다고 그런 식이면 애들한테 왕따당한다. 지금도 너 친구 한 명도 없잖아. 내가 너 친구 해 주겠다는데 그렇게 말하면 안 되지."

"그럼, 어떻게 해야 하는데……?"

"넌 그렇게 공부가 좋냐? 나도 그렇고 다른 애들도 다, 해야 하니까 어쩔 수 없이 하는 건데. 넌 좋아서 하는 것처럼 보여. 정말 공부가 좋아?"

"난 그냥 재밌으니까 책을 보는 거고 책을 이것저것 보다 보니까 다른 아이들보다 좀 더 아는 거지. 따로 좋아하는 게 없으니까."

"그러니까 취미가 공부인 거네. 그럼, 앞으로 일등은 쭉 맡아 놓고 네가 하겠구나? 학원도 안 다닌다며?"

"응, 그리고 일등은 관심 없고. 대신 다른 아이들은 다른 걸 잘하겠지. 너처럼 노래를 잘한다든가, 그림을 잘 그린다든가, 달리기를 잘하든가 하겠지. 내가 못하는 것들 말이야."

"그거야 그렇겠지. 응!!! 그러네."

"사람들은 모두 타고난 게 다르니까 그냥 그대로 살면 돼. 누굴 부러워할 할요는 없는 것 같아."

미래가 고개를 끄덕이면서도 입으로는 부정했다.

"그래도 너 공부 잘하는 건 부러워. 난 아무리 해도 안 될 거야."

"내가 아무리 노력해도 너처럼 노래를 잘하진 못할 거야."

두 아이는 마주 보며 활짝 웃었다.

이후 쉬는 시간이 되면 미래가 무영의 손목을 '툭툭' 쳐서 쉬는 시간임을 알렸다. 미래가 무영이에게 스스럼없이 말하자 무영에게 거리를 뒀던 아이들도 말을 걸어오기 시작했다. 자연스럽게 쉬는 시간은 무영이도 초등학생 모습으로 돌아가 장난치며 수다를 떨고 다른 아이들과 가까워지는 소중한 시간이 되었다.

하굣길에 미래와 무영은 반 친구들 몇 명과 근처 오락실로 갔다.

다른 아이들은 익숙한 듯 자리 잡고 앉아 오락에 열중하고 있었지만, 무영만 오락실 풍경이 생소하여 두리번거리기도 하고 쉽게 자리에 앉질 못했다.

보다 못한 미래가 무영이 자리에 컴퓨터를 켜고 카운터에서 받은 카드 번호를 입력한 후에 게임 창을 열어 줬다.

"나 이 게임 못 하는데……."

"처음부터 잘하진 못하지. 하다 보면 요령도 생기고 잘하게 될 거야. 해 봐."

미래가 설명한 대로 어색하게 컴퓨터 자판을 두드리며 공격과 방어를 해 봤지만, 무영의 캐릭터는 금방 죽었다. 뒤에서 지켜보던 미래가 깔깔대고 웃었다.

“정말 못한다. 오락, 처음 하는 거 맞네. 어쩜 이렇게 못하니?”

미래의 웃음소리를 뒤로 하고 무영은 게임에서 나와 포털사이트로 들어갔다.

“정말 어쩔 수 없군.”

무영이 자신이 필요한 내용을 검색하여 들여다보자 미래는 자기 자리로 돌아가 아이들과 오락을 했다.

토요일이었다. 여느 때처럼 점심 식사 후 서점에 가서 책을 보고 있었다. 한참 열중해서 책을 보고 있는데 누군가의 머리가 불쑥 무영의 옆으로 들어왔다.

“뭐야? 무슨 책인데 사람이 옆에 와 있는데도 못 알아봐.”

무영이 놀라서 옆을 보니 언제 왔는지 미래가 옆에 앉아 있었다.

하얀 니트에 작은 리본이 달려 있어 화려한 느낌을 주었고 청바지와 잘 어울리는 차림이었다.

“어, 언제 왔어?”

“아까 왔거든! 책 보느라 아예 주변에 관심이 없네.”

“아! 미안, 미안해.”

무영이 멋쩍게 사과하자 미래가 생글생글 웃었다.

“네가 왜 미안하냐? 불쑥 찾아온 내가 미안하지.”

“너도 책 보려고 온 거야?‘

“응! 만화책 보던 거 있는데 네가 여기 오면 포장 뜯어진 건 그냥 볼 수 있다고 해서 왔어. 정말 포장 뜯어진 거 있더라. 그래서 벌써 두 권이나 봤지, 뭐야. 이런 줄 알았으면 만화책방에 가지 말고 진작 여기 올 걸 그랬어. 네 덕분에 좋은 거 많이 안다, 무영아! 고맙다."

미래가 손에 든 만화책을 보여 주며 기분 좋게 웃었다.

"아하, 만화책이구나. 재밌겠다."

"그런데 만화책은 포장 뜯어진 게 많지 않아서 금방 다 보겠어."

"그럼, 동화책을 봐. 위인전도 있고…… 여기 책 엄청 많아."

무영이 앉은 채로 벽 한 켠의 책장을 향해 손가락으로 반원을 그렸다.

"그래, 그럴 거야."

미래가 순순히 인정했다.

"매주 조금씩 보면 초등학교 졸업할 때쯤 저쪽 칸은 읽을 수 있을 거야."

미래가 만화책을 들고 일어나더니 무영이 가리킨 쪽으로 가서 위아래로 훑어보고 다시 돌아와 앉았다.

"저 칸이 여기서 보기엔 얼마 안 돼 보여도 천 권도 훨씬 넘는데? 엄청 많아. 저걸 어떻게 다 읽어?"

"그런 거 세지 말고 그냥 읽어. 읽다 보면 어느 순간 다 읽어. 안 읽고 쳐다보니까 하품만 나지."

"넌 저 책장 다 읽었어?"

"난 거의 다 읽었어. 집에 동화전집이 있어서 유치원 들어가기 전부터 읽었어. 없는 거는 여기서 읽은 것도 있고 나중에 엄마가 사다 주셔서 읽은 것도 있고."

"너 학원 안 나니잖아? 공부 잘하니까."

"응, 그건 왜 물어?"

"우리는 공부 때문에 대부분 학원 다니잖아. 수학이나 음악 학원, 미술 학원 같은 데 안 다니는 애들이 없잖아. 몇 군데씩 하루에 도는데 너만 아무 데도 안 다니는 것 같단 말이지. 정말 아무 데도 안 다녀?"

"응!"

"너희 엄마, 아빠 너 학원 보낼 돈으로 책 사 주시나 보다. 학원비가 더 비쌀까, 책값이 더 많이 들까?"

"넌 참, 이상한 쪽으로 관심이 많구나. 난 그런 거 생각해 본 적도 없는데. 책값도 비싸. 내가 한 달에 한두 권 사서 보는 게 아니니까."

"그래도 여기 와서 보는 게 많으니까 많이 사진 않을 거 아냐."

"그렇진 않을 거야. 여기 와서 보는 건 주로 학교에서 배우지 않는 거고 집에서는 수학, 국어, 영어, 역사 같은 걸 주로 공부하거든. 학교에서 공부하는 내용과 다르니까 교과서랑 참고서, 문제집까지 다 사다 주시니까 학원비보다 덜 들어가진 않을 거야."

"지금 몇 학년 공부하는데?"

"4학년 거."

"너무 심한 거 아냐? 우린 이제 초등학교 1학년이라구."

미래가 눈을 가늘게 뜨며 새초롬해지자 무영이 서둘러 말했다.

"맞아, 1학년이야. 네가 잘못된 게 아니라 내가 좀 앞서가는 거니까 너무 그러지 마. 근데 동네에 이런 대형서점 있으니까 좋지?"

"말 돌리기는…… 너처럼 책 좋아하는 애들이나 좋지. 놀기 좋아하는 애들한텐 그냥 심심한 놀이터야."

"나한테는 여기가 신나는 놀이터야."

가끔 수업 시간에 미래가 툭툭 치며 쫀드기나 젤리를 건네주기도 했다. 취향에 맞지 않는 간식이었지만 수업 시간에 우물거리며 미래와 슬쩍 주고받는 눈길이 무영으로서는 소소한 즐거움이었다. 그 덕분에 수업 시간에도 졸지 않고 나름의 자율 학습 수업을 충실하게 했다.

수업 시간에 가끔 이은주 선생이 무영의 자리로 와서 아무 말 없이 무영이 보고 있는 책을 보고 가곤 했다. 무슨 책을 읽는지, 공부를 하면 어떤 공부를 어느 정도의 진도로 하는지 궁금했기 때문이다.

미래 덕분에 아이들과 어울려 노는 시간이 많아지면서 체육 시간에 운동장에서 뛰어노는 시간도 많아졌다. 신체 활동이 많지 않았던 무영으로서는 색다른 경험이었고 땀 흘리는 것에 대한 신선한 감정도 좋았다. 또한 깔짝거리며 먹던 밥도 보통 아이들과 같이 먹게 되면서 키가 조금씩 자라기 시작했다.

여름방학을 앞두고 무영은 5학년 수학을 풀고 있었다.

온 가족이 모인 저녁 식사 때 엄마가 무영에게 질문했다.

"여름방학 계획 세워 놓은 거 있니?"

"없어요."

대영이가 옆에서 끼어들었다.

"엄마, 내가 형인데 나한테 먼저 물어봐야 하는 거 아냐? 난 왜 패스하는데?"

"넌 보나 마나 놀기로 다 채워져 있을 거 같아서 안 물어봤어."

"아니야. 나 태권도 다닐 건데요. 태권도장 보내 줘요."

"영어, 수학 진도는 따라가고 있니?"

아빠의 물음에 대영이 어깨를 으쓱거리며 대답했다.

"아유, 그 정도야 뭐, 껌이죠. 시간이 남으니까 태권도 다녀도 될 것 같아요. 집에만 처박혀 있으면 오락만 하고 좀이 쑤셔서……."

아빠가 긍정의 표시로 손을 들어 동그라미를 그렸다.

"좋은 생각이야. 어차피 올여름 가족 여행은 취소됐으니 가까운 물놀이 수영장 한 번 다녀오고 각자 좋은 시간 가지며 재충전하도록 하자. 근데 무영이는 정말 아무 계획 없니?"

두 번째 질문을 받자 무영이 잠시 생각하다가 대답했다.

"없어요. 근데 아빠, 저 때문에 책값이 너무 많이 나가는 거 아니에요?"

아빠와 엄마가 무영의 질문에 웃었다.

"네가 아무리 책을 많이 사도 대영이 학원 값 반의반도 안 되니까 걱정 마라."

"아!! 그래요?"

아빠의 소리에 무영이 안심하며 활짝 웃었다.

미래와의 대화가 생각난 김에 물어본 것이다.

엄마가 웃으며 말했다.

"우리 무영이 같은 아이만 있다면 학원들 다 문 닫을 거야. 다행히 대영이 같은 아이들이 대부분이어서 먹고사는 거지."

대영이 발끈했다.

"에이씨~ 또 무영이랑 비교한다. 그래요, 나 평범하다구요. 나도 무영이 보면 부럽고, 짜증 나고, 기특하고 아주 복잡한 기분이 드는데 엄마까지 왜 그래."

대영이 언성을 높이자 분위기가 한순간 냉랭해졌다.

대영이 수저를 놓고 일어서려 하자 아빠의 낮은 목소리가 대영의 몸을 더 이상 움직이지 못하게 붙들었다.

"앉아라. 대영아!"

위압적인 아빠의 목소리에 엉거주춤 의자에 앉은 대영이를 아빠가 똑바로 보며 말했다.

"넌 무영이의 형이다. 아빠, 엄마의 소중한 첫째 아들이란 말이다. 넌 4학년이고 무영이는 이제 겨우 1학년이다. 네가 무려 세 살이나 더 먹은 형이지. 형이 동생을 어떻게 대해야 하는지 가르쳐 준 적 있지? 말해 볼래?"

대영이가 기어들어 가는 소리로 대답했다.

"집에서는 엄마를 대신해 보살피고, 모르는 것이 있으면 가르쳐 주고, 밖에서는 어떤 위험이나 친구들과의 다툼에서 이기도록 형제애를 발휘하여 지킨다."

아빠의 목소리가 조금 부드러워졌다.

"그래. 그게 형이 동생에게 해야 할 도리다. 그런데 네 동생은 다른 동생들과 좀 다르구나. 몸은 초등학교 1학년인데 학습 능력은 너도 알다시피 너를 넘어서고 있잖니? 네가 못해서가 아니고 무영이가 좀 빠르단 말이다. 그렇다고 무영이를 중학교에 넣으면 어떻게 되겠니? 동생은 중학생이고, 형은 초등학생이면 안 되잖아. 무영이가 너를 위해 자신을 낮은 곳에 있도록 배려한 것을 잊지 않기를 바란다. 그리고 당신도 들어 봐. 대영이도 우리의 소중한 장자잖소. 대영이가 못하고 있는 게 아니라 잘하고 있는데 무영이랑 비교하지 마. 무영이뿐만 아니라 어느 누구하고도 비교하지 마. 대영이는 대영이의 장점이 있고 성격이 있으니 그걸 살려 나가면 되니까.”

엄마가 고개를 떨구고 있다가 대영에게 다가와 어깨를 다독거리다가 뒤에서 두 팔로 끌어안았다.

“엄마가 경솔했다. 우리 대영이 잘하고 있는데…… 미안하다. 앞으로 또 엄마가 실수하면 네가 엄마를 지적해 주렴. 알았지? 미안해. 우리 아들!”

아빠가 식사를 계속하자며 대영의 밥그릇에 고등어자반의 살을 발라 듬뿍 얹어 주었다.

“자, 자! 밥 먹자. 밥 먹으면서 각자 방학 때 계획한 거 마저 얘기해 보자.”

아빠의 말에 엄마가 자리로 돌아가 앉았다.

“미안해, 형! 나 때문에…… 내가 미안해.”

무영이 대영을 보며 말하자 대영이 씨익 웃었다.

“야~ 한 번 투정 부릴 만하네. 갑자기 내가 이렇게 아빠, 엄마, 동생한테 관심을 받다니…….”

“태권도는 갑자기 왜 배울 생각을 한 거니?”

아빠의 물음에 대영이 대답했다.

“남자니까요. 텔레비전 보니까 붕붕 날면서 벽돌도 깨고 폼도 멋지고 엄청 씩씩하던데요.”

“좋은 생각이다. 성장기에 태권도를 익혀 두면 두고두고 도움이 될 거야. 네 말대로 남자다운 면모도 갖출 수 있고 말이다.”

무영이 질문했다.

"아빠! 태권도 배우면 남자다워져요?"

무영의 질문에 아빠가 쳐다봤다.

"응, 아무래도 운동을 하다 보면 잘 먹게 되고, 근육도 생기고 키도 더 클 거야. 왜, 우리 무영이도 배울래?"

"그러고 싶어요."

무영의 머릿속에 '남자다운 면모'란 말이 맴돌면서 미래가 떠올랐다.

"뜻밖이네. 정말이니?"

엄마가 묻자 무영이 망설임 없이 대답했다.

"네!"

"음, 정말 태권도를 무영이가 배우겠다고? 형이 한다니까 하는 거니, 아님 어떤 이유가 있는 거니?"

아빠가 무영을 쳐다보며 말하자 무영이 본심을 숨기고 어색하게 대답했다.

"저도 남자다워지고 싶어서요. 키도 큰다면서요."

"그럼. 운동을 하면 그만큼 먹어야 하고 먹는 만큼 키도 쑥쑥 자라지. 그래, 잘됐다. 형이랑 같이 다녀라. 뭘 하든 체력이 받쳐 줘야 할 수 있으니까."

아빠의 말에 엄마가 고개를 저었다.

"그럼, 공부에 지장이 있을 텐데…… 그렇게 쉽게 결정하지 맙시다."

"무슨 소리야. 체력이 받쳐 줘야 공부도 잘할 수 있다고…… 책만 보면 집중력이 떨어져서 안 돼. 당신 애를 뭐 공부하는 기계로 만들 생각은 아닌 거지?"

아빠가 엄마를 다그치자, 엄마가 슬쩍 물러섰다.

"아니, 난 애들이 운동에만 빠져서 하던 것도 못할까 봐 걱정돼서 그러지. 그리고 운동하다가 다치기라도 해 봐."

"애들이 다치기도 하고 그러면서 자라는 거지. 온실의 화초도 아니고 어떻게 품에 끼고 살려고 해. 당신 애들한테 집착하는 거 같아. 그거 안 좋은데."

아빠의 말에 엄마가 인상을 찡그렸다.

"이 양반이 정말 내가 고이 받아 줬더니 마누라 무서운 줄 모르네. 당신이 학부모회 한 번 나가 봐. 무영이 정도 되면 다른 엄마들은 영재학교 보내려고 여기저기 알아보고 다닐 거야. 당신 때문에 내가 무영이 또래 애들 속에 놔둔 거라고."

"잠깐, 잠깐…… 당신은 열 좀 식히고…… 그러니까 두 아드님은 방학 때 태권도 다니는 거다. 그리고 또 무슨 계획이 있니?"

엄마가 화를 내기 시작하자 아빠가 급하게 말을 돌렸다.

대영이 엄마 눈치를 보며 말했다.

"난 다니던 학원 다니면서 공부 좀 더하고 태권도 시작하고……요."

엄마가 식탁 위의 빈 그릇을 치우며 볼멘소리를 했다.

"흥, 자기만 성인군자인 척하시네. 애들 다쳐 봐. 그 뒷바라지는 고스란히 내 몫이라고. 니들 태권도 다니면서 다치기만 해. 그날로 태권도장은 끝이다. 알았어?"

"어허~참, 이 사람이 아직 시작하지도 않은 애들한테 그렇게 윽박지르냐. 그럼 안 되지. 잘하도록 응원해 줘야지. 그리고 태권도장 다니면서 다치는 애들 못 봤어. 안전하게 가르치니까 걱정 안 해도 돼."

아빠가 엄마의 말에 타이르듯이 말하자 엄마가 소리를 빽 질렀다.

"알았어, 알았다고. 그만해. 내가 당신 애야? 사사건건 가르치려고 하게."

"당신이 애들을 너무 옭아매려고 하니까 그렇지. 애들도 자기 세계가 있는데 스스로 자기 계발을 하면서 성장해 나가는 걸 우리는 돕기만 하면 되는 거야. 아이들이 우리 욕심의 대상이 되면 안 된다는 거지. 당신! 무영이가 학교에 들어가면서 부쩍 아이들에게 집착이 생기기 시작했어. 전에는 안 그랬는데…… 좀 생각해 봐. 아이들이 어떻게 해야 행복할지. 난 아이들이 자신들이 할 수 있는 걸 하면서 행복했으면 좋겠어. 대영이 처음 낳았을 때 당신도 그런 말을 했었잖아. 기억나? 점점 강남 아줌마가 되어 가는 것 같아서 겁나네."

아빠의 조곤조곤한 말에 엄마가 다시 자리에 앉았다.

"기억나. 그런데 유치원 때부터 지금 무영이 담임 선생님까지 무영이의 특별한 능력에 대해서 얘기하고 우리도 무영이를 보며 매일 놀라고 있잖아. 그래서 더 잘 키우고 싶은 욕심이 생기는 거야. 그게 잘못된 건 아니지. 무영이가 큰사람이 될 기회를 우리가 신경 안 쓰면 흘러가 버릴 수도 있단 말이야. 우리에게 능력이 없는 것도 아니고 얼마든지 해 줄 수 있잖아. 그런데 왜 다른 아이들과 똑같이 교육받고 있어야 하냐고."

아빠가 무영이를 쳐다보며 물었다.

"난 누구보다 무영이가 행복해지길 바라. 위로 올라가면 갈수록 주목받는 시선 때문에 고민해야 하고 개인의 행복과는 거리가 멀어지게 되지. 적당히 위에 있으면서 처신 잘하는 게 상책인데…… 우린 행복해지기 위해 공부하고 생각하는 시간을 가져야 해. 그게 내가 철학을 부전공으로 공부한 이유이기도 하지."

"아직 아이들이 어리니까 우리가 그 길을 잘 인도해 줘야지. 나중에 후회하지 않도록."

엄마가 평상시의 목소리로 차분하게 말했다.

부모의 말다툼을 듣고 있던 무영이가 입을 열었다.

"나 지금 엄청 열심히 하고 있어요. 수학, 사회, 국어도, 한문도…… 그리고 특수학교보다는 지금 학교가 좋아요. 친구들과 뛰어노는 것도 좋고. 학교에서 학년 수학책을 펼쳐 놓고 공부하고 있어도 선생님이 아무 말씀 안 하세요. 수업 시간에 어떤 책을 읽든 공부를 하든 상관하지 않아요. 그래서 지금 학교가 편하고 좋아요. 친구들도 너무 좋고…… 엄마가 원하는 좀 빠른 공부는 제가 차차 수업 진도를 봐 가면서 계획을 짤게요. 제가 어리니까, 아직 1학년이니까 아직 하고 싶은 공부해 가면서 필요한 공부가 뭔지 찾아서 할 테니까 아빠 말씀대로 제가 하고 싶은 대로 할게요."

엄마가 말했다.

"고집부리지 마. 엄마는 나중에 네가 후회할까 봐 그래. 영재 학교에 가면 너같이 머리 좋은 애들이 모여서 수업하니까 좀 더 확실하게 시간을 아껴가며 공부할 수가 있거든. 그런 기회를 놓치는 것 같아서 안타까워서 그래."

무영이 히죽 웃으며 손가락으로 하트를 만들어 보였다.

"엄마, 고마워요. 엄마가 나 사랑하는 거 알아. 나도 엄마 사랑하거든."

아빠가 크게 웃었다.

"하하하…… 완벽하게 엄마가 졌다. 아! 그러니까 왜 무영이에게 대들어. 나처럼 그냥 너 잘났으니까 잘난 대로 사세요, 하면 되지. 하하하……."

엄마도 무영이의 애교에 어쩔 수 없다는 듯 미소를 지으며 웃음을 터트렸다.

하얀 도복을 입고 구령과 함께 팔다리를 내지르는 태권도에 무영은 큰 매력을 느꼈다. 형 대영이와 함께 같은 시간에 도장을 오가면서 하는 운동이기에 무영이는 신경 쓰지 않고 형만 쫓아다니면 되었다. 다른 아이들과 신체 접촉도 없었고 위험한 운동도 아니어서 엄마의 우려와 달리 부상의 위험도 없었다.

때로는 상급반 형들의 대련하는 모습을 지켜보기도 했고, 승급 시험을 보러 가는 형들을 따라가 경기 내용을 관람하기도 했다. 물론 모든 것은 대영과 함께였다.

대영은 운동 신경도 좋았고 무영보다 신체 활동이 활발한 시기라 진도가 더 빨랐으며 의욕도 남달랐다. 엄마가 워낙 공부, 공부하니까 운동한다고 하면 반대할 게 뻔해서 미루다가 아빠의 응원에 힘입어 허락을 받아 내었던 것이다. 그러니까 대영의 태권도에 대한 소망은 이삼 년 전부터 키워 왔던 것이어서 더 적극적이었다. 무영이 집에서 혼자 공부할 동안 대영은 국기원에서 승급 시험이나 시범 단체의 연습광경을 지켜보기도 했었다.

대영은 무영이 동생이라고 함부로 대하지 않았다. 동생이 태어나고 자라면서 자신과 달리 총명한 동생으로 인해 부모님의 관심 밖으로 밀려나자, 투정도 부리고 부모님의 관심을 끌기 위해 이상한 짓도 해 보았었다. 그런데 동생이 자신의 모자라는 부분을 말없이 도와주기도 하고 감싸 주면서 대영의 이상 행동은 오래가지 못했다. 문득 동생에게 부끄러워지고 남들보다 뛰어난 동생이 자랑스러워지기 시작한 것이다. 자연스럽게 대영이 무영을 대하는 태도는 부드러워졌다.

방학이 끝나가자 무영이 대영에게 말했다.

“남자다워지고 싶어서 다녔는데 운동은 형처럼 열심히 못 하네. 난 그냥 책 보는 게 더 좋아. 그런데…… 몸을 움직이니까 소화도 잘되고 땀이 났을 때 기분이 상쾌하고 좋아. 그래서 더 해야 할지 말아야 할지 고민이야.”

“몸을 움직이니까 아무래도 기분이 나아지지. 책 보는 데도 집중력이 좋으려면 체력이 받쳐 줘야 한다더라.”

“응, 그건 그래.”

“그럼, 계속 해. 운동 삼아서…… 그런다고 네가 할 일을 안 하는 거 아니잖아.”

“형은 참 착해. 언제나 내 편이잖아. 형이 계속 태권도 해서 검은 띠를 따면 불량배랑 마주쳐도 겁나지 않을 거야. 난 형만 따라다녀야지.”

“너도 도와야지. 그럼, 천하무적 독수리 형제가 되겠다. 너는 왜 빼냐? 태권도 안 할 거야?”

“난 형처럼 잘할 자신도 없고 아무래도 공부가 더 좋은 거 같아. 건강은 내 나름대로 챙겨 가면서 하면 될 거 같아.”

“그래?…… 너 태권도 그만둔다고 하면 엄마가 굉장히 좋아하시겠다. 너 운동에 빠져서 공부 멀리할까 봐 조바심치는 거 봤지. 혹시 엄마 때문에 그만두는 건 아니지?"

무영이 해맑게 웃었다.

"누구 때문은 아냐. 역시 공부가 나한테 맞는다는 거지."

"다행이야. 엄마를 위해서도, 나를 위해서도."

"형을 위해서?…… 무슨 말이야?"

"엄마야 너 태권도 그만두는 걸 원했으니까 좋아할 거고…… 나야 너보다 하나라도 잘하는 거 생기는 거니까 좋은 거지. 하하하……."

대영이 천진난만한 웃음을 터트리자 무영도 따라 웃었다.

'운동을 잘해서 미래에게 멋지게 보이고 싶었는데.'

2학기가 시작되고 여느 때와 같이 토요일에 대형 서점의 책을 뒤지던 무영의 눈에 한자로 '기(氣)'라고 써진 책이 눈에 띄었다.

'기운 기(氣) 자!'

호기심으로 집어 든 책은 그다음 날까지 와서 다 읽었다. 생명이 '기'로 움직인다는 사실은 흥미로웠다. 새로운 먹잇감을 발견한 것처럼 '기'와 연관된 책을 찾아서 읽기 시작했다. 토요일, 일요일에만 오던 것을 월요일을 제외한 거의 모든 날을 서점에 들렀다. 학교가 끝나면 점심 먹고 다른 아이들이 학원 갈 시간에 무영은 서점으로 갔다. 저녁 7시가 다 될 무렵까지 서점에 주저앉아 읽는 책은 공부와는 거리가 멀었고 이삼일에 한 번씩은 공부와 관련된 문제지나 참고서 등을 사 들고 왔다.

서점 점원들도 무영의 얼굴을 알 정도로 서로 인사를 주고받는 사이가 됐고 이삼일에 한 번씩 책을 사 가는 고객이다 보니 몇 시간씩 앉아서 책을 읽고 가는 무영이를 타박하는 직원은 없었다.

'기'와 관련된 책을 보면서 한자도 많이 나오고 이해할 수 없는 단어가 나오면 휴대폰으로 검색을 해가며 보았다. 한참 한자 공부를 하는 중이라 공부에도 도움이 된다고 생각되어 열심히 파고들었다. 그래도 이해가 안 되는 부분이 많아서 무영은 한자를 좀 더 공부한 다음에 '기'에 대한 책을 다시 보기로 마음먹었다.

어느 날 아침에 등교하자마자 미래가 가방을 내려놓으며 수다를 떨기 시작했다.

"지난 주말 음악 방송 보다가 '소리 5'라는 오빠들 그룹을 봤거든. 우~와! 정말 너무 노래도 잘 부르고 춤도 잘 추고 한 마디로 너무너무 멋진 거 있지. 나 홀딱 반해서 공부도 안 하고 하루 종일 그 오빠들 노래만 들었어. 그런데 말이야. 그 오빠들 생긴 것도 너무너무 잘생긴 거야. 너무 멋있어."

무영이 시큰둥한 반응을 보이자 미래는 가방에서 사진 수십 장을 꺼냈다.

"이거 봐라. '소리 5' 오빠들 사진들이야. 어제 문방구 뒤져서 샀어."

미래가 들뜬 표정으로 무영이 코앞에 잘생긴 남자 아이돌의 사진을 들이밀었다.

"이 오빠가 진성이고, 이 오빠가 내가 제일 좋아하는 하오 오빠야. 잘생겼지?"

무영이 사진들을 보다가 고개를 돌려 버렸다.

"화장하면 누구나 다 이뻐. 조금만 잘생겨도 화장하면 더 돋보이니까."

무영의 말에 미래가 강하게 부정했다.

"아냐, 아냐. 화장해서가 아니라 하오 오빠는 정말 잘생겼어. 내가 컴퓨터를 뒤져서 수백 장의 사진과 동영상을 봤는데 정말 잘생겼다구. 너무 멋져."

미래를 가만히 보다가 무영이 책 한 권을 꺼내어 펼치고는 책에 몰두하기 시작했다. 바로 옆에서 미래가 끊임없이 조잘대는 소리가 먼 곳에서 들려오는 새소리로 들렸다. 느닷없이 무영의 한쪽 귀에 이어폰이 꽂히고 음악 소리가 들리면서 노랫소리가 들렸다.

"이게 '소리 5' 오빠들 음악 중에 내가 제일 좋아하는 노래야. 들어봐."

강제로 듣는 음악은 댄스 장르라 템포가 빨랐다.

"이거 춤도 멋있어. 어제부터 동영상 틀어 놓고 따라 하고 있는데 아직 잘 못 하지만 반드시 똑같이 따라 출 수 있도록 할 거야."

미래가 음악에 맞춰 손동작을 하다 멈추고 음악도 끝났다.

"어때? 멋있지? 가사도 좋고, 따라 부르기도 쉬워."

무영의 귀에 꽂힌 한쪽 이어폰을 회수하며 미래가 조잘댔다.

"내가 재미있게 할 수 있는 한 가지를 발견했어. 바로 음악을 들으면서 노래도 부르고 춤을 추는 거지. 노래는 나도 잘 부르니까 뭐…… 근데 너 내 얘기 듣고 있니?"

미래가 혼자 열심히 떠들다가 무영이의 반응을 살폈다.

"응, 듣고 있어. 음악이 박자가 빠른 게 너랑 맞나 보다. 재밌는 걸 찾았다니 축하해."

"이 오빠들 데뷔한 지 3년이나 됐대. 난 이번에야 알았는데 한창 잘 나가는 오빠들이야."

미래는 자기가 아는 것을 무영이에게도 아낌없이 알려 주고 싶은지 끊임없이 조잘댔다. 선생님이 들어오고 수업 종이 울릴 때까지.

수업 시간에도 사진을 들여다보거나 들릴 듯 말 듯 한 작은 소리로 노래를 흥얼거리는 소리도 들렸다.

가을이 되자 미래는 쉬는 시간마다 교실 뒤 공간에서 아이들과 '소리 5'의 음악을 휴대폰으로 틀어 놓고 춤을 추었다. 그 주위를 둘러싸고 아이들은 박수를 치며 응원을 해 주었다. 처음에는 미래와 다른 여자아이 둘이서 췄는데, 날이 지나자 남자아이 여자아이 할 것 없이 늘어나서 쉬는 시간이면 뒷자리뿐만 아니라 책상 사이까지 아이들이 들어차 흥겹게 흔들거렸다.

해가 바뀌어 2학년, 3학년, 졸업할 때까지 무영은 이은주 선생이 담임을 맡았다. 이은주 선생이 무영이 배정된 반을 자청해서 맡았기 때문이었다.

또한 무영의 부모님이 중간중간 이은주 선생과 교장 선생을 찾아가 아이의 특수성을 상담한 결과이기도 했다. 시험은 언제나 백 점이어서 학교에서도 무영의 학습 진도에 따로 주목하고 있었고 간혹 교장, 교감 선생이 수업 시간에 참관을 오기도 했다.

미래와는 2학년에 반이 바뀌었다가 3학년에 다시 같은 반이 됐다. 미래의 요청으로 다시 무영과 짝이 된 미래는 더 예뻐졌고 키도 부쩍 자랐다.

"나 키 클 동안 너 뭐 했니? 나보다 작잖아."

미래가 무영을 일으켜 세우더니 대뜸 손으로 키부터 가늠해 보며 말했다.

"그러게. 네가 더 큰 거 같다. 많이 컸는데…… 키 크는 약 먹었냐?"

"잘 먹었지. 맨날 춤을 추니까 배고파서 먹고 춤추고 그랬더니 이렇게 커버렸네. 헤헤헤……."

미래가 화사하게 웃었다.

"여자아이들 중에 네가 제일 큰 거 같다."

"잘 먹고 운동해서 그런 거라고 하더라. 춤추는 게 얼마나 힘든 운동인지 아니? 힘든 운동 하면서 잘 먹으니까 크는 거야. 너도 운동해 봐. 뭐든 잘 먹게 돼. 넌, 운동 안 하지?"

"응, 안 해."

"공붓벌레니까 여전히 책만 보겠구나."

"아니야. 작년부터 한 달에 한두 번씩 산에 가. 여기서 청계산 가깝잖아. 아빠하고 엄마하고 주말에 특별한 일 없으면 운동 삼아 다녀오곤 해."

"너 형 있잖아. 형은 안 가?"

"형은 태권도만으로도 운동 충분해서 괜찮아."

"우리 엄마도 가끔 청계산 가시는데…… 언제 나도 한번 따라가 봐야지. 산에 올라가는 거 힘들지 않아?"

"네가 춤추는 것보다 쉽지 않을까? 춤은 박자 맞춰서 온몸을 움직이는 거지만 등산은 그냥 오르는 거잖아. 아무 생각 없이 걷고, 걷나 보면 다 올라가 있어. 그 과정에서 땀은 좀 나지. 요즘도 '소리 5' 좋아하냐?"

"그럼, 그 오빠들도 좋지만 요즘 새로 데뷔한 그룹이 있는데 노래가 너무 좋아서 나 또 뿅 갔잖아."

"아, 그래? 너 참 잘 반하는 스타일이구나."

무영이 빈정거리자, 미래가 받아쳤다.

"좋은 노래를 알아보는 거지. 너도 좋은 책 보기 위해 서점에 맨날 다니잖아. 나는 좋은 음악을 알아듣는 귀가 트인 거고 너는 책 보는 즐거움을 아는 거야. 너와 나의 차이지."

"키만 큰 게 아니라 생각도 많이 컸네. 어른처럼 말한다."

"우리 음악이 지금 세계를 주름잡고 있잖아. 좋은 음악은 나라를 가리지 않고 듣는 귀가 같아. 내가 좋아하는 음악은 다 세계적으로 히트 치고 있어. 조회수도 엄청나고 외국에서 커버 댄스 동영상도 엄청 올리고. 너도 음악에 관심 좀 가져 봐."

"그냥 너를 통해 들을게."

미래가 잠시 뜸을 들이더니 물었다.

"너 내 목소리, 좋다고 했지?"

"응, 맑고 곱고 들으면 귀에 쏙쏙 들어오는 소리랄까?…… 그런 매력이 있지."

"그럼, 나 가수 되면 어떻겠니?"

무영이 미래의 눈을 보았다. 웃음기가 빠진 미래의 표정은 진지했다.

"응, 넌 소질이 있으니까 잘할 거야."

"진심이지? 전에는 듣고 따라 부르고 따라 춤추고 했는데 이젠 내가 가수가 되어 마음껏 노래 부르고 춤추고 싶은 꿈이 생겼어."

마치 비밀 얘기라도 하는 것처럼 미래가 작은 소리로 속삭이듯 말했다.

그걸 증명이라도 하듯 미래는 오락 시간, 체험 학습을 나갈 때나 학교 행사가 있을 때마다 춤과 노래를 선보이며 아이들의 환호성을 이끌어 냈다.

말이 없는 무영과는 달리 활발하고 사교성이 좋은 미래는 주변에 항상 아이들이 들끓었고 아이들을 몰고 다녔다. 공부에 관심이 있는 아이들만이 가끔 무영의 공부에 관심을 보였지만 그 수는 한두 명에 불과했다.

미래가 무영이 소외되는 것을 막기 위해서인지 학교 주변에서 아이들과 놀 때면 무영을 데리고 갔다. 다른 아이들에게 스스로 다가가지는 못해도 미래가 깔아 주는 판에서 무영은 다른 아이들과 스스럼없이 어울렸다. 2학년을 공부만 하며 심심하게 보낸 무영에게 미래의 존재는 새로운 세상의 연결고리와 같았다.

하지만 그것도 1학기가 끝이었다. 2학기가 시작되자 여름방학 때 여러 기획사를 찾아다니며 오디션을 본 미래가 연습생으로 뽑혀서 학교가 끝나면 기획사 연습실로 직행했기 때문이다.

학교에서도 기획사 연습생 신분인 미래에게 수업 시간 연장이라든가 야외활동 행사에 참여하지 않아도 되는 선택권을 주어 특기생으로서 배려해 주었다. 덕분에 학교 밖에서 미래의 얼굴을 보는 것은 하늘의 별 따기가 되어 버렸다.

5학년이 되어 무영은 부모님의 권유로 중학교 졸업 검정고시를 봤다. 모든 과목에서 고득점으로 합격하자 엄마의 교육열이 다시 불타오르는 것 같았다. 엄마는 무영을 영재 학교에 보내거나 미국이나 영국으로 유학을 보내 무영의 뛰어난 머리를 살려야 한다고 아빠를 잡고 설득했다. 그럴 때면 아빠는 무영을 불러 의향을 물었다.

"모든 것은 당사자가 결정을 해야 나중에 후회를 안 하고 원망을 안 듣지. 무영이 네 생각은 어떠냐? 유학을 갈래? 영재 학교를 갈래? 아니면 지금처럼 공부할래? 네 생각을 말해 볼래?"

무영이 지체 없이 말했다.

"내년에 한문 1급 자격증을 따고, 고등학교 졸업 검정고시를 봐서 곧바로 대학을 가려구요. 그때까지 제가 뭘 할 건지 생각해 볼 거예요. 유학을 가면 지금 뭘 할 건지 선택해야 하는 거잖아요. 그럼, 부담감 때문에 선택의 폭이 오히려 줄어들 수 있어요. 엄마! 미안해요. 기대에 부응하지 못해서."

아빠가 무영이를 향해 하얀 이를 드러내며 웃었다.

"어이구, 우리 아들! 다 컸네. 엄마나 아빠보다 생각하는 게 한 수 위다. 그래! 네가 원하는 대로 하려무나."

"뭐가 한 수 위야. 어려서 더 큰 세상이 있다는 걸 모르는 거지."

엄마가 속상한지 아빠에게 툴툴거렸다.

"엄마, 제 의견도 존중해 주세요. 네? 엄마."

"어이구, 내가 못 말려. 하지만 뭘 할지는 엄마에게 상의 좀 하렴."

"네!"

외국의 명문대로 유학을 보내고 싶어 했던 엄마의 마음을 무시한 것 같아 무영은 내심 미안했다.

6학년에는 어렵다던 한자 1급 자격증까지 따면서 주위의 부러움을 샀지만, 이은주 선생은 그동안 무영의 공부 과정을 봐서인지 당연하게 생각하였다.

초등학교를 졸업한 무영은 중학교에 진학하지 않았다. 이미 검정고시로 중학교 과정을 마친 상태라 집에서 고등학교 과정 검정고시를 봐서 바로 대학에 들어가기 위해서였다.

집에서는 학과 공부를 집중적으로 했고 머리도 식힐 겸, 틈틈이 서점에 가서 관심이 가는 책을 뒤적였다. 무영이는 일반 소설뿐만이 아니라 역사와 한자로 된 옛날 책까지 보았고 연관된 책을 자연스럽게 찾아보게 되었다. 한자의 조합과 파자(破字)에 매력을 느낀 무영은 옛 고서들을 찾아 문고 매장을 헤매기도 하였고 하루 종일 책만 찾다가 허탕 치고 돌아오는 날도 생겨났다.

여전히 비쩍 마르기는 했어도 제법 키도 자랐고 젖살이 빠진 얼굴은 갸름해졌다.

그날도 한자로 된 책을 들고 열심히 보고 있는데 누군가 말을 걸어왔다.

"아직 어린 학생 같은데 어려운 책을 보고 있네."

무영은 옆의 사람에게 말한 줄 알고 그냥 책을 보았다. 웬 남자가 무영의 옆에 털썩 주저앉아 무영의 얼굴을 들여다보았다. 무영이 그제야 고개를 돌려 남자를 쳐다봤다.

"벌써 며칠째 그 책을 보고 있던데 그 책 내용이 이해가 되나, 학생?"

사십 대쯤 되는 민 꺼풀의 작은 눈매에 안경을 쓴 평범한 인상의 호리호리한 몸매의 아저씨였다.

"이거 아주 어려운 책인데…… 게다가 한문으로 된 쪽을 읽고 있구먼."

"잘 몰라요. 그래서 다시 보고 있는 거예요."

사실 내용은 이미 파악하고 있었지만 한자의 조합에 대해서 흥미를 느끼게 하는 부분이 있어서 다시 읽는 중이었다. 글자를 두 개, 세 개를 합쳐야 한 글자가 되기도 하고 하나의 글자를 여러 개로 나누어 해석해야 하는 부분도 있었다. 그만큼 옛날 고서는 어려웠다. 글자에 감추어 둔 내용이 글자 그대로가 아니어서 파자를 해야 하는 경우도 있고, 현대와 다르게 당시 상황에 맞게 인용된 문구도 있어서 당시 상황도 고려해야 했다.

하지만 무영은 모른다고 잡아뗐다.

"이해가 안 돼서 다시 본다? 한자는 아는 한자고?"

"1급 자격증 있어요. 얼마 전에 땄거든요."

"어!!! 아니 아직 어린 학생 같은데…… 몇 학년이야?"

"몇 학년은 없구요. 열세 살이에요."

"어! 정말?…… 대단하네. 어른들도 따기 어려운 게 1급인데……. 그럼, 이 한자들은 다 알아보겠네."

"네, 대충요."

"근데 몇 학년이 없다는 건 뭐니? 학교 안 다니니?"

"초등학교 다니면서 중학교 과정 검정고시 패스했거든요. 그래서 지금 고등학교 과정 검정고시 준비하고 있어요. 공부하다 지겨우면 잠시 여기 와서 책을 봐요."

"허!…… 그렇구나. 학습 진도가 엄청 빠르구나. 그 와중에 한자까지 이렇게 익혔다고…… 뜻은 알겠니?"

"그게 안 되니까 다시 읽는 거죠."

"그것과 비슷한 종류의 책은 읽은 적 있니?"

"비슷한 종류? 있어요. 《채지가》라고 저기 꽂혀 있는 책이요. 그건 한글과 섞여 있어서 보기 편한데 이건 모두 한자라 문맥이 막히는 게 있어요."

무영이 몸을 돌려 가리키는 손가락은 두어 걸음 떨어진 책꽂이 맨 위 칸이었다.

"음, 《채지가》…… 그 내용은 이해했니?"

"아뇨, 이해가 될 듯 말 듯…… 아뇨. 못했어요. 그저 한자 읽은 거 밖에 없어요. 뭔 내용인지, 무슨 글을 그렇게 힘들게 써 놨는지 모르겠어서 결국 해설서를 찾아봤어요."

남자가 웃었다.

"해설서를 봤다면 어떤 내용인지는 알겠구나."

무영은 잠시 생각하다가 말했다.

"그게요. 해설서를 보니까 예언 같은 거라고 했는데…… 그래도 이해는 잘 안 가요. 이것도 아무래도 해설서를 봐야 할 것 같은데요. 《채지가》랑 이 《격암유록》이랑은 비슷한 종류가 맞나요?"

"맞다. 하지만 좀 더 정확한 건 이 《격암유록》이라고 봐야겠지."

"아저씨는 뭐 하는 사람이에요?"

"네가 보는 그런 책 연구하는 사람."

"아~ 그럼, 아저씨는 이 책 내용에 대해서 잘 아시겠네요."

"다른 사람들보다는 안다고 봐야지. 그렇지만 다 안다고 말하는 건 아니야. 봐서 알겠지만 이런 비결서 같은 건 이리저리 은유법에다 글자를 풀어 놓기도 하고 압축시켜 놓기도 해서 단순히 한자를 아는 것만으로는 해석이 안 되지."

무영이 고개를 끄덕였다.

"맞아요. 그것 때문에 머리가 아파요."

남자가 또 웃었다.

"네 나이에 이런 책에 관심을 가지는 것도 특이한데 읽고 해석하려고 노력하는 애도 처음 봤다. 한자에 일찌감치 관심이 많았던 것을 보니 아무래도 전생에 선비였나 보다. 기특하구나."

무영이 혼잣말을 중얼거렸다.

"이것이 비결서라는 거구나. 비결서……."

"세계에는 많은 예언서가 있어. 노스트라다무스 같은 예언가가 남긴 것도 있고, 성경에도 미래를 예언한 대목이 나오고, 불경에도 나오고…… 우리나라에도 많은 예언서가 있는데 그중에서도 《격암유록》을 최고로 치지. 정확하기도 하고."

"아…… 그렇구나!"

"한 번 읽었다며. 머리가 아플 정도면 뭔가 아는 것도 있다는 건데."

"제가 뭘 알겠어요. 그냥 모르니까 머리가 아픈 거지요. 글자만 아니까…… 그런데 다른 책을 보니까 이게 위서라는 말도 있어서 계속 봐야 하나 망설이고 있어요. 계속 봐야 하나요?"

남자가 무영을 물끄러미 바라봤다.

"한자를 좋아하는 사람은 고전을 많이 보는데……《사서삼경》 같은 거 말이다."

"그건 다 봤죠. 동양의 정서랄까 그런 게 다 들어 있으니까…… 아쉬운 건 그게 중국 거라는 거죠."

"허!!! 너 정말 열세 살 맞니?"

"네!맞아요."

무영도 남자를 똑바로 쳐다봤다.

"혹시 아저씨가 쓴 책도 있어요? 이런 쪽 전문가라면서요?"

"응?…… 아!!! 그래, 있어. 잠깐 기다려 봐."

남자는 일어나서 책꽂이 이곳저곳을 뒤지더니 책 하나를 빼서 들고 와 다시 자리에 앉았다.

"이거다."

남자가 건네준 책을 받아 든 무영이 책의 앞과 뒤를 살폈다. 앞에 《격암유록》이라 적혀 있고 밑에 저자 '김태준'이라 적혀 있었다. 책을 대충 아무 데나 펼쳐서 보니 본문 밑에 해석을 달아 놓은 식으로 되어 있었다. 무영이 천천히 몇 장을 넘겨 가며 보는 동안 김태준은 잠자코 지켜보고 있었다.

십여 분이 흐른 뒤 무영이 고개를 들고 김태준을 쳐다보며 물었다.

"아저씨는 이걸 얼마 동안 연구하신 거예요?"

"한 20년 동안…… 했지."

"우와!!! 몇 살 때부터 연구하신 거예요?"

"대학교 다니면서 흥미를 가지고 보기 시작했으니까……."

"대학이면……."

무영이 책을 무릎에 놓고 손가락을 펼쳐 든 채 열심히 꼽더니 다시 김태준을 쳐다봤다.

"그럼, 아저씨 사십 대시네요. 우와~ 우리 아빠와 비슷한 어른이시네. 그런데요, 이게 해석하는 게 보는 사람마다 다 다를 수 있지 않나요?"

"맞아. 그래서 같은 문장을 가지고 해석이 다 다르다 보니 책에 따라서 해석이 조금씩 다른 부분도 있을 거야. 하하하…… 참, 내가 어른하고 이야기하는지 아이하고 이야기하는지 자꾸 헷갈린다. 이거 받아라."

김태준은 주머니에서 명함을 한 장 꺼내서 무영이에게 주었다. 조그만 하얀 종이 위에는 '동양역술원장 김태준'이라고 적혀 있고 밑에 전화번호가 있었다. 뒷면에는 찾아오기 쉽게 약도까지 그려져 있었다.

"역술원이면……."

"점 보는 게 아니라 사주추명학이라고 해서 오랫동안 동양에 전해져 내려오는 통계학 같은 거야. 들어 봤니?"

"아니요."

"보통 이런 책을 보기 시작하면 같이 관심을 갖게 되는 분야이기도 하지. 통계는 알아?"

"수학에 나오는 통계는 알아요."

사람들이 태어날 때 해와 달, 날짜, 시간에 따라 다 다르게 태어나거든. 그걸 오랫동안 관찰하고 기록해서 통계를 낸 게 네 개의 기둥,

여덟 글자, 사주팔자란다."

"아! 사주팔자~ 그 소리는 어디선가 들어봤어요."

"사람들이 평생 순탄하게만 살지는 않기 때문에 어려워지거나 곤란해지면 내 팔자는 왜 이럴까, 하거든. 그럴 때 이런 걸 알면 좀 도움이 되지."

"별로 그쪽엔 관심이 없어요."

"아, 그래! 내가 너를 자꾸 어린이로 안 보고 어른으로 착각하고 있단 말이지."

"저 어린이는 아니고요. 청소년이에요. 이거요, 아저씨! 저 가 봐야겠어요."

무영이 김태준에게 《격암유록》를 건네주고 자리에서 일어났다.

"그래, 혹시 나한테 뭐 묻고 싶은 게 있다거나 배우고 싶은 게 있다면 그 명함에 있는 번호로 전화하도록 해라. 아참, 너 이름이 뭐니?"

"무영이요. 김무영!"

"아! 그래, 김무영! 기억해 두지."

고등학교 입학을 앞둔 대영이 열심히 컴퓨터 오락을 하고 있었다. 무영은 대영이 방에 와서 밖이 잘 보이는 침대에 누워 팔을 머리 위로 돌려 낀 채 창밖의 하늘을 바라보며 생각에 잠겨 있었다.

일요일이라 부모님이 모두 집에 계셔서 오늘은 서점을 가지 않고 그동안 읽었던 책 중에 기억에 남는 내용들을 되새김질하는 중이었다.

어제 김태준에게는 이해가 되지 않는다고 대답했지만, 무영은 이해하고 있었다.

《격암유록》의 내용은 민족의 앞날을 예언해 놓은 비결서다. 어제 낮에 서점에서 만났던 남자가 이야기하지 않아도 처음에 책 내용을 봤을 때부터 이상하게 머릿속에 내용이 그대로 들어왔다. 글자가 아니라 내용이 하나하나 다 이해되면서 머릿속에 들어온 것이다. 반면 다른 예언서들도 읽었지만, 그 책들은 이해는 갔지만 두세 번씩 읽어야 했다. 무영은 그것이 이상했다. 다른 것보다 내용도 길고 글의 조합이 결코 쉬운 게 아니었는데 마치 예전에 일기 쓴 것을 다시 꺼내 본 듯한 느낌이었다.

'뭐야, 이 느낌은…… 그 아저씨 말대로 전생에 내가 선비였고, 그 선비 시절에 혹시 내가 쓴 거 아냐?'

중학교를 졸업하고 고등학교와 대학을 미국에서 다니기 위해 대영은 2년 전부터 영어 공부에 매달렸다. 무영과 방에서 대화할 때도 영어로 대화하는 등 열성을 보여서 무영에게도 많은 도움이 됐었다.

그 사이에 엄마는 수도 없이 무영에게 형과 같이 미국 유학을 권유했으나 무영은 서양 문화는 자신에게 맞지 않는다는 이유로 거절했다. 결국 무영이의 고집을 꺾지 못한 채 대영만 미국으로 유학을 떠났다.

대영이 미국으로 유학을 떠나고 무영은 홀로 남았다. 서점에 가는 것을 멈추고 영어 학원에 다니기 시작했다. 고급반으로 들어가 회화 위주로 공부하면서 고등학교 과정 검정고시에 대비해 공부했다. 검정고시에 붙으면 바로 대학에 진학할 예정이라 무영은 이것저것 해야 할 것이 많았다.

부모님은 출근하고 형마저 유학을 떠나고 나니 하루 종일 혼자 집에 있었다. 그나마 영어 학원이라도 다니느라 바깥출입을 했고 주말이면 부모님과 가까운 산에 운동 삼아 등산을 다니는 것 외에는 거의 집에 틀어박혀 공부에 열중했다.

몇 달을 그렇게 혼자 공부하다가 6월이 되어 엄마의 권유로 영어 학원을 그만두고 검정고시 학원을 등록하고 다녔다. 모의고사도 꼬박꼬박 보면서 다양한 연령층이 모여 공부하는 강의실에서 무영이 가장 어렸지만, 모의시험 때마다 점수가 가장 높았다. 어린 나이에 어려운 문제도 척척 푸는 것이 대견했는지 같이 공부하는 어른들로부터 사랑을 받아 가며 아침부터 저녁까지 학원에서 지냈다.

미래에게서 가끔 문자가 왔다.

'공부에 빠져서 밥까지 굶지 마. 키 안 커.'

'기지개 켜고 하늘을 봐, 솜털 같은 구름이 떠 있어. 완전 예쁘다.'

'오늘 연습생들 테스트 봤거든. 나 안무 샘에게 개쪽 당했다. 나더러 발전이 없다는 거야. 화장실 가서 펑펑 울었어. 당장 그만두고 싶더라. 이렇게 참고 참다 보면 데뷔할 때쯤 나 산속에서 도 닦는 도사보다 더 도사처럼 되어 있을 거야. 잘 자.'

'비가 오니까 네 생각나서 문자 보내. 내 문자 볼 때라도 좀 쉬라고.'

미래의 바람대로 무영은 미래의 문자를 볼 때면 잠시 쉬곤 했다.

무영의 일상은 학원과 집, 주말에 등산을 가는 것 외엔 다른 일정이 없었다. 검정고시가 임박했어도 부모님과 꼬박꼬박 등산은 다녔다.

학생들의 여름방학이 끝나갈 무렵, 무영은 고등학교 과정 검정고시를 봤다. 그리고 결과가 나오기 전에 다시 대학 입학시험에 대비한 공부에 들어갔다.

엄마가 과외 선생님을 붙여 주겠다고 했지만, 무영은 그냥 검정고시 학원에만 계속 나갔다. 학원 선생님의 지도를 받아 가며 형, 누나들과 어울리며 공부하는 쪽이 더 편하고 좋았던 것이다. 꽉 찼던 강의실이 고등학교 과정 검정고시를 보고 나서는 텅텅 비었다. 하지만 며칠 지나자 다시 서너 명이 학원으로 와서 공부하기 시작했다.

검정고시에 붙으면 무영처럼 바로 대학 입시를 보기 위한 사람들이었다. 몇 달밖에 안 됐지만, 같이 공부했던 형, 누나들은 공부의 시기를 놓쳐서 뒤늦게 공부하는 사람도 있었고, 사춘기 때 방황하다가 자퇴하거나 퇴학당한 사람도 있었다. 이런저런 이유로 사회의 편견을 이겨 내기 위한 과정으로 뒤늦게 학업의 울타리 안으로 들어와 힘들게 공부하는 사람들이라 서로 간의 끈끈한 정들이 남달랐다.

무영 같은 특수한 경우는 드물어서 무영에게 부끄러워하면서도 모르는 걸 묻기도 하였다. 점심시간에는 도시락과 과일 등 먹을 걸 싸와서 같이 둘러앉아 먹었는데 마치 소풍 온 것처럼 풍성했다.

무영은 고등학교 과정 검정고시에 합격하자 바로 대입 수학 능력 시험 접수를 했다. 매일 나와서 공부하던 사람들 외에 두 명이 더 접수를 하고 얼마 안 남은 기간을 학원에 모여 공부했다. 담당 선생의 지도 아래 아침부터 저녁까지 온통 코앞으로 다가온 수능 공부에 열중했다.

계절이 겨울로 접어드는 길목이라 부쩍 찬 바람이 불고 쌀쌀해졌다. 다행히 수능 당일 날씨는 포근했고 시험은 생각만큼 어렵지 않았다.

시험이 끝나자 다음 날부터 무영은 매일 서점에 앉아 책을 읽었다. 시험 때문에 한동안 미뤄 두었던 책들을 닥치는 대로 읽기 시작한 것이다.

"여기 있을 줄 알았다."

언제 왔는지 미래가 옆에 앉으며 새초롬한 표정을 지었다.

"문자를 해도 안 보길래 혹시나 해서 왔더니만…… 역시네. 공부하느라 머리가 아플 텐데 영화도 보고 놀면서 푹 쉬지 또 책이냐? 지겹지도 않니?"

"아! 미래구나. 반갑다. 문자 했었구나. 옷이 두꺼워서 진동이라 몰랐어. 미안."

무영이 서둘러 휴대폰을 꺼내 들고 문자를 확인하자 미래가 인상을 찡그렸다.

"사람이 여기 와 있는데 이제 와서 문자 확인할 필요가 있니?"

문자는 '바쁘지 않을 것 같은데 얼굴 좀 보자'는 내용이었다.

무영이 빙그레 웃으며 미래를 보았다.

"그래. 공부하면서도 가끔 네가 보내 주는 문자가 굉장한 응원이 됐어. 나는 답장을 못 해 줄 때가 많았는데…… 정말 고맙다."

"정말 고마운 거 맞아?"

미래가 무영을 꼬나보며 물었다.

"그럼. 내가 속에 없는 소리나 할 놈처럼 보이냐? 내가 그런 놈이면 네가 좋아하지도 않을 텐데…… 안 그래?"

무영의 말에 미래의 표정이 풀렸다.

"에휴…… 그렇지, 그래. 네가 그렇게 헤픈 애면 내가 좋아하지도 않지. 그런데 나만 너를 좋아하는 것 같은 기분이 들어서 가끔 화가 나. 나 좋다고 따라다니는 남자애들 다 제쳐 두고 나를 생각하는지 안 하는지도 모르는 너한테 내가 매달리는 느낌이거든. 그래서 화가 나."

"나 수능 봤잖아. 내가 뭐 하고 있는지 잘 알면서…… 잘 응원해 주다가 이제 투정 부리기냐?"

"뭘 하고 있는지 아니까 응원했지. 그래서 시험은 잘 봤지? 어떤 거 같아? 점수는 어느 정도 나올 것 같아?"

미래가 궁금한 것을 한꺼번에 질문하자 무영이 손에 들고 있던 책을 덮었다.

"잘 봤어. 점수도 잘 나올 것 같아. 나가자. 강남역 쪽으로 가서 맛있는 거 먹으면서 얘기하자."

강남역 인근의 피자집에 자리 잡고 앉아 바깥을 바라보며 무영이 말했다.

"날씨가 포근하다. 겨울이면 겨울답게 추워야 하는데……."

"어느 학교 갈지는 정했어?"

"야, 너 선생님처럼 그러지 마. 학원 가면 매일 듣는 소리란 말이야. 집에서도 듣던 소리고, 너마저 같은 소리냐."

"궁금하니까 그렇지."

"원서를 넣는다고 다 붙는 것도 아니고 나중에 합격하면 말해 줄게. 말했다가 떨어지면 창피하니까."

"뭐가 창피하냐? 이제 겨우 열세 살인데…… 어딜 가든 무조건 대단한 거지. 어쨌든 해낸 거잖아."

"그런가……?"

무영이 쑥스럽게 웃자 미래가 따라 웃었다.

"아! 지금 생각났다. 내가 널 왜 좋아하는지……."

"뭐?…… 왜?"

"난 네가 머리가 좋아서 좋아하는 줄 알았는데 아니더라. 너 참 잘생겼어. 우리 기획사에서 연습생을 뽑을 때 능력도 보지만 비주얼을 우선적으로 봐. 능력은, 뽑아 놓고 훈련 시키면 갖춰져. 그런데 비주얼은 안 되지. 그래서 비주얼을 우선적으로 보거든. 그래서 우리 기획사에도 잘생긴 남자 연습생과 선배들이 많은데 그 애들보다 네가 더 잘생겼어."

무영이 활짝 웃었다.

"미래 눈에 뭐가 씌었구나. 콩꺼풀! 하하하……."

"아이~씨…… 정말."

미래의 얼굴이 수줍게 달아올랐다.

"미래야. 너두 지금 엄청 이뻐. 매일매일 이뻐지나 봐. 초딩 1학년 때 너랑 짝꿍이었을 때 기억난다. 내가 가끔 엎어져서 자곤 했었잖아. 한 번은 자는 척하고 실눈 뜨고 너 계속 봤었는데, 너 몰랐지?"

"그런 적이 있었어?"

"그랬어. 넌 몰랐겠지만. 난 이미 그때부터 널 좋아했었나 봐."

미래가 두 손을 가슴에 얹고 쓸어내렸다.

"어, 어…… 다행이다. 짝사랑이 아니라서. 이제 화내지 않을 거야. 그걸 이제야 얘기해 주다니…… 응큼하게."

"우리가 어른이 되기까지 아직 시간이 많이 남아 있으니까, 그리고 할 일도 많고, 가야 할 길도 정해야 하니까……."

"그럼, 우리 오늘부터 정식으로 사귀자. 오늘부터 일 일."

"응? 아!!! 그래. 그러자."

미래가 콜라잔을 들어 올리자, 무영도 콜라잔을 들어 건배했다.

“참 신기하다. 어려서부터 이렇게 계속 만나지는 게.”

“같은 학교에 다니고 같은 동네에 사니까 그렇지. 동갑이고.”

미래가 행복한 표정으로 무영을 바라보다가 물었다.

“우리가 십 년 후에는 어떻게 되어 있을까?”

“글쎄⋯⋯ 너는 유명한 걸그룹의 멤버가 되어 여기저기 공연하러 다니고 있을 거야. TV나 라디오에서도 네 목소리가 들리고 아주 유명해져 있겠지.”

무영이의 예상에 미래가 고개를 저으며 말했다.

“서울에 기획사가 얼마나 많은지 알아? 수백 개의 그룹 중에서 단 몇 개의 그룹만이 이름을 알리고 대부분은 데뷔도 못 하고 사라져. 데뷔한다 해도 고생만 하다가 사라지는 그룹이 대부분이고⋯⋯ 나 벌써 연습생 된 지 4년 차야. 처음엔 기뻐서 열심히 했었거든. 그리고 남들보다 내가 잘나가는 부류에 속하는 줄 알고 우쭐했었는데 요즘에 이 계통 속성을 알고 나니까 좀 겁도 나고 꼭 이걸 해야만 하나 하는 생각도 들어. 차라리 평범하게 공부해서 회사나 다닐까, 하는 생각을 가끔 하곤 해.”

미래가 자신의 진로에 회의적인 반응을 보인 것은 처음이었다. 언제나 발랄하고 당돌해서 험하고 힘든 길이라도 잘 헤쳐가리라고 믿었었다.

“춤과 노래가 싫어지지 않았다면 계속 해. 넌 목소리도 좋고 춤도 잘 추니까 네가 어떻게 맘먹느냐에 따라 잘될 거야. 무엇보다 용감하니까.”

무영의 말에 미래가 고개를 갸웃거렸다.

"용감하니까?…… 그게 잘되는 거랑 무슨 상관이야?"

"머뭇거리다가 아무것도 못 하는 사람들도 많아. 도전을 해야 성공을 하든 실패를 하든 하는데 도전 자체를 안 하는 사람들이 많다는 거지. 그런 면에서 너는 용감한 거야. 기회는 올 거고 그때부터 미래의 미래는 환해질 거야. 나를 잊어버릴지도 모르지."

"무슨 소리야. 내가 어디에 어떻게 있든 너를 잊는다는 건 말도 안 돼. 그런 일은 일어나지 않아. 절대로!"

"단정 짓지 마라. 사람은 안 보면 잊혀지게 되어 있어. 네가 일정이 바쁘고 나도 바빠서 서로 연락이 뜸해지다 보면 지금처럼 이렇게 마주 앉아 얘기할 기회가 적어지면 차츰 멀어지게 될 수도 있어. 어쩔 수 없이."

"넌 꼭 내가 변심이라도 할 것처럼 얘기하는구나."

미래가 미간을 살짝 찌푸리며 말하자 무영이 검지손가락으로 자신의 가슴을 콕콕 찌르며 말했다.

"네가 유명해지더라도 나를 잊지 말라고 경고하는 거야."

"안 잊어. 너랑 있으면 이렇게 기쁜데, 이걸 어떻게 표현할 수가 없지만, 어쨌든 그런 일은 없어. 넌…… 십 년 후에 어떻게 되어 있을까? 내가 생각해 봤는데 어쩌면 넌 강단에서 학생들을 가르치고 있거나, 박사 과정을 밟고 있거나, 어디 근사한 연구실에서 연구원으로 근무하고 있을 것 같아."

"너무 여러 가지다. 하나만 딱 짚어 주면 좋겠는데. 그리고 군대도 다녀와야지."

"그래. 십 년 후라도 스물세 살밖에 안 되네. 대학 졸업하고 대학원까지 간다 해도 다른 사람보다 시간이 널널하게 남아."

"음. 아빠, 엄마랑 의논해 봤는데 내가 한자 자격증이 있으니까 아빠가 경제학과를 추천하셨어. 그래서 나는…… 경제학과에 갈 거야. 경제 전문가가 돼서 경제의 흐름을 정확하게 짚고 나아갈 길을 제시해 주는 학자가 되고 싶어."

"멋지다. 이제 갈 길을 정했구나. 축하해. 넌 정말 잘할 거야."

미래가 박수를 치며 호들갑을 떨었다.

어둠이 내리는 창밖으로 하얀 눈송이가 떨어지고 있었다.

"어! 눈 온다."

무영의 말에 미래가 벌떡 일어나 창밖을 보며 두 손을 들고 기합을 넣었다.

"오~예! 창창한 우리의 앞날을 축하해 주는 눈송이다. 나가자. 떨어지자마자 녹아 버리는 눈이지만 우리를 위한 눈이니까 기꺼이 맞아 줘야지."

미래가 서둘러 외투를 걸치고 나가자 무영도 뒤따라 나갔다.

가로등과 네온사인 불빛에 반사되어 눈송이들이 반짝이며 춤을 추듯이 떨어졌고 바닥에 닿는 즉시 녹았다. 두 아이는 패딩점퍼의 모자를 눌러쓰고 눈을 맞으며 강남 거리를 누볐다.

수능 점수도 높았고 한자 1급 자격증이 큰 역할을 해서 무영은 무난히 이름있는 대학에 합격했다. 어린 나이에 명문대에 들어가자 언론에서 인터뷰 요청이 잇달았지만, 무영은 단 한 곳도 응하지 않았다.

공부야 어떻게든 따라가겠지만 앞으로 형, 누나들과 부대끼며 공부할 생각에 걱정이 앞섰다. 무영은 미래에게서 들은 얘기를 실천하기로 했다.

'일단 인사만 잘하면 무조건 50%는 먹고 들어간다'는 것이다.

대학교는 4년 동안 다녀야 하는 곳이라 자칫 성깔 있는 한 명의 형에게라도 찍히면 4년이 힘들어지는 것이다.

대학 동아리

열네 살에 대학 생활이 시작되었다.

수강하는 과목마다 따야 하는 점수가 있었기에 열심히 강의실을 옮겨 다니며 강의를 들어야 했다.

강의실에 들어갈 때마다 대여섯 살 많은 동급생들의 이목이 집중됐다. 무영이 자리를 잡고 앉으면 일부러 옆에 와서 앉아 말을 걸기도 하였고 동생 대하듯 신경 써주는 동급생 누나도 있었다.

무영은 그저 웃으며 인사만 열심히 했다. 별다른 애교가 없어도 인사성 밝은 것만으로도 무영은 귀여움을 받았다. 쉬는 시간이면 형과 누나들에게 둘러싸여 여러 가지 질문 공세를 받았고, 수업 시간에는 교수님이 어린 무영에게 수업을 잘 따라오고 있는지 궁금한 나머지 질문을 종종 던졌다. 그럴 때마다 무영은 막힘없이 대답했고 동급생인 형, 누나들은 환호성으로 찬사를 대신했다.

"멋지다. 무영아!"

"잘했어. 우리 귀염둥이!"

질문을 했던 교수들도 흡족한 표정을 지으며 무영에게 응원의 박수를 보냈다.

"이번 학번 중에서 제일 어린 학생이지요. 대단해. 여러분들은 무영이보다 더 잘 알 것이라 생각하고 더 이상의 질문은 생략하겠어요."

무영의 존재는 동급생들에게 어린 친구에게 뒤처질 수 없다는 묘한 심리를 자극했고 천재와 같이 공부한다는 좋은 시너지 효과도 낳고 있었다.

하지만 그중에는 어린 천재의 등장이 달갑지 않은 동급생도 있어서 틈만 나면 트집을 잡으려고 하는 형이 있었다. 쉬는 시간이나 점심시간에 캠퍼스를 돌아다니면 어느샌가 나타나 질척거리며 괴롭혔다.

"야, 같이 다니자. 무영아! 이 형아랑 같이 다니면 너한테 집적거리는 것들 내가 다 치워 줄게. 이것 좀 들어봐."

"어우, 정남이 형. 제 것도 무거워요."

마정남이 던진 가방을 얼떨결에 들고 무영이 울상을 지었다.

"인마, 뭐 사내자식이 그만 걸 무겁다 하냐. 저기로 가자."

"형, 저 이쪽 건물 강의실에 가야 돼요. 전 그쪽이 아니에요."

마정남이 자신이 가리키던 쪽으로 발을 떼다 무영이를 돌아봤다.

"야! 너 자꾸 말대꾸 꼬박꼬박 할래. 그냥 따라와. 나 두 시간 후에나 새로운 수업 있단 말이다. 그동안 점심도 먹고 해야지."

"그건 형 스케줄이고 전 제 수업 들어가야지요. 여기 가방 받으세요."

무영이 가방을 내밀자 건들거리던 마정남의 얼굴에 웃음기가 싹 사라졌다.

"요것 봐라. 형한테 반항하는 거야?"

"반항이 아니라 제 할 일을 하겠다는 거예요. 형은 형 할 일 하시면 되고요."

"하! 요것 봐라. 정말 맹랑하네. 너 공부 좀 한다고, 교수님들이 추켜세우니까 눈깔에 뵈는 게 없지? 아주 이걸."

마정남이 주먹을 치켜들자, 뒤에서 중후한 낮은 목소리가 들렸다.

"학생! 뭐 하냐? 학내 폭력이냐?"

마정남이 돌아보니 머리가 희끗희끗한 노교수 한 명이 곧바로 다가오고 있었다.

마정남이 뒤로 한 발짝 물러나며 황급히 주먹을 내리고 허리를 굽혔다.

"폭력이라뇨. 안녕하세요. 교수님!"

다가온 교수가 두 사람을 번갈아 보더니 물었다.

"그래. 왜 자네 주먹이 무영 군을 향해 올려져 있었는지 말해 보게나."

교수가 마정남을 몰아세웠다.

"주먹이라뇨. 그저 귀여워서 쓰다듬어 주려고 한 것뿐이에요."

"그럼. 왜 무영이가 가방을 메고 들고 있는 거지? 하나는 누구 거냐?"

마정남이 재빨리 무영이 손에 있던 자신의 가방을 낚아챘다.

"아! 이거 제 건데요. 잠시 들고 있어 달라고 했어요."

"자네도 같은 1학년 아닌가. 동급생이 비록 나이가 어리지만 동생 대하듯 하는 것은 아닐세."

마정남이 펄쩍 뛰었다.

"아니, 제가 뭘 어쨌다고 그러세요. 전 애를 때리지도 않았고 동생처럼 대하지도 않았다고요."

"그래, 어쨌든 우리 학교가 학내에서 잡음이 생기면 학칙이 엄하니 조심하라고 일러 주는 걸세. 그러니 혹시나 남의 눈에 이상하게 보여서 오늘처럼 지적당하지 않도록 하게나."

노교수의 훈계가 고까운 마정남이 신경질을 부렸다.

"에이~ 교수님은 있지도 않은 일을 가지고 그러세요."

"그런 일이 있으면 안 되지. 자, 무영 군! 다음 수업이 어딘가?"

"교양 과목이라 저쪽 강의실이에요."

무영이 건물 한쪽을 가리키자 노교수가 고개를 끄덕였다.

"잘됐군. 나도 그쪽에 가던 길이었는데 같이 가세나."

무영이 마정남에게 인사를 하고 노교수와 함께 강의실이 있는 건물로 사라졌다.

교수들 사이에서 나이 어린 김무영의 소문은 나 있었고 무영이 수강을 신청한 과목의 교수들은 각별한 애정을 가지고 무영을 가르쳤다. 어린 나이에 뛰어난 성적으로 들어온 신입생을 모든 교수들이 주목하고 있었던 것이다.

하루는 동아리 전단지를 받았다. A4용지 세 장에 수십 개의 동아리가 적혀 있었다. 여행동아리, 방송댄스 동아리, 토론회 동아리, 봉사동아리, 음악듣기 동아리, 축구동아리, 산악회 동아리…… 그중에서 무영의 시선을 잡아끄는 것이 있었다.

한문 동아리, '한문의 깊이를 알자'는 부제가 달려 있었다. 한자 1급 자격증을 가진 무영으로서는 호기심이 발동하는 동아리였다.

무영이 한문 동아리 문을 열자 상급생인 듯한 남자가 쳐다봤다. 어린 무영의 모습에 잘못 온 줄 알았는지 상급생 남자가 무영에게 다가왔다.

"어딜 찾니? 여긴 동아리 방인데."

"여기가 한문 동아리방 맞아요?"

"그래, 맞아. 어디서 심부름 왔니?"

"아뇨. 제가 여기 동아리 들어오려고요."

상급생 남자가 무영의 뽀송뽀송한 솜털을 보고 물었다.

"너 몇 살이니? 우리 학교 학생 맞니? 되게 어려 보이는데……."

"이번 연도 신입생이에요. 이 전단지 보고 찾아온 거예요."

무영이 동아리 전단지를 내밀었다.

"1학년이구나. 들어와라."

동아리 방에는 좌식으로 상이 세 개가 붙여져 있고 양쪽으로 방석이 줄줄이 놓여 있었다. 구석에 작은 냉장고와 커피포트, 부루스타와 냄비, 일회용 컵 등이 있었다. 무영이 방석 하나를 차지하고 앉자 상급생이 물었다.

"나이가 어떻게 되니?"

"저 열네 살이요."

"열넷?…… 그런데 우리 대학에 들어왔다고? 너 혹시 이름이 김무영이니?"

"예! 어떻게 제 이름을 아세요?"

"아!!! 그래!!! 네가 김무영이구나. 다른 과에서는 관심 없겠지만 우리 동아리에서 혹시 네가 우리 동아리로 오지 않을까 말이 나왔었는데 역시 왔구나. 환영한다."

상급생의 말에 무영이 되물었다.

"예? 무슨 말이에요?"

무영의 앞에 앉은 상급생이 무영을 요리조리 살펴보며 말했다.

"난 3학년 이태경이다. 그냥 형이라고 불러. 어제 이 유인물을 사무실에서 찾아오면서 동아리 회원들과 네 얘기 했었어. 이번 신입생 중에 어린 나이에 1급 자격증 가지고 우수한 성적으로 들어온 학생이 있다고…… 1급 자격증이 있으니까 혹시 우리 동아리에 오지 않을까 기대를 했었지…… 그런데, 정말 왔네. 환영한다. 좀 있으면 다른 회원들도 올 거야. 잠깐 이것 좀 쓰고 있어 봐."

이태경이 내민 것은 동아리 입회서였다.

무영이 입회서를 쓰고 이태경이 갖다준 녹차에 눈길을 주고 있을 때 문이 열리며 남자 한 명, 여자 한 명, 두 명의 상급생들이 들어왔다.

"아이구, 힘들어라. 형 먼저 와 있었네요."

"안녕하세요? 어머, 여기 귀요미는 처음 보는데요. 누구실까?"

가방을 내려놓으며 무영이에게 관심을 보이는 두 사람에게 이태경이 소개했다.

"어제 너희들이 얘기했던 김무영이야. 인사해라."

"뭐?"

"어? 얘가 걔라고? 정말 김무영이야?"

막 들어온 두 사람이 동시에 놀라며 무영이 앞과 옆에 앉았다.

"이야! 뽀송뽀송 맞네. 너 열네 살이지?"

앞에 앉은 선배가 무영의 머리를 살짝 손으로 쓰다듬으며 물었다.

"네!"

"그렇잖아도 어제 한자 1급 자격증 가지고 입학한 신입생 명단을 넘겨받아서 보다가 네 얘기를 했었어. 어린 나이에 1급이라니…… 대단하다. 우리가 한자 동아리이긴 하지만 1급 자격증 가진 회원이 학생 중에서는 두 명밖에 안 돼. 그나마 두 명 모두 사 학년이라 올해 지나면 하나도 없을 판이라 걱정을 했었지. 야! 다행이다. 얘 입회서 썼어?"

옆에 앉은 여자 상급생이 무영의 옆에 붙어 앉아 떠들어댔다.

이태경이 대답했다.

"썼어. 전부 한자로."

"정말? 어디 보자."

여자 선배가 호들갑스럽게 이태경이 가리키는 곳으로 빠르게 몸을 움직였다.

"정말…… 이건 단지 아는 것에 그치지 않고 필체 봐라. 우~와!!!"

여자 선배가 탄성을 지르자 남자 선배도 옆으로 와서 무영의 입회서를 들여다보았다.

"물건이네. 도대체 어떤 머리를 가졌길래 이런 실력을 갖출 수 있는 거야. 나는 흥미가 있어서 매일 외우려고 해도 외우는 만큼 까먹는데……."

남자 선배가 자책하듯이 뇌까리자 여자 선배가 씨익 웃으며 격의 없는 농담을 건넸다.

"석두(石頭) 깨기가 그리 쉬운 건 아니지."

"치이~ 급수 하나 높다고 되게 재네."

"억울하면 1급 따라. 벌써 다섯 번이나 떨어졌지. 아마……?"

여자 선배가 입회서를 제자리에 놓고 다시 무영의 옆에 가서 앉았다.

"무영아. 나는 2학년 누나 박민숙이라고 해. 잘 지내보자. 천재가 우리 동아리에 들어온 것을 격하게 환영한다. 넌 우리 동아리의 해님이야."

남자 선배가 이태경 옆에 앉자 박민숙이 소개했다.

"여기 이 힘만 있어 보이는 형도 2학년 안학수야. 한자 실력은 형편없지만 그래도 하겠다고 동아리에 들어왔으니까 네가 잘 가르쳐 주라."

"안학수다. 2학년생이고 그냥 형이라고 불러."

안학수가 박민숙의 말을 자르고 손을 무영이에게 내밀었다. 얼떨결에 안학수의 손을 잡았다.

"예!"

"무영이가 너희들 때문에 정신 사납겠다. 좀 차분히 있어 줄래."

이태경의 말에 박민숙이 조신하게 차를 타기 위해 일어났다.

"예, 다른 회원님들도 오실 테니 차 준비나 해야겠다."

이태경이 물었다.

"한자가 잘 외워지지 않고 비슷한 글자가 많아 헷갈리는 경우가 많은데, 한자 공부는 어떤 식으로 했니?"

"우리 말에 한자로 된 부분이 많아서 그걸 알아야 우리말 뜻을 정확하게 알 수가 있었어요. 그래서 우리말 단어 중에 한자가 나올 때마다 찾아보다 보니 어느 순간 좀 많이 아는 것 같았어요. 한자 급수 책을 보니 3급에 나오는 글자를 대충 알더라고요. 그래서 거기서 조금 더 공부해서 시험 본 거예요."

"1급은 몇 번 만에 땄어?"

안학수가 물었다.

"한 번에요."

"정말?"

"한 번에……?"

"세상에나……!!"

무영의 말에 모두 입을 쩍 벌리고 놀라고 말았다.

문이 열리고 한 명의 남자 선배가 들어왔다.

이태경과 안학수가 일어나서 인사하고 건들거리던 박민숙까지 깍듯이 인사했다.

"어서 오세요. 형!"

"안녕하세요."

엉거주춤 무영이 일어서려 하자 이태경이 무영을 가리키며 인사시켰다.

"형! 신입 회원이에요. 이름은 김무영이고요."

새로 들어온 남자 선배가 손을 내밀었다.

"잘 왔다. 내가 동아리 회장 이서기다. 4학년이고. 응, 똘똘하게 생겼네. 한자 급수 딴 거 있니?"

"형! 얘가 이번 신입생 중 1급 자격증 가진 열네 살 김무영이라고요."

이태경이 나서서 무영이 대신 대답했다.

"아! 그래! 네가 김무영이구나. 이야~ 만나서 반갑다. 잘 왔네. 잘 왔어. 역시 총기가 있고 인물 잘생겼고 훤하네. 나 여기 동아리 회장

이서기다.”

안학수가 부러운 눈초리로 무영을 쳐다보며 중얼거렸다.

“부럽다. 회장에게 저런 찬사를 듣다니. 회장! 벌써부터 너무 편애하지 맙시다.”

박민숙이 쟁반을 들고 와서 찻잔을 내려놓으며 안학수에게 핀잔을 주었다.

“너 같으면 이쁘지 않겠냐. 입장 바꿔 생각해 봐. 나라도 엄청 사랑해 주고 싶구만.”

이서기가 차를 한 모금 마시고 무영에게 질문했다.

“한문 공부는 언제부터 했니?”

“어려서부터 한 것 같은데…… 정확히 몇 살 때부터인지는 모르겠어요. 한글 쓰고 낱말에 대해 하나씩 뜻을 이해하면서부터 한글과 한자를 병행했어요.”

“그렇구나. 한글과 한자를 병행해서 했구나. 그럼, 헷갈리는 한자는 없었니?”

“아! 비슷한 글자들…… 같은 글자에 뜻이 여러 개인 글자가 있잖아요. 그럼, 그런 글자들만 모아서 정리를 해둬요. 가끔 들여다보면 헷갈리지는 않아요. 가끔 ‘한글은 정말 단순하고 쉬운데 한자는 왜 이렇게 글자도 많고 힘들게 만들어놨을까?’ 하는 생각이 들 때가 있어요. 그러니 일부 계층만 사용하는 문자가 될 수밖에 없었겠다는 생각과 더불어 한글이 정말 편하다는 생각을 하게 돼요.”

“한글과 한자의 비교까지 했군. 전공과목이 뭐니?”

“경제학이요.”

"국문학이 아니었어? 하하하…… 한글과 한자를 열심히 비교하더니 국문과가 아니라 경제학과야. 이런…… 나랑 똑같네."

"아! 회장 형님도 경제학과세요?"

무영의 질문에 이서기가 유쾌하게 웃었다.

"그래, 나도 경제학과야. 직속 후배군. 이쪽도 저쪽도."

박민숙이 끼어들었다.

"동아리에 국문학과들이 많은데…… 글 쓰는 데 도움도 되고 해서 말이야. 나도 국문학과거든. 여기 이 친구도 국문학과야. 이번 학기 끝나면 군바리가 될 예정이지만."

안학수를 가리키며 박민숙이 말했다.

"이봐. 난 철학과야. 철학과가 제일 많아."

이태경이 말하고 있는데 문이 열리며 여자 한 명, 남자 두 명이 들어왔다.

"지금 들어오는 친구들은 다 철학과다. 어서 와라."

세 명이 인사하고 상 앞에 자리를 잡고 앉자 제법 북적거렸다.

이서기가 새로 온 신입생 김무영을 소개하자 세 명이 놀라워하며 질문 공세를 펼치려 했지만, 이서기가 무영에게 들은 이야기를 전해주고 입막음을 했다.

"자! 다 온 건 아니지만 그래도 삼분의 일 정도는 왔으니까 오늘 일정을 얘기해야지. 하여튼 시간들 안 지키네. 무영아. 오늘은 우리가 일 년 동안 어떻게 공부하고 활동할 것인지 계획을 짜는 날이야. 옆에서 잘 듣고 있다가 의견 있으면 얘기하면 돼."

"예!"

이서기가 회의를 시작했다.

"신입생을 포함해 총인원 27명 중 여기 참석한 인원이 아홉 명이다. 학기 초라 바빠서 많이 참석은 못 했지만 그래도 예정된 일정을 미룰 수 없으니까 지금 참석해 준 이 인원으로 회의를 진행하려고 한다. 와 주신 여러분에게 고맙고 오늘 입회한 김무영 신입 회원도 환영한다. 박수!"

이서기가 박수를 치자 그 자리에 있던 선배들이 일제히 박수를 쳤다.

일주일에 정기모임은 동아리 방에서 두 번 있고, 바빠서 참석하기 어려운 회원은 단체 카톡방이나 포털사이트 카페로 들어와서 출석체크하고 선배들과의 좋은 교류를 통해 가르침을 받으라는 것이었다. 이서기가 종이에 뭔가를 적더니 무영에게 건네주었는데 포털사이트 카페의 주소였다. 이서기가 말을 이었다.

"학교 내의 회원은 27명이지만 카페에 등록된 회원은 천 명이 넘어. 졸업하고 사회에 나가서도 카페 회원으로 계속 남아 있는 경우도 있지만, 사회에서 한자를 연구하거나 철학원을 하시는 분들도 간혹 계셔서 카페에서 만나는 분들에게 가르침을 받는 게 상당히 도움이 될 때도 있어. 그건 교내에서 배울 수 없는 아주 값진 것이지."

"맞아."

이태경이 고개를 끄덕였다.

"동아리 MT는 5월에 갈 건데 좋은 장소 있으면 추천하고 가을에 카페 회원들과의 만남은 시월 셋째 주 토요일에 있으니까 그리 알고…… 태경이 적고 있지?"

열심히 적고 있는 이태경을 향해 이서기가 물었다.

"올해 신입생을 더 받아야 할 텐데…… 지금 무영이까지 두 명인데 한 다섯 명 이상은 들어와야 하거든요. 형!"

"갈수록 한자의 쓰임새가 줄어들어서 신입생도 줄어드네. 뭐…… 들어오겠지. 대자보 붙일까요?"

박민숙이 말하자 이서기가 의미 있게 웃었다.

"그래. 민숙이가 써서 붙여라. 너 그런 거 잘하잖아."

"그렇지. 할 일 없고 시간도 많은 네가 해야지. 내가 보조해 줄게."

박민숙이 안학수에게 눈을 흘기면서 말했다.

"제가 그런 쪽으로 탁월한 재능이 있으니까 재능 기부 좀 하지요. 뭐. 알았어요. 그 대신 너도 내가 글 쓰고 그림 그리는 동안 내 옆에서 보조해 줘야 돼. 알았어?"

다그치는 박민숙의 말에 안학수가 실실 웃으며 대답했다.

"어차피 학교에 오면 맨날 똑같은 수업 듣잖아…… 어쩔 수 없이 같이 다녀야 하는데 더 뭘 어쩌라고……."

안학수가 괴롭다는 표정을 지으며 익살스럽게 말하자 폭소가 터졌다.

무영은 이서기가 준 주소로 포털사이트 카페에 들어가 회원가입을 하고 카테고리를 훑어본 다음, 단체 대화방으로 들어갔다.

서로 익숙한 듯 대화를 나누는 글이 줄줄이 이어졌다.

그러다 누군가가 질문하는 글이 올라왔다.

"혹시 신입 회원인가요? my1000 님, 처음 보는 아이디네요?"

무영은 아무 생각 없이 채팅창을 읽어 내려가다 자신에게 말을 걸고 있는 글에 정신을 차렸다. 급히 자판에 손을 올려 대답했다.

"네!"

"환영합니다. 일반이세요? 학생이세요?"

"학생이에요. 1학년."

"아! 올해 신입생이군요. 잘 왔어요."

신입생이라는 글이 올라가자 여기저기서 댓글이 달리기 시작했다.

"후배 님, 환영합니다."

"몇 년 몇 월생이에요? 내가 사주 한 번 봐줄게."

"혹시 급수 딴 거 있어요?"

"환영합니다. 언제부터 한자 공부 했나요?"

질문이 쏟아지자 무영은 잠시 가만히 있다가 답글을 올렸다.

"1급 가지고 있고, 사주는 나중에 보도록 할게요. 환영 감사합니다."

이 답글에 댓글이 달렸다.

"신입생이면 19살이나 20살일 텐데 1급이라고요. 대단한 실력자가 들어왔네요."

"그러게요. 십 년에 한 명 들어올까 말까 하는데 올해가 그 해네요. 정말 축하하고 환영해요."

"대단해요."

무영은 나이를 밝히지 않은 채 짧게 답글을 달았다.

"감사합니다."

"앞으로 종종 카페에 들어와서 얘기해요. 한자 풀이라는 게 무궁무진하다 보니까 할 얘기가 많아요."

이 말에 무영이 질문 글을 달았다.

“아까 잠깐 보니까 파자(破字)에 대해서 얘기하시던데요. 주로 하시는 대화의 종류가 어떤 내용인가요?”

바로 답글이 달렸다.

“파자(破字)를 논하고 있었던 것은, 비결서, 한자로 된 고서(古書) 같은 것을 이렇게 해석도 하고 저렇게 해석도 하면서 재미있게 노는 거죠.”

“맞아요. 한자 놀이터에 오신 거예요.”

무영이 답글을 달았다.

“재미있겠네요.”

“재미있다마다요. 뭘 좀 아시네.”

“아무튼 my1000 님, 종종 카페에 들러주세요.”

“예!”

카페는 활성화되어 있어서 언제나 십여 명에서 사십여 명까지 들어와 있었고 계속 나가고 들어오고 있었다. 단체 대화방도 사람이 북적였지만, 개인적인 대화도 하고 있는 것 같았다. 무영이 오늘 카페에 등록함으로써 회원 수가 무려 1,497명이나 되었고 각양각색의 사람들이 모여 있을 것인데 진지하게 토론하는 것이 흥미로웠다.

어떤 회원은 오늘 상사에게 혼나고 퇴근하면서 넘어져 무릎이 까졌다며 일진이 사나운 날이었다고 자기의 운세를 회원에게 부탁하는 사람도 있었다. 그러면 누군가 그 회원의 운세를 풀어 친절하게 대답해 주는 회원도 있었다.

자신이 가지고 있는 고서의 사진을 찍어 올리고 해석을 해 달라는 글을 올리면, 해석과 함께 몇 년도에 쓰인 것인지까지 여기저기서 의견을 달아 주었다. 어느 것이 정확한 것인지는 글을 읽는 사람이 판단할 몫이었지만 열심히들 의견을 내고 답글을 달아 주는 것이었다.

어떤 날은 고서의 기준을 두고 갑론을박하고 있었고, 어떤 날은 비결서의 진본 여부를 놓고 설전을 벌였다. 비결서가 주제로 가장 많이 다뤄지고 있었는데 그것은 글자를 묶어 놓고 흩어 놓아 곧이곧대로 해석할 수 있는 것이 아니었기 때문이다. 비결서도 한두 권이 아니라 수십 개가 있으니 날마다 자기 취향에 맞는 책을 읽고 문제를 제시하고 토론하는 것이다.

또한 회원 중 누군가가 고서를 취득하면 그 고서를 낱낱이 사진으로 찍어 올려 해석하고 진위와 가치까지 매기는 중이었다.

무영은 토론에 참석하지 않고 한동안 회원들이 토론하는 글을 지켜보기만 했다.

일주일 후에 동아리 방에 가자 이서기가 물었다.

"카페에 들어갔었니?"

"예!"

"아이디가 뭐니?"

"무영천이요. 무영은 이니셜 my, 천은 숫자 1000이요."

"아! 그래, 본 거 같다. 그런데 토론에 참석은 하지 않니?"

"제가 아직 낄 만한 주제가 안 되는 것 같아서요."

"모르는 거 물어보는 것도 참여하는 거니까 질문하면서 모르는 거 해소하고 어떤 식으로든 참여해 봐. 내 아이디는 영어 소문자로."

"seogi8989지요."

"어, 눈치챘구나. 역시…… 천재야."

"형 이름을 대놓고 썼는데 모르면 이상하지요."

"뭐, 그러는 너도 무영을 이니셜로 썼으니 나도 알겠더라. 숫자 1000은 뭐니?"

"그건…… 치우천왕의 이름이 '천'이잖아요. 제가 치우천왕을 좋아하거든요. 그래서 천을 숫자로 바꿔서 쓴 거예요."

"아, 그래! 그게 그 천이었어."

"형은 왜 8989를 붙였어요?"

"응, 그거…… 네 말 듣고 보니 난 너무 세속적인 거 같아 부끄러운데 말이야. 우리가 경제학이잖니. 우리나라는 수출국이고 말이야. 그래서 뭐든 팔아제껴야 한다는 생각에 8989라고 붙였어. 너무 속 보였니?"

이서기가 멋쩍은 웃음을 지었다.

무영이 웃었다.

"하하하…… 형답게 호방해 보여서 좋아요. 표현을 확실하게 하는 게 상대방이 기억하는 데 도움이 될 거예요."

"그렇지? 그렇겠지?"

이서기는 무영의 표현이 마음에 들었는지 따라 웃었다.

"그나저나 너 참 사회생활 잘할 것 같다."

"왜요?"

"상대방을 배려하면서 말할 줄 알잖아. 알아도 못하는 놈들 많은데 넌 자연스럽게 나오는 것 같아서 말이야. 어린놈이 정말 모든 걸 갖춘 것 같아서 부럽다."

"에이 그렇지 않아요. 저도 항상 고민하고 힘들어하는 부분이 있어요. 형 말씀대로 제가 어려서인지 못해서인지 모르겠지만……."

"뭔데? 말해 봐. 내가 도움이 될지도 모르잖아. 뭔데?"

이서기가 무영의 대답을 듣고 싶었는지 재촉했다.

무영은 잠시 생각하다가 고개를 흔들었다.

"나중에 기회 되면 얘기할게요. 지금은 머리속이 정리되지 않았고 아직 궁색한 변명을 꺼내 보이기에 부끄러워서…… 다음에요."

이서기가 내심 기대하던 얘기가 나오질 않자 말을 돌렸다.

"단체톡방에 들어가면 20대부터 60을 넘으신 분들까지 다양한 분들이 계셔. 작가, 교수님, 회사원, 철학원을 하시는 분도 계시고 고서나 비결서, 조선왕조 500년을 연구하시는 분도 계시니까 네게 도움이 될 거야. 나이는 밝혔니?"

"아니요."

"왜?……그래! 밝히지 마라. 어차피 온라인상이니까 나이 밝혀서 뭐 해. 가을에 정기모임 때 나가서 인사하면 되니까 그때까진 밝히지 마. 가을에 깜짝 놀라시게……."

"저한테 관심 가지시는 분도 없어요."

"그건 네 생각이고. 이제 신입이니 그렇겠지만 네가 뭔가를 질문하고 의견을 내놓으면 상황이 달라질 거야."

"그럼 가만히 있어야겠네요."

"어허, 신입이 패기 있게 움직여야지. 소심하게 가만히 있으면 안 되지."

이서기가 장난기를 담아 호통치는 시늉을 하자 무영이 웃으며 허리를 굽혔다.

“예! 형님, 잘 알았습니다. 궁금한 거 있으면 패기 있게 한 번 부딪쳐 볼게요.”

이서기는 무영의 어깨를 감싸고 기분 좋게 웃었다.

박민숙이 붙인 대자보 덕분에 5명의 신입생이 더 들어왔다.

카페 회원은 1,502명으로 늘었고, 일주일에 이틀은 동아리방에 모여 각자의 한자 진도와 급수별 지도를 부회장인 민정우의 지도하에 이루어졌다. 한자 급수가 대부분 3급이나 4급 수준이었고 2급이 5명, 1급은 이서기와 또 한 명의 4학년생이 있었고, 김무영이 있었다. 4학년생이 졸업하고 나면 1급이 무영밖에 없어서 부회장을 비롯한 2급인 회원 학생들을 계속 1급 시험에 도전시키고 있었다.

무영은 이미 1급까지 딴 상태라 따로 진도에 대한 지도 없이 일주일에 한 번 있는 고서(古書) 토론에만 참석했다. 하지만 고서 토론은 처음에 20~30분에 지나지 않았고 거의 친목을 도모하는 쪽으로 노는 분위기로 마무리 지어졌다.

이렇다 보니 서너 번 만에 동아리에 대한 흥미를 잃게 되었고, 관심은 온라인 카페방으로 옮겨갔다. 카페 대화방은 그날의 주제에 따라 여전히 흥미진진했다.

어떤 날은 《격암유록》에 나오는 ‘십승지’에 대한 토론이 한창이었고, 어떤 날은 단어 하나 가지고 여러 해석들을 내놓으며 열띤 토론을 펼쳤다. 또한 어떤 날은 성경의 해석을 하는 등 토론의 폭이 광범위해서 종잡을 수 없을 정도였다.

교양 과목은 따분했지만 그래도 학점을 위해 들어야 했다.

강의실 중간쯤에 자리를 잡고 책을 꺼내 뒤적이고 있는데 옆에 마정남이 와서 앉았다.

“야! 너도 이 과목 듣는구나. 잘됐다. 나 마침 책을 안 가져왔는데 같이 보자.”

“아, 안녕하세요?”

“새꺄, 너 때문에 안녕하지 못해. 전번에 교수에게 걸려서 나 잘못됐으면 넌 뒈졌어. 마, 너 운이 좋은 줄 알아.”

마정남의 으름장에 무영이 기가 막혀서 쳐다봤다.

“그건 제 잘못이 아니잖아요.”

“그럼 내 잘못이냐?”

“형이 시비를 걸어서 그런 거잖아요.”

“어쭈구리, 이 새끼가 두 눈깔 치켜뜨고 대드는 거냐?”

수업이 시작되기 전이라 교수는 없었어도 학생들은 거의 와 있었고 작은 소리로 다투고 있었지만, 주변 학생들의 이목을 집중시켰다. 무영이 주위를 의식하며 가방과 책을 덮어 두 손에 모아쥐고 마정남에게 말했다.

“대드는 게 아니에요. 형이 불편하시면 제가 저쪽으로 자리 옮길게요.”

“이 새끼가 어딜 도망가. 앉아.”

일어나는 무영을 힘으로 눌러 주저앉히자, 책과 노트가 바닥에 떨어졌다. 주변에 있던 학생들이 놀라서 마정남을 비난하는 소리가 들렸다. 마정남이 뒤돌아보며 소리를 빽 질렀다.

"시끄러워. 너희가 뭘 알아."

여학생 한 명이 무영의 옆으로 오더니 떨어진 책을 주워주며 무영의 한쪽 옆자리에 앉았다.

"여기가 교수님이 제일 잘 보이는 정면 자리네. 안녕! 나, 네 옆자리에 앉아도 되지?"

이미 자리 잡고 앉은 상태에서 무영과 무영이 건너 마정남을 쳐다보며 여학생이 물었다. 마정남이 언짢은 표정으로 눈을 흘겼다.

"흥, 이미 앉아 있으면서 뭘 앉아도 되는지 물어. 웃기네."

여학생이 마정남을 무시하고 무영이에게 자기소개를 했다.

"나도 신입생이야. 봉선화라고 해. 네가 이번 학번 중에 가장 어리다고 소문이 나 있어서 다 너를 알지만, 너는 다른 신입생들 모르는 사람이 많을 거야. 잘 지내보자."

하얀 피부에 단발머리를 하고 곱상하게 생긴 여학생이었다. 차림새도 학생답게 수수했고 거부감 없는 푸근함이 있었다.

"아, 예! 저는 김무영입니다."

무영이 앉은 채로 허리를 굽혀 인사하자 봉선화가 웃었다.

"얘는…… 여기가 무슨 군대니. '입니다'가 뭐야. 그냥 편하게 누나라고 불러, 선화 누나."

"예!"

마정남이 또 성질을 부렸다.

"꼴값하네. 야, 너 다른 자리로 가서 앉아."

봉선화가 마정남을 쳐다보며 쏘아붙였다.

"내가 앉고 싶어서 앉은 자리야. 네가 전세 낸 것도 아닌데 어딜 가라 마라야."

"저 지지배가."

마정남이 벌떡 일어서는 순간 뒷자리에서 어깨를 세게 내리누르는 힘에 마정남의 엉덩이가 쿵! 소리 나게 의자에 처박혔다.

엉덩이에 통증을 느끼기도 전에 마정남의 머리를 솥뚜껑 같은 두 손이 감싸 쥐더니 뒤로 강제로 돌려졌다.

"어, 으-ㄱ"

"이눔 시끼가 뒤에서 보자 보자 하니까 영 싸가지가 바가지네. 니 이름이 뭐꼬? 생긴 꼬라지도 뭣 같은 꼬라지 해가지고 싸가지까지 없냐."

검정 반팔 티를 입고 튼실한 팔뚝에 힘줄이 불거져서 보기에도 힘 좀 쓸 것 같은 덩치가 강한 인상을 풍기며 마정남을 내려다보고 있었다. 순간 움찔한 마정남이 얼굴에서 덩치의 손을 떼어냈다.

"이거 놔. 학내 폭력은 징계야. 너 알고 있냐?"

마정남이 작은 소리로 대꾸하자 덩치가 말했다.

"니 이번 신입생이가?"

"그래. 너도 같은 신입이면서…… 아야."

마정남의 말이 끝나기도 전에 두 귀가 덩치의 두 손에 의해 뒤로 잡아당겨졌다.

"시끼야. 내는 2학년이다. 마, 사정이 있어서 작년에 들어야 할 과목을 지금 들으러 온기라. 학내 폭력이라 캤나. 그래. 가서 고발해 삐라. 내 이름 가르쳐 줄끼구마. 그 전에 니 이름부터 말하그라."

"끄아~ 저 그전에 이 귀부터 놔주세요. 아파요."

마정남이 귀가 찢어질 것 같은 통증을 느끼며 두 귀를 잡아당기고 있는 덩치의 손을 잡고 애원했다.

"이름."

"마, 정남, 마정남이요."

"마정남, 알았다."

덩치는 마정남의 두 귀를 풀어줬다. 마정남이 기어들어 가는 소리로 물었다.

"선배님 성함은요?"

"그건 니가 알아보그라."

"네?"

"내 니처럼 약한 사람 괴롭히는 놈 꼬라지 몬 본다. 내 앞에서 약한 사람 괴롭히거나 꼬라지 부리지 말그라. 알긋나?"

"예!"

이때 문이 열리고 교수가 들어오면서 더 이상의 다툼은 이어지지 않았다.

이후 수업에도 마정남이 옆자리에 앉는 걸 피하려고 일부러 캠퍼스 여기저기를 돌아다니다가 시간에 맞춰 들어가 통로 쪽 비는 자리를 찾아 앉았다. 봉선화가 가끔 같이 돌아다녀 주기도 하고 같이 들어가 마정남으로부터 멀찍이 떨어져 앉아서 마음 편히 수업을 받았다.

봉선화는 마치 친누나처럼 무영이를 챙겨줬고 마정남으로부터 방패막이뿐만 아니라 같은 1학년 여학생들과 거리를 좁혀주는 역할도 했다. 같은 신입생이라도 나이 차가 있어서 귀여움의 대상이었던 것이다.

"마, 어린놈이 여자들 꽤나 밝히네."

마정남이 질투하며 험한 소리를 하면 여자 동기생들로부터 야유를 받기 일쑤였고 그럴수록 서로 무영을 보호하려고 하는 것이었다. 봉선화를 비롯하여 여자 동기생들이 항상 무영을 둘러싸고 다니면서 마정남의 괴롭힘은 힘을 쓰지 못했다.

마정남을 제외한 모두의 귀여움을 독차지하며 대학 생활이 적응되어 가고 한낮의 더위로 땀이 날 즈음이었다.

5월 하순에 미래에게서 문자가 왔다.

'도산공원에서 만나자. 얼굴 본 지도 오래됐는데.'

'그러자.'

미래와 저녁에 도산공원에서 만났다.

멀리서 봐도 알아볼 만큼 눈에 띄는 뛰어난 외모는 어둠을 뚫고서도 빛이 나는 것 같았다.

"야, 더 예뻐졌네. 이뻐지는 약 먹냐?"

"그런 약 파는 데 있으면 가르쳐 줘. 당장 가서 사 먹게."

무영의 농담을 미래가 기분 좋게 받았다.

"아휴, 같은 동네 살고 있어도 참 만나기 힘들다. 생활 패턴도 달라지고 있으니까. 그리고 넌 대학생이고 난 중딩이라 너한테 괜히 오빠라고 불러야 할 거 같단 말이지. 분명 같은 나이인데……."

미래의 말에 무영이 장난스럽게 웃으며 너스레를 떨었다.

"아! 그럼, 오빠라고 불러. 내가 기꺼이 오빠가 되어 줄게. 불러봐, 오빠라고."

미래가 손바닥으로 무영의 등짝을 후려쳤다.

"야! 느낌이 그렇다는 얘기지. 동갑끼리 무슨 오빠냐? 웃기고 있네."

무영이 미래에게서 좀 떨어져 앉으면서 웃어댔다.

"느낌이든 뭐든 네가 오빠라고 생각되면 그렇게 하면 되는 거야. 힘들면 얘기하고 가끔 내 도움이 필요하면 말해. 난 네가 그래 줬으면 좋겠어, 정말."

무영이를 빤히 쳐다보던 미래가 무영의 손을 잡고 일으켜 세웠다.

"왜 이래?"

"잠깐. 너 나보다 키가 확 커진 거 같은데? 초딩 때는 나보다 작았고 중학교에 올라와서는 비슷했는데 지금은 네가 훨 큰데? 헐…… 대박! 뭐 먹었니? 키 크는 약 먹었어? 어떻게 이렇게 훌쩍 커버린 거야?"

"아! 키…… 작년에 시험공부 때문에 자라지 못했던 키가 올 들어서 좀 컸어. 스트레스가 줄어서 그런지, 잘 먹어서 그런지 모르겠다. 엄마도 너랑 똑같은 소리 하시더라. 요새 부쩍 컸다고."

"그러게. 키가 크니까 네가 나한테 어울리는 남친으로 생각된다. 말은 안 했지만 네가 나보다 작았을 때 너 키 안 크고 나보다 작으면 어쩌나 생각했었거든."

"내가 키가 안 컸으면 어떻게 했을 건데?"

"아니, 그렇다는 얘기지. 네가 커서 매우 기쁘다는 거야. 몇 센티니?"

"172."

"우와!"

"넌 얼마였지?"

“나야 걸그룹 스탠다드지. 166.”

“걸그룹 표준이 166이구나. 내가 작년만 해도 너 정도였는데 내가 생각해도 많이 컸네. 남자는 군대 가서도 큰다더라. 지금보다 더 클 거야. 180에서 멈췄으면 좋겠다. 너무 큰 것도 안 좋아.”

“나는 다 큰 거 같아. 여자는 초딩 때 제일 많이 자란다더라. 그러니 이제 키가 거의 다 자란 거지. 그러니 네가 조그맣게 보였던 거고 나보다 작아서 속으로 네가 더 자랐음 좋겠다고 기도했어.”

“뭐, 기도까지 했어? 누구한테?”

미래가 두 팔을 하늘로 벌리며 대답했다.

“여기저기 다 빌었어. 하나님이 계시다면 하나님이 내 부탁을 들어주시고. 부처님이 계시다면 부처님이 들어주시라고 빌었지. 내 기도에 응답을 해 주시는 분들이 다 내 신인 거니까.”

“그래서 어떤 신이 네 부탁 들어줬니?”

“몰라. 매일 바꿔가면서 기도했거든. 그래도 제일 많이 찾은 건 하나님이야.”

미래도 자신이 한 말이 기가 막힌 지 웃었고 무영도 헛웃음이 나왔다.

“어째 뻥인 거 같지만 그래도 나를 위해 기도해 줬다니 고맙네. 또 기도한 거 없어?”

“작년에는 너 대학 붙으라고 한 것도 있지. 네가 하는 일 착착 잘되라고.”

“내가 지금까지 잘된 건 네가 기도해 준 덕분이었구나. 역시 넌 좋은 친구야. 나도 너처럼 너를 위해 기도해야겠다. 기도발이 먹혀서 너도 쭉쭉 잘나가면 스타가 되고 그러면…… 안 되겠네. 그러면 너를 텔레비전을 통해서 봐야 하잖아. 이렇게 직접 못 보고."

"그럴 수도 있지만 그런 게 쉽겠니? 스타는 노력과는 별개로 타고나야 한대. 한 달에도 수십 개의 그룹과 개인 아티스트들이 데뷔하는데 그중에 살아남는 사람이 몇이나 될 거 같아. 정말 말도 안 되는 소수의 사람만이 살아남는 거야. 데뷔해서 인기를 누리다가도 대중에게 잊혀지면 데뷔 안 한 사람들보다 더 못한 경우도 있대."

"데뷔도 하기 전에 너무 많은 걸 들었구나. 우리 미래."

"연습생 생활을 오래 하다 보니 주워듣는 거지, 뭐. 가끔 씁쓸하긴 한데 지금까지 투자한 시간이 너무 아까워서 돌아가지도 못하겠어."

"그렇겠다. 그러니까 한 우물을 파야지. 그만큼 시간을 투자했으면 데뷔라도 해 보고 나면 결과에 따라 또 판단할 수 있는 거니까."

"그렇지. 일단 데뷔하고 나서 계속 잘되면 이 계통에 남아 있는 거고 그렇지 못하면 일반인이 되는 거야."

"넌 야무지니까 다 잘될 거야. 보통 고딩 때 데뷔하던데, 너는 내년이나 내후년쯤에 데뷔하지 않을까?"

"그치. 우리 기획사에서 재작년에 데뷔시킨 언니들 지금껏 우려먹고 있거든. 그 언니들 각자 예능으로 개별 활동하기 시작해서 다음 앨범을 낼 건지 안 낼 건지 일정조차 잡히지 않았대. 앨범 낸 지 일 년도 넘었거든. 정말 이번에 데뷔하는 명단에 나도 들어갔으면 좋겠다."

"될 거야. 그리고 넌 솔로로 활동해도 될 만큼 실력도 있는데 왜 굳이 그룹이야?"

미래가 잠시 생각하다가 대답했다.

"내가 여기까지 온 데에는 너의 입김이 많이 작용했어. 왜냐면 초딩 1학년 때 내 노래를 듣고 네가 나한테 노래 잘한다고, 목소리가 좋다고 했었거든. 그 소리 듣고 기분이 좋아서 집에 오면 매일 노래를 불렀어. 동요뿐만 아니라 유행하는 가요도 따라 부르고 춤까지 따라 했지. 그랬더니 노래도 늘고 춤도 재미있는 거야. 그래서 그때 막연히 좋아하는 노래하고 춤추고 돈도 벌면 좋겠다는 생각에 가수가 되겠다고 마음먹었지. 그래서 기획사를 찾아가서 오디션 보고 연습생 생활을 시작한 거고…… 근데 쉽지 않네."

"내가 기도해 줄게. 네가 나를 위해 기도해 줬던 것처럼."

무영이 두 손을 딱 붙이고 눈을 감았다.

"내가 누굴 믿지는 않지만 여기 내 말을 듣고 있는 신이 있다면 우리 미래, 내년에 데뷔하게 해 주세요. 그리고 쭉쭉 잘나가게 해 주세요."

무영이 눈을 뜨자 미래가 팔짱을 끼고 못마땅한 표정으로 쳐다보고 있었다.

"장난하니?"

"왜? 자고로 입 밖으로 나온 소리가 마음으로 하는 것보다 더 강력한 거 몰라? 소리의 울림은 진동과 파장을 만들어 더 멀리 퍼져간다고."

"난 지금 심각하다고. 그런 이론을 듣고 싶지 않고 좀 진지하게 대해 줄 수 없니?"

"난 진지했는데…… 짧은 내용이었지만 진심으로 기도했어. 이런 공원에서 길게 기도하면 그것도 웃기잖아."

미래가 주변을 둘러보았다. 가로등이 켜져 있고 여기저기 산책하는 사람들이 오가고 있었다.

"그건 그러네. 그럼, 나머지 기도는 여기서 하지 말고 집에 가서 좀 해줘."

"기도는 다 했어. 만약 네가 내년에 데뷔를 못 하면 또 기도를 해 줄게."

무영의 말에 미래가 샐쭉한 표정으로 말했다.

"정말 인색하네. 돈 들어가는 것도 아닌데 어쩜 그렇게 인색하냐. 난 너를 위해 시간 날 때마다 기도했었는데."

"넌 마음속으로 했지만, 난 통성기도 했잖아. 사람들이 오가는 이 공원에서."

무영이도 지지 않고 맞받아 치자 미래가 웃었다.

"그래, 알았어. 네가 그렇게 기도해 준 걸로 정말 내가 내년에 데뷔했으면 좋겠다. 나의 일차 목표는 데뷔니까. 그다음 일은 그다음에 생각할 거야."

"너 데뷔하면 이렇게 보자고 할 때 못 볼 수도 있는데 말이야. 올해 자주 봐야겠다. 질리도록 봐둬야지. 내년부터 만인의 연인이 되어 버리면 만나는 건 고사하고 전화 통화도 어려울지 몰라. 네가 마음이 바뀌어서 날 안 볼지도 모르고."

"그런 일은 없어."

미래가 단호하게 잘라 말했다.

"사람 일이란 건 모른다. 지금이야 네 눈에 보이는 사람이 기획사 사람들뿐이겠지만 데뷔해서 공연이나 방송에서 다른 기획사 남자 아이돌 보면 곁눈질하게 될걸.”

미래가 웃었다.

“그랬으면 좋겠다. 나도 바람 좀 피워보게.”

“뭐, 바람?”

“가끔 너 생각하다가 생각하는 건데, 내가 생각하는 만큼 너도 날 생각하고 있을까 하는 생각이 들거든.”

미래가 무영의 얼굴을 똑바로 바라봤다.

“표현을 안 한다고 진심으로 생각 안 하는 건 아니지. 네가 나를 믿는 마음만 있다면 내 마음 충분히 읽을 수 있을 거라고 생각해.”

“그래? 안 읽히는데?”

“데뷔한다 해도 다른 남자애들 쳐다보면 안 된다. 나 화낼지도 몰라.”

“그러니까 옆에 있을 때 잘하라고.”

“잘하고 있잖아. 네가 기도하는 대로 착착 잘하고 있잖아.”

“음…… 그러네. 알았어.”

“그래. 그러니까 바람 피지 마라. 내가 좀 독한 면이 있거든.”

무영의 말에 미래가 깔깔대고 웃었다.

“사람 마음을 어떻게 알겠어. 지금은 내가 널 더 좋아하는 것 같아서 가끔 나 혼자 화나기도 하는데 혹시라도 내가 다른 남자애에게 곁눈질이라도 하게 된다면 지금까지 나 혼자 속상하고 화냈던 게 조금이라도 상쇄되지 않을까 싶네.”

“야! 아니라니까 그러네. 아휴! 나도 너 엄청 좋아한단 말이야.”

“알아. 그런데 자꾸 너 생각하면 눈물이 나려고 해.”

"그건 왜?"

"몰라. 넌 열심히 공부해서 좋은 대학 일찌감치 들어갔는데 만약 내가 데뷔도 못하고, 데뷔를 해도 그저 그런 이름 없는 가수였다가 대학도 못 가고, 형편없는 인생을 살까 봐…… 가끔 걱정돼. 엄마한테도 그런 얘기를 했는데 지금 당장 어떻게 할 수도 없잖아."

무영은 미래가 걱정하고 있는 내용을 이미 알고 있었다.

"네가 선택한 길이잖아. 그리고 네가 선택한 길이 맞다고 믿어. 그렇게 걱정하지 말고 네가 하는 일을 즐기면서 행복하면 돼. 그리고 그럴 일은 없겠지만 정말 힘들어지면 내게 기대면 돼. 알았니? 걱정하지마. 다 잘될 거니까."

"정말 잘됐으면 좋겠다."

"반드시 그렇게 될 거야."

"위로도 해 주고 용기도 줘서 고마워. 네가 정말 오빠처럼 생각된다."

미래가 방긋 웃으며 무영의 손을 그러쥐었다.

"바람도 좋은데 집까지 걸어가자."

"좋아!"

꽤 먼 거리임에도 불구하고 둘은 집을 향해 걸었다.

미래의 집이 있는 아파트 단지의 작은 도로 너머 강남에는 드물게 있는 주택가가 있었다. 무영의 집은 그곳에 있었다.

어느 순간부터 마정남은 무영의 옆자리를 포기하고 아예 봉선화 옆자리를 꿰차고 앉았다. 봉선화의 친구들이 마정남에게 봉선화의 옆자리를 양보하라고 해도 한사코 거절해 가며 봉선화의 옆자리를 고집했다. 봉선화의 친구들은 마정남이 봉선화를 좋아한다며 놀렸지만, 마정남은 개의치 않고 봉선화를 쫓아다녔다.

이 학기 개강이 되고 마정남의 모습이 보이지 않자 무영이 봉선화의 친구에게 마정남에 대해서 물었다.

"선화에게 사귀자고 했다가 퇴짜 맞고 군대 갔대. 제 성질이 더러운 건 모르고 선화 집 앞까지 쫓아가서 들이대다가 퇴근해서 집에 오던 선화 오빠에게 걸려 된통 혼났다더라."

무영은 마정남이 입대했다는 소식에 괜히 미안해졌다.

"너무 빨리 간 거 아닌가요? 2학년쯤에 가도 될 텐데."

"야, 너 성가시게 굴던 놈이 없어졌는데 고맙지 뭐. 마음 쓰지 마."

봉선화와 그녀의 친구들은 마정남이 주변에서 사라진 것을 속 시원하게 생각하고 있었지만, 무영은 자신 때문인 것 같아 미안한 마음이 들었다.

카페모임

시월 셋째 주 토요일 오후에 양재동의 이층짜리 식당 한 층을 통째로 빌린 장소로 카페 회원들이 하나둘씩 모여들었다.

조금 일찍 도착한 무영은 문 앞에서 서성이며 동아리 회원들을 기다렸다. 이서기와 다른 동아리 회원들이 하나씩 모였다. 무영이 동아리를 몇 달째 나가지 않아서 동아리의 회원들은 무영의 등장에 반가워했다. 여덟 명이 모이자 이서기는 동아리 회원들을 이끌고 식당 이층으로 올라갔다.

이미 자리 잡고 앉아 담소를 나누느라 두런거리는 소리로 이층은 소란스러웠다. 새로 나타난 젊은이들을 보자 나이 지긋한 남자가 활짝 웃으며 앉은 채로 맞았다.

“아이고, 우리 꽃띠 젊은이들 왔구먼. 이쪽으로 와, 이쪽으로 앉아.”

“안녕하셨어요? 안녕하셨어요?”

이서기가 허리를 크게 굽히며 인사하자 뒤따라 들어가던 동아리 회원들도 덩달아 허리를 굽히고 인사하며 이서기 뒤를 따라 줄줄이 들어갔다.

이서기가 공간을 확보하고 앉자 그의 양옆으로 동아리 회원들이 앉았다.

“거기 이서기 회장하고 민정우는 우리 젊은이들 인사 먼저 시켜. 젊은이들이 들어오니까 여기가 훤해지는 것 같구먼.”

나이 지긋한 회원의 한마디에 이서기가 벌떡 일어났다.

“예! 알았습니다, 회장님!”

민정우도 일어섰다. 말을 한 장년의 남자에게 이서기가 회장님이라고 지칭하자 박민숙이 신입생들에게 말했다.

“동아리 회장은 이서기지만 카페지기 회장님은 저분이십니다. 오른쪽 옆에 계신 분이 부회장님이시고요.”

신입생 일동이 알아듣고 자리에 앉아 있는 사람들의 면면을 둘러보았다. 혈기 왕성한 삼십 대에서 머리가 하얀 육십 대에 이르기까지 다양한 연령대에 여자도 몇 명 있었다.

박민숙이 부회장이라고 말한 남자가 일어섰다.

“잠깐, 여러분 조용히 해 주십시오. 오랜만에 만나서 매우 반가워서 인사도 여기저기 해야 되고 하잖아요. 그건 좀 있다가 다시 회포 푸시고 그 전에 이제 오실 분들 다 오신 것 같으니까 인원 체크하고 정기모임을 시작하겠습니다. 이서기, 민정우는 일단 앉아 주고요.”

그러자 회장이라는 남자도 뭔가를 적다가 일어섰다.

“아이고, 여러분 반갑습니다. 회장 남돈철입니다. 여러분 건강하게 다시 보게 되어 정말 반갑습니다. 여러분 모두 안녕하셨죠?…… 이렇게 다시 보게 된 것이 안녕하셨다는 증거니까 넘어가고요. 자……! 지금 체크한 바로는 여기 재적 인원 사십팔 명이 참석했습니다. 재학 중인 학생 후배들이 여덟 명이고요. 카페 회원이 딱 사십 분이 오셨어요.

여러분 환영합니다."

남돈철이 힘차게 박수를 치자 부회장과 회원 모두 힘차게 박수를 쳤다.

박수 소리가 잦아들자 남돈철이 다시 말을 이었다.

"하실 얘기들이 수두룩하실 거고, 오늘 그런 얘기 하자고 모인 것이니 천천히 말씀들 나누시면 되고요. 이미 아는 얼굴들 말고 학생들만 다시 소개받도록 하겠습니다. 특히 이번에는 1급 딴 학생이 들어왔다던데요. 기대되지 않나요? 자, 이서기 학생! 소개 좀 해봐."

이서기가 다시 일어서고 민정우도 따라 일어섰다.

"안녕하십니까? 선배님들, 동아리 학생회장 이서기입니다."

"부회장 민정우입니다. 잘 부탁드립니다."

이서기가 한 사람씩 지목하며 일으켜 세우고 소개했다.

"3학년 철학과 이태경입니다. 잘 부탁합니다."

"2학년 국문과 안학수입니다."

"2학년 국문과 박민숙입니다."

……

"1학년 경제학과 김무영입니다."

차례로 일어나서 자기소개를 하고 다시 앉자 이서기가 인사말을 하고 앉았다.

남돈철이 이서기에게 물었다.

"서기야. 1학년 중에 1급 자격증 가진 신입이 있다고 하지 않았니?"

남돈철의 질문에 이서기가 무영을 두 손으로 가리켰다.

"아, 앤데요. 김무영이라고 합니다."

일동의 시선이 한순간 무영에게로 집중됐다.

남돈철이 무영에게 일어서라는 손짓을 했다.

"김무영이라고…… 어허, 잘생기기도 했다. 솜털이 뽀송뽀송하구면. 특별히 다시 한번 소개해 줄래?"

무영이 다시 일어서서 허리를 굽히며 인사했다.

"새내기 김무영입니다. 뵙게 되어 반갑습니다."

인사가 끝나자 여기저기서 질문이 쏟아졌다.

"언제 1급을 땄어?"

"한자를 몇 살 때부터 공부했나?"

"카페 아이디가 뭐지?"

"카페 대화방에 들어온 적은 있나?"

"몇 살인가? 어려 보이는데……."

남돈철이 손을 저어 조용히 시킨 다음 무영에게 물었다.

"내가 보기에도 스무 살 치곤 어려 보인다. 몇 살이니?"

"열네 살이요."

무영의 말에 여기저기서 웅성거리는 소리가 났다.

남돈철이 다시 물었다.

"열네 살이면 중학생이어야 하는데 어떻게 그 나이에 대학생이 됐지? 월반을 했니? 아니면 검정고시로 왔니?"

"검정고시로요."

"검정고시 공부를 하면서 한자 1급을 땄다고?…… 너 천재구나."

남돈철의 말이 끝나자 반백의 나이가 지긋해 보이는 아저씨가 질문을 했다.

"혹시 중국에서 살다 왔나?"

"아뇨, 서울에서 나고 자랐어요."

대답이 끝나자 또 다른 곳에서 질문이 이어졌다.

"사는 곳이 어디야?"

"부모님은 어떤 일을 하시고?"

"사는 곳은 역삼동이고요, 부모님은 무역회사 다니세요."

무영의 대답이 끝나자 바로 앞에서 질문을 했다.

"나이가 어린데 졸업하면 뭘 할 건가?"

"아직 시간이 있어서 다방면으로 생각하고 있어요."

"카페에 들어와 본 적 있니? 혹시 아이디가 뭐니?"

말이 끝나기가 무섭게 질문이 들어왔다.

"종종 들어가서 대화방에서 토론하는 걸 보고 있어요. 제 아이디는 my1000이에요. 이름 이니셜 my에 숫자 1000이요."

남돈철이 무영에게 앉으라고 손짓했다.

"자, 자! 학생 그만 앉고 질문도 그만하시고 일단 식사들 하시면서 또 얘기합시다."

어느새 쫙 깔린 밑반찬과 주메뉴인 삼겹살을 굽기 위해 숯불이 각 식탁에 뚫린 구멍에 넣어졌다. 그 위로 철판이 올려지고 삼겹살이 올라갔다.

지글거리며 기름을 내뱉는 삼겹살을 뒤집으며 여기저기서 못다 한 인사와 이야기를 하고 있어서 왁자지껄했다.

한 남자가 무영의 옆자리로 와서 박민숙을 밀고 끼어들었다.

"오랜만이다. 나 기억나니?"

무영이 부담스럽게 밀치고 끼어 앉은 남자를 보았다. 낯은 익었지만 어디서 봤는지 기억이 나질 않았다. 눈만 껌뻑이는 무영을 보며 남자가 웃었다.

"강남 대형 서점에서 잠깐 만난 적이 있었지. 나는 너를 여러 번 봤지만, 너는 그날 한 번밖에 못 봐서 기억을 못 하는구나."

그제야 무영은 생각났다. 가끔 공부하다 머리도 식힐 겸 서점 바닥에 앉아 책을 보고 오던 때가 있었다. 그때 말을 걸어온 남자였다.

"내가 명함까지 줬는데 한 번도 전화 안 하더라. 나는 그때 네가 인상 깊게 남아서 다시 한번 보고 싶었거든. 네가 연락을 하든 안 하든 어쨌든 인연인가 보다. 여기서 이렇게 다시 만났으니……."

"아!!! 생각났어요. 그때 서점에서 말 걸어온 분이시군요. 정말…… 세상이 좁네요. 이렇게 다시 뵐 줄 몰랐어요."

"그렇지. 그런데 너 훌쩍 자랐구나. 그때도 어렸지만 지금은 대학생이라는 타이틀이 있어서 그런가, 좀 큰 것 같다."

"키가 컸어요. 일 년 전보다 오륙 센티 정도 자랐어요."

"한창 클 때지. 카페아이디가 뭐라고?"

"영문 my 소문자고요. 숫자 1000이요."

"그러냐? 내 아이디는 영문 소문자 myeongri에 숫자 10이다. 내가 사주 명리학을 한다고 했었잖니. 그래서 영어로 명리에다 숫자 10인데 명리학이 우리나라에 들어온 지 10세기 정도라고 해서 숫자 10을 달았지. 온라인상에서 앞으로 만나면 인사하고 지내자."

"예, 알았어요. 우연인지 인연인지는 모르겠지만 신기하네요."

"학교 성적은 어떠냐? 검정고시로 들어가서 혹시 부족한 과목이나 따라가기 힘든 점은 없니?"

"제 나이가 부족한 거 외에는 없어요."

"그것 다행이구나. 자신만만한데, 혹시 사주 본 적 있니?"

"없어요."

"내가 한 번 봐줄까? 공짜로. 너 같은 천재는 어떤 사주를 가졌는지 궁금해서 그런다."

앞에 있던 남자가 삼겹살을 우물거리며 질투했다.

"야, 천재한테는 일부러 다가가서 봐주겠다고 하고 우리는 부탁해도 안 봐주고 말이야. 너무 하는 거 아냐, 김 선생?"

"아니, 제가 바쁘니까 그랬죠. 일부러 그런 건 아니에요. 그리고 이 학생하고는 구면이고요. 그렇지? 무영 군?"

"예! 맞아요. 그리고 제 사주는 제가 궁금하지 않으니까 안 볼게요."

김태준이 아쉬운 표정을 지으며 포기하지 않고 물었다.

"생년월일, 시만 가르쳐주면 돼. 여기 이 자리에서 듣는 게 싫다면 내가 전화로 알려 줄게."

옆에 있던 안학수가 동조하고 나섰다.

"야, 공짜로 봐준다잖아. 궁금하지도 않냐? 네 앞길이 얼마나 훤하게 펼쳐질지?"

"별로 궁금하지 않아요. 그냥 열심히 살면 되죠."

"하긴 내가 생각해도 너는 탄탄대로일 것 같다. 대학 마치고, 군대 다녀와서 대학원까지 다닌다 해도 남들 대학 나온 나이 정도밖에 안 돼. 뭐가 두렵겠어. 공부 잘하겠다, 잘생겼겠다, 센스 있고 머리도 획획 돌아가니 대한민국에서 원하는 조건은 다 갖췄잖아. 누가 봐도 질투 날 조건은 다 가지고 있어."

"어, 그래서 형, 저 질투하세요?"

무영이 농담으로 묻자 안학수가 가차 없이 대답했다.

"그래, 너 볼 때마다 세상이 불공평한 것 같다."

앞의 남자가 말했다.

"어느 부모님인지 아들 하나 잘 낳아 키웠네."

"감사합니다."

무영은 점점 이 자리가 불편해지기 시작했다. 이러려고 온 게 아니었다. 토론하는 장면을 직접 보고 싶어서 온 것이었다. 그러면서 카페 토론에서 등장하는 아이디의 얼굴도 한 번 봤으면 좋겠다는 생각을 하고 있었다. 하지만 엉뚱하게도 자신에게 관심을 가지는 이가 등장하고 자꾸 자신의 신상을 털려고 하는 것 같아서 김태준에게 거부감이 들었고 거기에 동조하는 안학수와 주변 사람들도 불편하게 생각되었다.

'내가 잘못된 것인가. 이분들이 배려심이 없는 것인가!'

앞에 앉은 남자가 물었다.

"1급이면 실력은 검증된 거고, 혹시 비결서 봤니? 《격암유록》이나 《채지가》《정감록》 같은 거."

"예!"

"응? 봤어? 정말?"

김태준이 말했다.

"제가 책을 보러 강남 대형 서점에 자주 가거든요. 이 학생이 종종 거기 바닥에 앉아 책을 보더라고요. 갈 때마다 있어서 한 번은 슬며시 들여다봤는데 한자로 된 책을 보고 있더란 말이죠. 그래서 말을 붙여

봤는데 어린아이 실력이 아니라서 제가 깜짝 놀란 기억이 있어요. 그리고 전화하라고 명함 주고 왔는데 전화를 안 하더라고요. 그리고 이후 그 서점에도 안 나타났고요. 아마 공부하느라 그랬을 거예요. 그렇지?"

김태준이 무영과 만난 이야기를 하면서 그동안 강남 대형 서점에 안 갔던 이유를 짐작해서 물었다.

"그렇죠. 고등학교 검정고시, 대학 입시까지 한꺼번에 봐야 했거든요."

박민숙이 무영이에게 향하는 질문을 차단하고 나섰다.

"저어…… 선배님 드시면서 말씀하세요. 고기가 타겠어요. 무영이에게 질문 좀 나중에 하시면 안 될까요? 무영이가 먹지를 못하고 있어서요."

"아이고, 알았어요. 알았어. 내가 일어날게. 무영 군, 많이 먹어."

김태준이 일어나며 무영의 어깨를 두드리고 원래 자기 자리로 돌아갔다.

앞자리의 남자도 무영에게 더 이상 질문을 하지 않자, 무영이 삼겹살을 먹으며 박민숙에게 엄지를 들어 보였다.

"고마워요, 누나. 최고예요."

"지나친 관심은 무관심보다 독이 되거든."

어느 정도 시간이 지나고 삼겹살 굽는 불판도 거의 없게 되자 남돈철이 나섰다.

"그동안 토론방에서 제일 많이 토론을 했던 주제를 가지고 오늘 재토론해 보겠습니다. 작년에 이어서 올해도 격암유록이네요. 격암유록이 진짜냐 가짜냐를 가지고 토론이 삼십여 차례 있었고요. 내용 일부를 토론하기도 했어요. 부분적인 내용으로 토론한 것도 칠십여 차례나 돼서 작년, 재작년에 이어 올해도 격암유록이 가장 많이 토론의 주제로 올랐습니다. 그래서 말인데요. 여러분, 격암유록 말고 다른 고서도 많은데 그런 것도 토론해 주시기 바랍니다. 제가 가끔 공지를 올리는데 여러분 너무 귓등으로 들으시는 건 아니죠?"

"그래서 오늘의 토론 주제는 뭔가요?"

"다른 건 너무 쉽게 결론 나버려요. 하지만 격암유록은 파고들수록 양파라 알고 있다고 해도 되짚을 때마다 흥미진진하잖우."

남돈철의 앞에 앉아 있던 중년의 여자와 머리가 하얀 남자가 말했다.

남돈철이 물었다.

"그럼, 일 번 격암유록의 진위를 토론, 이 번 궁궁을을에 대해서, 삼 번 현대에도 십승지가 필요한지에 대해서입니다. 거수로 결정할게요. 자, 일 번, 손 들어 주세요."

남돈철이 손 든 사람의 숫자를 세었다.

"자, 이 번, 손 들어 주세요."

"삼 번, 손 들어 주세요."

남돈철이 메모한 것을 알려 주지 않아도 토론의 주제는 이미 다 알 수 있었다.

일 번에서 손이 가장 많이 올라갔던 것이다.

"일 번 스물일곱 분, 이 번 여덟 분, 삼 번 열세 분이라 일 번 격암유록의 진위에 대해 토론하겠습니다. 자! 지금부터는 부회장님이 진행을 맡아 주시겠습니다."

남돈철의 옆에 있던 오십 대 장년의 남자가 일어섰다. 그러더니 어디서 가져왔는지 의자를 하나 가져다 놓고 있었다.

"안녕하십니까? 부회장 김진영입니다. 토론이 길어질 것 같아서 아예 주인장에게 의자 하나 내어달라고 해서 가져왔습니다. 저도 앉아서 하려고요. 아유~ 아주 진본파와 위작파로 이미 나뉘어서 앉으셨네요."

"그래야 반론을 바로 치고 나갈 수 있으니까."

구석에 앉은 여자가 몰려 앉은 이유를 짧게 대답했다.

"좋아요. 그럼 다 아시는 거지만, 제가 격암유록이 세상에 나오기까지만 말씀드리고 들어가겠습니다. 잘 아시다시피 격암유록은 1977년에 이도은 선생이 필사해서 국립중앙도서관에 기증하고 1987년에 번역되어 처음 출간되어 세상에 나왔지요. 조선 명종 때 천문, 지리학자였던 격암 남사고 선생이 어린 시절 신인에게 받았다고 하구요. 총 60장으로 되어 있습니다. 이 책이 지금까지 우리나라의 전란이나 역사의 흐름을 거의 정확하게 짚고 있다는 점에서 우리나라 최고의 예언서로 쳤었지요. 그러나 필사로 써진 점, 성경 구절과 유사한 구절이 있는 점, 명종 시대의 한자가 아닌 최근의 한자가 섞여서 쓰였다는 점, 원본이 아니라 필사본이라는 점 등이 위작이라고 의심되어 학계에서는 위작으로 기정사실화되어 있습니다. 여러분들도 이미 이 격암유록은 여러 번 보셨을 테니 이 점을 참고하셔서 토론에 임해 주십시오. 자! 위작이라고 생각하시는 분 중에서 먼저 발언 시작하시지요. 그리고 말씀하실 때는 아이디와 성함, 말씀 후에 발언 부탁드립니다."

비교적 젊은 남자가 손을 들자, 김진영이 발언을 수락했다.

"아이디 팔빵조아 구영인입니다. 반갑습니다, 여러분! 우리가 학자는 아니더라도 한자 좀 한다하는 사람들이 모인 모임입니다. 그러니 파자나 해석하는 데 있어서 어려운 점은 없을 거고요. 좀 전에 부회장이 말한 것처럼 이 책이 위작이라고 단정 지을 수 있는 것은 크게 세 가지입니다. 첫째, 지금까지 진본이 나오지 않은 상태에서 필사본만 존재한다는 겁니다. 필사본은 중간 과정에서 내용이 왜곡될 수 있는 소지가 있기 때문에 반드시 진본이 있어야 합니다. 진본이 없는 상태로 필사본만 있어서 내용을 의심받는 것이지요."

발언 중에 구영인의 맞은편에 앉아 있던 남자가 손을 들자, 김진영이 손으로 발언권을 주면서 손으로 팥빵조아의 말을 멈추게 했다.

"아이디 영어 소문자 song 숫자 3741을 쓰고 있는 임모송이요. 이 책의 특이점부터 알고 토론합시다. 이 책은 예언서요. 일반 소설이나 학생들의 교과서 같은 게 아니란 말이오. 따라서 여러 개가 있는 것도 아니고 남사고 선생께서 달랑 한 권을 후대에 남겼을 것인데 우리나라가 지금까지 격변이 많았잖소. 정변과 북쪽의 침략과 남쪽의 왜란을 겪었고 일제에 강점까지 당했어요. 그다음에 6 · 25까지 겪었는데 누구 손에서 어떻게 잘 보관된다고 해도 그 긴 세월 풍파를 책 한 권으로 지금까지 온다는 것은 불가능에 가깝다고 봐요. 그래서 필사를 몇 개 해서 그중의 한두 권이 지금까지 전해진 것으로 생각되고 있어요. 물론 진본 한 권이 고스란히 남았다면 정말 좋았겠지만 그러기엔 우리나라가 역사의 질곡(桎梏)이 만만치 않았다는 것부터 되돌아볼 필요가 있어요. 그리고 여러 대에 걸쳐 필사했다면 그에 따라 변형된 한자를 쓸 수도 있었을 겁니다."

위작(僞作)파 쪽에서 손이 올라가자, 김진영이 임모송의 말을 손으로 막고 손든 사람에게 발언하도록 했다.

“아이디 조박사 조은갑이요. 베껴 쓰는 거래도 글자가 바뀐다는 건 말이 안 되지요. 글자 한 자 한 자가 귀중한 뜻을 품고 있어야 하는 게 예언서요. 묶여 있든 파자가 되어 있든 글자의 무게가 곧 예언서의 무게인데 필사하면서 글자가 바뀐다는 건 말도 안 된다는 거요.”

임모송이 또 손을 들었다.

“여러분, 보통 배고프면 식탁에 밥을 제대로 차려놓고 먹을 수 있을 것이요. 밥 한술, 국 한 모금, 반찬 한 젓가락씩 집어 먹으면서 말이요. 하지만 누가 나를 쫓아오는 상황에서 밥을 먹어야 한다면 똑같은 식탁에 차려진 밥상이라도 국그릇에 밥과 반찬을 다 넣어서 후루룩 마시듯 먹을 수도 있는 거요. 상황이 간편함을 추구하는 거고 그것이 여러 대를 거쳤다면 현대의 글자도 등장하는 게 당연한 거요.”

위작파 쪽에서 정수리가 벗겨진 남자가 손을 들었다.

“아이디 영어 소문자 yong 숫자 566 하영서요. 예를 든다는 것은 격암유록이 진본일 때 가능한 거요. 진본이 아닌 것을 진본으로 세탁하기 위한 예시는 부당하오.”

“옳소!”

위작파 쪽에서 동조하는 소리가 동시에 터져 나왔다.

진본파 쪽에서 장년의 남자가 손을 들었다.

“아이디 무대뽀 방신입니다. 여러분, 저는 격암유록이 진본이든 진본이 아니든 이 책의 정확한 예언에 초점을 둬야 한다고 봅니다. 우리나라가 겪어온 과정을 다 맞추고 있고 앞으로 일어날 일까지 예언해 놓고 있습니다. 우리나라에 이 격암유록보다 더 잘 맞는 예언서가 있나요? 없잖아요. 그러면 여러분들도 생각 좀 해 보십시오. 이 책이 긴 세월의 풍파를 겪으면서 너덜너덜해져서 필사를 했는지, 물에 젖었었는지, 반쯤 불에 탄 것을 필사했는지 그것은 아무도 몰라요. 그렇기 때문에 그 과정을 묻지 말고 예언서로써 잘 맞췄는지 그 정확도를 봐야지요."

방신 옆의 남자가 손을 들었다.

"히말라야의 산을 보면 마냥 추울 것 같지만 그곳에도 봄이 있고, 여름이면 꽃이 핍니다. 꽃이 만발해 있는 산 중턱에서는 그곳이 잠시 히말라야인 것을 잊게 만들지요. 큰 틀을 놓고 보십시오. 이것은 예언서이고 갖은 풍파를 겪으면서 수백 년을 여러 손을 거쳐 왔다는 것을 상기해 주세요."

구영인이 손을 들었다.

"그걸 감안하더라도 신앙촌 교주였던 박태선이 진본을 불태우고 기독교 교리를 한자로 섞어 넣었다는 게 문제 아닙니까? 그래서 기독교도 격암유록을 성경처럼 인용하고 있고요. 실제로 한자로 된 성경과 대조해 보면 몇 구절이 같다는 거 아닙니까. 또 민족 종교를 표방하는 곳에서는 아주 대놓고 격암유록으로 포교를 합디다. 진본도 아닌 책이 글자도 내용도 바뀌어 대중을 현혹하는 데 이용되고 있단 말이죠. 이런 책을 어떻게 진본이라고 할 수 있습니까?"

"옳소."

구영인 주변에 있던 사람들이 동조의 소리를 냈다.

진본파에서 누군가 손을 들었다.

"아이디 댕댕이아빠 박인혁입니다. 저도 이 책이 신앙촌, 천부교 교주 박태선이 불태우고 자신들의 입맛에 맞게 새로 쓰였다고 알고 있습니다. 하지만 전부는 아니죠. 그리고 지금 우리가 알고 있는 국립중앙도서관에 있는 책도 전부 필사가 된 게 아니라 일부가 누락된 채 필사된 걸로 알고 있습니다. 이런저런 이유로 격암유록이 위작이라는 말을 듣는 건 타당한 근거가 있습니다만, 격암유록이 기독교인이 자신들의 교리에 맞춰 일부 변형된 내용으로 필사를 했다고 해서 전체 내용이 기독교식으로 바뀐 건 아니잖습니까? 단지 몇 군데 기독교식으로 바뀌었다고 전체 내용을 부정해 버리는 건 옳지 않다는 거지요. 박태선이 자신의 종교를 위해 이용하려고 했다면 그 부위는 이미 아시는 대로 몇 군데지요. 나머지 대부분의 내용은요. 1, 2퍼센트가 왜곡되었다고 나머지의 내용까지 부정한다는 건데요. 소설책에 그림을 몇 페이지 넣었다고 해서 그 책이 그림책이라고 불립니까? 그렇지 않잖아요?"

"그렇지, 내 말이 그 말이라고."

방신이 추임새처럼 말하며 무릎을 쳤다.

방신 옆의 남자가 손을 들었다.

"아이디 영어 소문자 zoozoo 숫자 777이여라. 이 문제는 숲을 보느냐, 나무를 보느냐가 문제요. 내용 하나하나를 보는 게 아니라 이 책이 우리나라가 가고 있는 길을 그대로 읽어 주고 있다는 게 엄청나게 중요한 거요. 격암유록이 우리에게 중요한 이유는 그것 때문이요. 또한 지금 시점에 과거에 어떻게 잘 맞았냐보다는 미래가 더 중요한데 그 미래를 박태선이가 손봤다는 게 좀 유감이오만, 그나마 싸그리 바꾸지 않고 극히 일부만 바뀌어서 다행이지요. 그리고 그 책이 비록 필사본이라도, 원래 내용이 다 살짝 비틀렸어도 이 세상에 나와주어서 나는 매우 다행스럽다고 생각하는 사람이요. 그렇게 소중한 책에 욕된 발언들은 삼가시오."

"아! 누가 욕된 발언을 했다고 그래. 있는 그대로 얘기하는 건데."

조은갑이 언성을 높이자 김진영이 나섰다.

"자, 자! 진정하시고요. 격암유록이 진본이냐 위작이냐를 토론하는 자리이기 때문에 각자의 소신을 말씀하시는 겁니다. 서로 언성을 높이거나 상호 간의 비방은 삼가시기를 바랍니다."

토론은 계속 이어졌고 지루했는지 박민숙이 무영의 귀에 대고 작은 소리로 물었다.

"내용 알아듣고 있니?"

"예!"

"그래? 격암유록을 읽었구나. 나도 언뜻 봤는데 내 취향은 아니라서 자세히는 안 봤는데 이 책이 항상 논란거리더라. 그래서 난 좀 지루하네. 넌 재미있니?"

"그럭저럭요."

"참 유별나네."

무영이 말을 받아 주지 않자 박민숙은 안학수에게로 돌아앉아 둘이서 시시덕거렸다.

무영은 뒤로 몸을 빼고 토론하고 있는 어르신들을 한 명씩 보았다. 온라인상에서 아이디로만 만나서 토론하던 사람들이 직접 얼굴을 맞대고 앉아 토론을 하니 현장감에서 오는 생동감이 있었다.

'토론은 이런 것이지. 아무래도 글로 하는 토론보다는 얼굴 보고 이렇게 해야 진짜 토론이지.'

한 명씩 훑어보던 무영이 어느 한 노인의 눈과 딱 마주쳤다. 무영은 웃으며 고개를 숙여 목례하고 다시 쳐다봤다.

육십 대로 보이는 노인이었는데 짙은 눈썹 아래 안광이 빛났으며 오똑한 콧날이 얼굴의 전체 윤곽을 잡아 주었고 갸름한 얼굴에 이마가 넓었다.

'저 할아버지는 토론에 관심이 없으신가? 나만 쳐다보시네.'

무영은 자꾸 쳐다보는 노인이 신경 쓰였다. 잠시 눈을 돌렸다가도 다시 노인을 보면 여전히 노인은 무영을 쳐다보고 있었다.

노인은 격암유록 진본파에 앉아 있으면서 한 번도 손을 들고 발언을 하지 않아서 이름이나 아이디를 알 수 없었다.

이윽고 노인이 손을 들었다.

"저기…… 지금 학생부는 이 토론을 이해하고 있는지 묻고 싶어요. 딴짓하는 학생도 있고 경청하는 학생도 있는 것 같아서 말이에요."

김진영이 웃으며 말했다.

"아! 학생부 제군들! 이 토론을 이해하고 있나요?"

"예!"

무영을 포함한 학생들이 우렁차게 대답하자 어른들 사이에 웃음이 터졌다.

"대학생 때가 제일 호기심이 많을 때라 격암유록에 대해서도 이미 다 독파하고 있을걸."

"그럼, 저 때는 밤새워 가며 연구하고 생각이 많은 시절이지."

"나도 저런 시절이 있었어."

어른들이 한 마디씩 부러운 소리를 했다.

김진영이 무영을 보며 물었다.

"이 자리에 모인 분들 중에 김무영 군이 제일 나이가 어려요. 이제 약관 열네 살이라고 했지요? 이런 자리 처음일 텐데 분위기와 느낌을 말해 줄래요?"

무영이 머뭇거리다 말했다.

"토론이란 이런 거구나, 생각하고 있었어요. 학교와는 좀 색다른 논제라 흥미도 있고요. 이 책의 진위 여부는 한자를 하시는 분들에게 당연히 논란거리가 되어야 한다고 생각합니다. 저는 이 분위기 좋아요."

"예!!! 애늙은이의 소감이었습니다."

김진영이 재미있다는 듯이 웃으며 말했다.

"혹시 종교가 뭐니?"

몇 자리 너머에 앉아 있던 김태준이 물었다.

"없어요."

"없어? 보통 한자를 많이 알다 보면 불교 쪽이나 민속 종교 쪽으로 관심들을 많이 가지던데…… 넌 참 특이한 구석이 많구나."

다시 한쪽에서 위작이다 진본이다를 놓고 설전이 벌어지자 다시 하나둘 토론에 빨려들었다.

무데뽀 방신이 침을 튀기며 열변을 토했다.

"설령, 격암 선생이 남긴 것이 아니더라도 인류 최후의 순간에 우리 한민족이 지구상의 유일한 미래를 밝힐 수 있는 민족으로 명시되어 있는 것을 애써 외면할 필요는 없는 거요."

위작파의 여지용이 반론을 제기했다.

"환단고기도 비슷한 과정으로 가짜 논란이 있어요. 이건 특정 종교에 대한 선전물이요. 필사본을 기증한 이도 종교와 관련이 있다고 했잖아요. 종교가 끼어들면 책은 선전물에 불과해요."

진본파에서 다시 이의를 제기했다.

"1977년에 필사본이 나온 것이요. 원본으로 보았으면 정말 좋겠으나 필사하는 과정에서 눈에 익은 한자로 일부 바뀐 것을 두고 가짜라고 한다는 것도 우스운 일이고 일부 종교단체가 자기네 선전에 이용해 먹으려고 내용 일부를 수정한 것을 두고 전체를 매도하는 것도 우스운 일이요. 종교단체가 일부 수정한 것을 배제하면 전체의 맥락에는 문제가 없단 말이요. 이렇게 어려운 내용을 가지고 사기칠 수 있는 학자가 있을까요?"

위작파에서 여자의 목소리가 들렸다.

"위작이면 내용 자체에도 문제가 있다는 건데 진실이 아닌 것을 믿을 수는 없지요. 아닌 것은 아닌 겁니다."

김진영에게 회의의 진행을 맡기고 뒤로 빠져 있던 남돈철이 나섰다.

"자! 이제 토론은 마무리하도록 하죠. 핵심적인 내용은 다 나왔고요. 이 내용은 작년에도 역시 나왔던 내용이에요. 같은 내용이라도 계속 토론을 하다 보면 뭔가 도출되지 않을까 해서 다시 토론 주제로 붙였던 건데 역시 올해도 치열한 공방이었습니다. 진위를 거수로 표결하고 마치겠습니다. 먼저 진본으로 인정해야 한다, 손 들어 주십시오."

방신이 손을 번쩍 들었다.

"잠깐만요, 회장! 한마디만 하구요. 이 책이 진본이라고 하기엔 한 가지 단서가 붙어야 합니다."

"단서? 뭐죠?"

"박태선이 조작한 몇 구절을 제외한 조건으로 진본이라는 거지요."

"아, 예 알겠습니다. 그럼 다시 거수하겠습니다. 박태선이 조작한 몇 구절을 제외한 조건으로 진본이라고 생각하시는 분, 손 들어 주세요."

남돈철이 손든 사람의 수를 헤아리고 종이에 적었다.

"자, 위작이라고 생각하시는 분 손 들어 주십시오."

남돈철이 손든 사람을 세고 종이를 들여다보며 말했다.

"정말 작년과 별반 차이가 없네요. 한 번 박힌 관념은 다시 바뀌기가 어려운가 봅니다. 총인원 48명, '진본이다' 25명, 저를 포함해서입니다. '위작이다' 23명으로 올해도 근소하게 진본으로 인정해야 한다가 우세했습니다. 단 박태선이 조작한 몇 구절은 제외하는 조건입니다. 오늘도 수고하셨습니다."

낮부터 시작된 토론이 중간에 20분 쉬고 저녁이 다 되어 끝났다.

버스 정류장으로 걸어가는데 김태준과 이서기, 민정우가 저녁을 먹고 가라며 불렀다. 집에 가서 먹겠다는 무영을 한사코 붙잡은 김태준은 근처의 식당으로 들어갔다.

네 사람이 자리를 잡고 앉자 뒤따라 들어온 육십 대 노인이 자리에 와서 앉았다.

"안 가셨습니까? 윤 이사님?"

"아! 저녁을 먹고 가는 것 같아서 같이 좀 먹으려고 들어왔지. 자네들끼리 할 얘기가 있는 것 같아서 빠질까, 했는데 내가 원래 불청객으로선 일가견이 있는 사람이라 그냥 들어왔네. 괜찮지?"

"아이고…… 그럼요. 저희야 환영이지요. 그렇지요?"

민정우가 말하자 김태준이 마지못해 웃으며 고개를 끄덕였다.

무영은 모임이 있었던 식당 2층에서 유독 자신을 쳐다보던 노인임을 알아보았다. 아무래도 이 노인이 이 자리에 억지로 끼어든 것은 무영 때문인 것 같았다.

찌개를 시키고 단출하게 저녁을 먹으면서 서로 개인의 하는 일과 안부를 묻고 무영에게도 부모님이 하시는 일과 학교 공부에 대해 물었다. 아까 물은 것을 다시 상세하게 묻고 있었다.

노인이 무영에게 물었다.

"아까 보니까 총기가 남다르던데 학생은 격암유록에 대해 어떻게 생각해?"

"그냥 책으로 봤어요. 일반 소설책 읽듯이요."

"그럼, 해석이나 파자 같은 거는……."

"그렇게 해도 뭐 다를 게 없는 것 같아서요."

"어째서……?"

"말씀드렸잖아요. 그냥 책으로 읽었다니까요. 책을 보면 줄거리에서 재미있고 던지는 메시지가 있으면 그걸 알면 되고…… 저, 책을 그렇게 읽거든요."

"격암유록의 줄거리가 재미있드나?"

"재미없어요. 오히려 김삿갓 시집이 더 재미있지요."

"엥? 웬 뜬금없이 김삿갓 시집?"

"네! 떠돌아다니며 세도가들을 조롱하는 시(詩), 경치를 보고 읊은 시(詩), 쓸쓸하고 외로운 인생의 벗을 시(詩)로 승화시킨 절묘하고 뛰어난 문장력이 대단해요. 그쪽이 재미는 더 있지요."

이서기가 무영의 말에 반응하며 흐뭇해했다.

"나도 봤어. 정말 뛰어난 재치와 문장력이지. 암!"

노인이 물었다.

"그럼, 이 모임에는 왜 왔니?"

"그러게요. 처음이라 궁금해서 왔는데요. 그래서 다음에는 안 오려고요."

말하면서 이서기의 눈치를 보자 이서기가 옆에서 눈을 흘기고 있었다.

"아까 가짜와 진짜 거수 표결을 어느 쪽에 했니?"

"왜 꼭 그렇게 흑백 논리로만 가야 하나요? 그냥 책으로 보면 안 돼요? 예언서라는 의미를 부여하지 말고 '소두무족'이라는 단어를 아까 말씀하시던데 그게 미사일이든 귀신이든 그게 중요한 게 아니라 전체적인 맥락을 보면 3차세계대전이 일어나고 알 수 없는 질병이 돌 때 세상을 구원할 이가 출현한다, 이거잖아요. 어려움에 처한 백성한테 홍길동이나 임꺽정 같은 구세주가 나타나는 것처럼요."

"이 책은 그렇게 단순한 책이 아냐."

김태준이 말했다.

"알아요. 그래서 그냥 책으로 보는 게 좋을 것 같아서 드리는 말씀이었어요."

노인이 말했다.

"그긴 가짜다 이 말이렷다."

"저는 그런 말 한 적 없는데요."

무영이 고개를 흔들며 부정하자 노인이 다시 말했다.

"회색 논리구나. 아직 뚜렷하게 어떤 색인지 구별 짓지 않은 것을 보니…… 그래, 확실하게 되기 전까지는 그것도 좋다."

이서기가 말했다.

"그럼, 다른 책 중에서 예언서는 어떤 걸 본 게 있나?"

"예언서라고 말씀하시지 말고요. 비슷한 부류로 《채지가》《삼역대경》《대순전경》《성경》 같은 부류들이 있잖아요. 저는 무신론자라서 아직은 그냥 책일 뿐이에요. 다른 것도 뭐가 있었던 것 같은데…… 아! 《정감록》도 있고 《하도락서》도 있네요."

"도대체 어디까지 읽은 것이냐?"

"그냥 아무 생각 없이 읽어요. 지금 제가 하는 일이 책 보는 거잖아요."

"그럼, 언제 노니? 놀기는 하니?"

"그럼요. 여자친구도 있는걸요."

미래를 떠올리며 무영이 수줍게 말했다.

말한 당사자인 무영을 제외한 넷이 한바탕 웃었다.

"아이고, 장하다. 그 와중에 여자친구까지 뒀구나. 기특하다."

노인이 무영이에게 명함 한 장을 건넸다.

"다음 주에 전화해라. 네가 한자를 좋아하는 것과 별개로 소개해 줄 사람이 있다. 보통 어린애는 안 보는데 너는 특별해 보이니까 특별한 인물 한 번 만나봐라."

"누군데요?"

"와 보면 알아. 네가 인터넷 강의를 자주 본다면 한 번쯤은 봤을 법한 사람일 수도 있고 관심 없다면 못 봤을 수도 있고……."

"전 유명한 분 별로 안 좋아하는데요."

민정우가 슬쩍 던졌다.

"빼지 말고 가봐. 혹시 아이돌급 유명인일지 모르잖아?"

"그런 유명인이 아니고 도를 이룬 분이라…… 그분이 너를 어떻게 보는지 들어보고 싶어서 그런다. 총기가 넘쳐서 너의 그릇이 어느 정도인지 알고 싶구나."

"저를 누가 판단하는 거 별로 반갑지 않은데요. 도를 이룬 분이라니 좀 뵙고 싶긴 하네요."

"깐깐하구나. 혹시 명상 같은 거 하니?"

"아니요."

김태준이 약간 서운한 표정을 지으며 노인에게 물었다.

"유명하신 분인가 봐요. 저희한테는 그런 제안 일절 안 하시더니……. 누군데요? 그 유명하신 분이?"

이서기도 역시 비슷한 표정으로 말했다.

"정말, 그런 말씀 한 번도 안 하셨었는데요?"

노인은 두 사람의 질문에 대답하지 않고 무영만 물끄러미 쳐다보았다. 그가 무영에게 건네준 명함에는 '㈜설표 이사 윤검군'이라고 쓰여 있었다.

"이사님이시네요."

"젊었을 때 한가락 하다 보니 은퇴하고 기업에서 사외이사 자리 하나 준 거지. 지금은 월급만 타면서 한 달에 몇 번만 회사에 나가고 대부분 이렇게 소일하고 있어."

"신선놀음이지요."

김태준이 부러운 눈길을 보냈다.

"그렇지! 껄껄걸…… 하지만 젊은 시절 그 회사에서 몸 바쳐 일한 대가야. 거저는 아니지. 지금도 뭐 회사에서 큰 결정하는 데 있어서 내 의견을 물어오면 나는 자료를 검토하고 내 의견을 얘기해 줘. 그러니 완전 공짜는 아니지."

자리에서 일어날 즈음 김태준이 명함을 건네며 전화할 것을 당부했고, 이서기와 민정우도 탈퇴하지 말고 회원으로 계속 남아 있으면서 앞으로 매달 있는 학생토론회에 참석할 것을 당부했다. 하지만 무영은 이미 마음속으로 이 모임에서 탈퇴할 것을 결론짓고 있었다.

집으로 돌아온 무영은 책상 서랍을 열고 맨 밑바닥에 깔린, 오래된 필통을 꺼냈다. 몽당연필을 모아둔 플라스틱 필통 뚜껑을 열고 밑바닥에 깔린 작은 종이를 꺼냈다. 네모난 하얀 종이는 연필의 흑심가루에 거의 회색이 되어 있었다.

무영은 휴지로 그 종이를 닦았다. 그래도 회색이긴 했지만 오늘 김태준에게 받아온 명함과 비교해 보니 그때 것과 똑같았다. 같은 사람에게 1년 10개월 만에 만나 같은 명함을 받은 것에 무영은 피식 웃음이 터져 나왔다.

'사람이 인연이란 게 있나 보다. 스쳐 지나는 사람일 뿐이라고 생각했는데 이렇게 돌고 돌아서 또 만나는 건 뭐야.'

만날 때마다 사주를 봐주겠다며 생년월일을 묻는 김태준보다 무영은 윤검군 이사에게 더 관심이 갔다. 처음 본 자리에서 만나게 해 주겠다는 사람이 도(道)를 이룬 사람인데 유명인이라고 했다.

'도(道)를 이뤘다'에 마음이 쏠려서 윤검군 이사가 준 명함을 꺼내 들고 들여다보며 무영은 전화를 할지 말지 고민했다.

'누가 나를 평가한다는 게 기분은 별로지. 학교에서 시험을 봐서 등수로 줄 세우는 것도 별론데 사람을 평가하기 위해 나오라는 거다…… 나를 언제 봤다고. 무엇을 위해 나에게 사람을 소개하겠다는 건가. 도를 닦는다는 건 또 뭐야?'

카페는 더 이상 매력적인 곳이 아니었고 탈퇴도, 출석도 하지 않았다.

김태준에게도 윤검군에게도 전화를 안 한 채 한 달이 지났다.

문득 무영은 윤검군 노인의 뒤에 있는 사람에게 호기심이 발동했다. 무슨 목적으로 소개를 해 주겠다는 건지는 모르지만 도를 이루었다고 하니 일반 사람들에게 없는 뭔가에 대한 호기심이었다.

생각하고 생각하다 무영은 윤검군에게 전화했다.

만남

"잊고 있는 줄 알았다. 나도 잊고 있어서 좀 더 늦었다면 아예 잊었을 게야."

토요일 오후에 강남의 한 카페에 윤검군 노인과 같이 나타난 사람은 뜻밖에도 나이가 좀 있어 보이는 세련되고 아름다운 여자였다.

"놀란 표정이구나. 할아버지일 줄 알았는데 아줌마여서 말이다. 껄껄걸……."

"네, 당연히 남자분이신 줄 알았거든요."

"그럴 것이다. 옛날에는 남자들이 도 닦기에 좋은 환경이었는데 요즘은 여자들이 도 닦기에 좋은 환경이다 보니 혜안(慧眼)을 가진 분들 중 여자분들도 많다는 걸 알아두거라."

"아!!!…… 예! 저 김무영이라고 합니다."

"그래, 윤 이사님께 말씀 들었어요. 나는 서금화라고 해요. 무영 군이 부를 때는 그냥 아줌마라고 불러도 돼요."

윤검군이 물었다.

"이 아줌마 어디서 본 적 없니?"

"어디서 본 것 같아요. 그런데 기억이 안 나요."

“공부할 때 역사, 세계사를 인터넷 강의를 보았다면 한 번쯤 아줌마 얼굴을 봤을 거야.”

“아!!!”

“서금화라고 한단다.”

무영은 생각났다. 검정고시로 중 · 고등학교 과정 시험을 봤기 때문에 역사, 세계사도 인터넷 강의를 들었었다. 한 사람 것만 들은 게 아니라 처음에 몇 사람 것을 들어본 다음에 귀에 들어오는 한 사람을 선정해서 들었기 때문에 기본적으로 인터넷 강사들의 얼굴은 거의 아는 셈이었다.

“어쩐지…… 어디선가 뵌 듯했어요.”

서금화는 무영을 뚫어지게 바라보고 있었다.

“이사님이 사람을 제대로 보신 것 같습니다.”

“그렇소?…… 껄껄껄…… 거 봐. 내가 사람 보는 눈은 있다니까.”

“나에 대해 윤 이사님이 뭐라고 말씀하셨어요?”

서금화가 무영에게 질문했다.

“아무 말씀도 안 하시고 소개시켜 줄 사람이 있다고 하셨어요. 도를 이루신 분이라고 하셔서 남자분인 줄 알았거든요. 정말 여자분이신 줄 몰랐어요.”

“그런데도 의심 없이 따라 나왔어요? 내가 나쁜 사람이면 어쩌려고…….”

“윤 이사님이 나쁜 사람처럼 보이지 않았거든요.”

“거 봐. 나이는 어려도 사람 보는 눈도 있고 만만치 않다니까…….”

“나이가 몇 살이죠? 어려 보이는데요. 대학생이라고 들었는데.”

"열네 살이요."

"음, 아줌마는 선생님이었어요. 고등학교에서 역사를 가르치다가 그만두고 학원강사를 하면서 인터넷 강의도 해서 학생들에게는 인지도가 있는 편이지요. 인터넷 강의 많이 들어요?"

"네! 역사는 주로 책으로 공부해요. 인터넷 강의도 듣고요."

"열넷에 대학생이 됐다면 검정고시를 두 번 봤겠군요. 그렇죠?"

"예!"

"어린 나이에 놀고 싶기도 했을 텐데 한자 실력도 굉장하다지요?"

"어려서부터 책을 보면 그냥 머리에 잘 들어왔어요. 제가 머리가 좋은가 봐요."

"타고난 머리가 좋아서 그런 것도 있고, 노력도 있어야 하는데 무영 군은 어느 쪽이죠?"

"일단 머리는 좋은 것 같고요. 음…… 노력도…… 한 것 같네요."

무영은 윤검군과 서금화가 경계할 대상이 아닌 것 같았다.

"그리고 아줌마 특기가 하나 있는데 궁금하지요? 그것 때문에 윤이사님이 무영 군을 내게 데려오신 건데…… 맞춰 볼래요?"

"그냥 말씀해 주세요."

무영이 생각하기를 포기하고 대답을 재촉하자 가만히 두 사람 대화를 듣고만 있던 윤검군이 나섰다.

"서 선생은 사람들이 못 보는 다른 세계를 봐. 정확하게 말하자면 사람의 과거, 전생을 보고 미래도 대충 보는 편이지."

"김태준 아저씨처럼요?"

"그 사람하고는 차원이 달라. 그자는 책으로 공부한 사주추명학이고 서 선생은 영적으로 개안이 돼서 과거와 미래를 내다보는 사람이란 말이야. 엄밀히 말하자면 이렇게 많은 사람들 앞에 돌아다니는 것 자체가 위험한 사람이야. 쓸데없는 것들이 보여서 말이야."

"그 쓸데없는 것들이란 게 뭐죠?"

서금화가 대답했다.

"전에는 학교에 나가서 아이들 얼굴 보며 가르치는 교사였는데 어느 날 이상 현상을 겪으면서 이상한 것들이 보이기 시작했어요. 그래서 학교를 그만두고 인터넷 강의를 시작한 거지요."

"이상한 거요?"

"말하자면 무영 군 뒤에 버티고 서 있는 수호신, 일반적으로 수호신은 그릇이 큰 사람들에게 붙는데 무영 군한테도 있군요."

"내 뒤에 수호신?"

무영이 뒤를 돌아보았지만, 뒤에 보이는 것은 아무것도 없었다.

"호호호…… 그렇게 안 보이는 것을 보는 게 내 특기에요. 저기 탁자 위에서 서로 손을 만지작거리며 시시덕거리고 있는 남녀가 보이지요? 저 사람들 전생에 크게 원한을 품고 살았던 사람들이군요. 결혼은 하겠지만 매일매일 싸우다가 끝내는 서로를 원망하며 이혼하고, 이혼하고 나서도 계속 싸우며 평생을 원수처럼 살 거예요."

"저, 저렇게 다정한데…… 악담이 심하신 거 아니에요?"

서금화가 빙그레 웃었다.

"내가 악담하는 것처럼 보이나요? 그럼 좋은 인연들을 찾아볼까요?"

서금화가 카페 안을 둘러보더니 구석에 앉아서 수다를 떨고 있는 두 여자를 지목했다.

"저 두 사람은 평생 친구로 결혼을 해서도 계속 만나는 좋은 친구가 될 거예요. 전생에 오누이였는데 현생에서는 친구 사이로 만났군요. 무영 군…… 혹시 안 좋은 일이 생기려는데 누가 갑자기 나타나서 도와주거나 극적으로 사고를 모면하거나 한 적 있어요?"

무영은 곰곰이 생각하다가 몇 번 그런 일이 있었던 일을 떠올렸다.

"있었어요. 올해 같은 동급생 중에 나이 많은 형이 저를 좀 괴롭혔는데 그때마다 교수님이나 동급생 누나들이 보호해 줬어요."

"결국 해코지당한 건 없지요?"

"예, 실질적으로 피해 본 건 없어요. 오히려 그 형 이미지만 안 좋아져서 다른 형과 누나들에게 왕따당했어요. 자업자득이지만 저 때문이니까 죄송했죠."

"그건 수호신들이 지키고 있어서 그래요. 이 정도의 수호신이면 아무도 못 건드려요. 건드리려는 사람이 피해를 보게 되어 있거든요."

윤검군이 끼어들었다.

"서 선생, 이 아이의 전생은 무엇이었소? 매우 궁금하군요."

"선인으로 왜란과 환란을 겪으면서도 나라에 전혀 보탬이 되지 않았어요. 이번 생에서는 어떨지 모르지만요."

"선인? 어떤 선인 말인가? 세속에 있었다는 건데 어느 시기의 선인인가?"

"임진왜란을 겪었고 누구보다 뛰어난 선인이었는데 민중을 위해 한 일이 없어요. 자기 자신을 위해서만 살았네요. 풍헌 최씨!"

"풍헌 최씨…… 최풍헌……! 최풍헌이라고?"

윤검군이 눈을 동그랗게 뜨고 놀란 표정으로 무영을 쳐다봤다.

무영은 들어본 적도 없는 이름을 서금화의 입에서 나오고 윤검군이 놀라는 것에 의아해했다.

"임진왜란을 사흘 만에 끝낼 수 있었다는 그 최풍헌이라고…… 어허, 이거 참."

"아! 그 최풍헌!"

그제야 무영이도 생각이 났다. 예언서를 보다가 본 것 같았다.

어디선가 본 적이 있는 '임진왜란을 최풍헌이 맡았으면 3일을 지나지 못하고 진묵이 맡았으면 석 달을 넘기지 않고 송구봉이 맡았으면 여덟 달을 끌었으리라'라는 문구가 생각난 것이다.

"이 아이가 최풍헌의 환생이라고? 아이고.…… 얘야, 우리가 하는 이야기를 이해는 하고 있니?"

"네, 말하자면 옛날의 최풍헌이 지금의 김무영으로 다시 태어났다는 말씀이잖아요?"

"맞아요. 이해력이 정말 좋군요. 그래서 한자를 식은 죽 먹기로 하나? 학교 성적은 당연히 좋겠군요. 그렇죠?"

서금화가 계속 질문했다.

"손가락 안에는 들어요."

"그래! 눈 감고 있으면 뭐가 떠오르거나 하지는 않고요?"

"뭐가요?"

"옛 선인들이 도를 닦을 때는 명상을 통해서 수련했는데 혹시 명상하나요?"

"명상은 안 해도 생각은 많이 해요."

"그렇군요. 어떤 생각을 많이 할까요? 학업, 성적, 친구들…… 어떤 거?"

"학교 공부는 학교에서 하고요. 집에서는 주로 다른 책을 읽어요. 요즘은 컴퓨터로도 많이 보는 편이고요. 생각하는 건 서울의 하늘에는 별이 없는 거, 사람의 눈이 빛에 잠식되어 별을 인식하지 못하고 있다는 거…… 우주 공간에는 뭐가 있을까? 외계인은 정말 있을까?…… 뭐 그런 거요."

두 사람이 웃었다.

"때 묻지 않고 순수하네요. 아직 본연의 모습을 찾기 전이라 잘 이끌어줘야 할 것 같아요."

서금화가 말하자 윤검군이 고개를 끄덕였다.

"그런데 선생님은 어떻게 미래를 봐요? 신기하다. 무당들은 귀신 들려서 본다던데 선생님도 비슷한 거 아닌가요?"

"무당들은 전생까지 못 봐. 가까운 과거나 짧은 미래를 볼 뿐이지. 서 선생은 전생에 남자였지만 현생에는 여자로 태어난 선인이야. 북창 정렴이라고 들어봤니?"

"아뇨? 들어본 적 없어요. 북창이 뭐 하는 사람이었어요? 그리고 윤 이사님은 전생에 뭐였어요?"

"나? 허허허…… 나, 스님이었어. 그래서인지 지금도 틈만 나면 절에 가서 살지."

"이름있는 스님이었나요?"

"유정, 사명당이였지."

"아…… 그러셨구나……."

무영이 시큰둥하게 받았다. 별로 미덥지 않았던 것이다.

서금화가 말했다.

"북창 정렴에 대해선 집에 가서 컴퓨터로 찾아보세요. 용호 대사를 쳐도 돼요."

"아냐 아냐. 내가 말해 주지."

윤검군이 서금화의 말을 막고 나섰다.

"북창 정렴은 조선 명종 때 사람이야. 부친과 형을 잘못 만나서 그렇지 어렸을 때부터 배우지 않고도 모든 것을 알아서 통달했던 선인이야. 내가 보기엔 조선시대 손가락으로 꼽을 수 있는 선인이라고도 할 수 있지. 세상 밖으로 나오지를 않아서 그렇지. 부친 때문에."

"부친이 역적이기라도 했나요?"

"뭐 비슷했어. 그러니 세상에 출사할 뜻을 접은 거지."

"북창 정렴에 대해서 집에 가서 좀 더 알아볼게요. 그럼, 오늘 제가 전생에 뭔지 알려 주시려고 선생님 보자고 한 거였나요? 전 전생에 대해 생각해 본 적도 없었는데요. 관심도 별로 없고요. 지금 잘 살아야지 전생이 뭐가 중요해요."

"네가 그저 그런 인물이었다면 그냥 좋은 얘기 몇 마디 해 주고 보냈을 텐데…… 역시 내가 보는 눈이 정확해서 너를 찾아냈구나."

"윤 이사님이 저를 찾아내어 뭘 하시게요?"

윤검군이 서금화를 쳐다봤다. 서금화에게 얘기하라는 눈짓이었다.

"음, 어떻게 얘기를 꺼내야 하나…… 각 나라에는 그 나라를 지키는 신들이 있어요. 그 신은 하나일 수도 있고 여럿일 수도 있지요. 하나의 신이 있어도 강력한 신일 수도 있고, 별 볼 일 없는 신이 여럿이 있는 나라도 있어요. 우리나라는 어떨 거 같죠?"

전혀 생각해 본 적도 없는 질문을 받자, 무영은 잠시 생각하다 대답했다.

"모르겠어요. 한 번도 생각해 본 적이 없어서. 그리고 제가 전생에 최풍헌이었다는 말씀도 충격인데 우리나라를 지키는 신이 있다는 말씀도 오늘 처음 듣는 거거든요. 제가 모르던 세계를 말씀해 주시는 거라 좀 당황스러워요."

윤검군이 말했다.

"당황스러워도 듣고 감당해야 한다. 과거에 민생을 구제하지 못한 일을 지금이든 언제든 빚은 갚아야지."

"빚……이요?"

무영이 황당한 표정으로 되물었다.

"능력이 주어지는 데는 그만한 책임과 의무가 주어지는 거야. 국민이 대통령을 뽑고 권력을 쥐여 주면 동시에 막중한 의무와 책임이 지워지는 것과 마찬가지지. 나라를 지키고 국민을 지키고 먹고살게 해줘야 하는 막중한 책임과 의무가 따르는 것처럼 말이다. 너는 능력이 있었음에도 그 의무를 전생에 하지 않았다."

"전생이 어땠는지 전 기억도 못 하는데 그걸 빚이라고 할 수 있나요?"

무영은 황당하기도 하고 기가 막혀서 따졌다.

서금화가 웃었다.

"맞아. 대부분 기억을 못 해요. 못하니까 살아갈 수 있는 거고요. 하지만 그렇다고 해서 전생과 현생이 아주 분리되어 사는 건 아니에요. 전생이 현생을 만드는 과정 같은 거니까. 어제 노력한 게 오늘 결실을 보고, 어제 죄지은 것으로 오늘 벌을 받는 것처럼 전생과 현생은 이어져 있어요. 우리가 기억하든 못하든 말이죠."

무영은 머리가 복잡해졌다.

처음 듣는 얘기에 자신의 논리마저 먹히지 않는 세계를 이야기하고 있었다.

윤검군이 무영의 상태를 보더니 서금화에게 말했다.

"서 선생, 무영이 혼란스러운 것 같은데, 수위 조절이 필요할 것 같소."

서금화가 웃으며 고개를 끄덕였다.

"네, 처음에 누구나 겪는 현상이에요. 이겨 내야 하고 극복할 거예요. 일반 사람이 아니고, 최풍헌이니까. 현생에서 이렇게 우리가 다시 만난 것을 보니 좋은 일이 있겠어요."

"좋은 일?"

"느낌이 그래요. 우리 세 명은 이번 생에, 나라에 보탬이 될 만한 일을 할 수 있을 거라는 좋은 느낌이에요."

"좋은 일이라, 이 나이가 되어 좋은 일이라…… 나라에 보탬이 되는 일로 좋은 일이라면 더할 나위 없이 좋은 일은 맞구먼."

무영이 물었다.

"선생님은 전생에 혹시 저를 만난 적이 있었나요?"

"난 두 분과 어긋난 시대를 살아서 전생에는 만나지 못했어요. 두 분은 같은 시기를 겪었으니 동지 의식이 있을지 모르겠지만 난 아니에요. 과거에도 만나지 못한 두 분을 현생에서 만난 건 뭔가 해야 할 일이 있어서인 것 같군요. 우선 서로 알아가는 과정이 있어야 할 것 같아요. 어쨌든 반가워요. 과거에는 정렴, 현생에는 서금화예요. 잘 지내봐요."

"예! 정렴? 전혀 못 들어봤어요. 아까는 정북창이라고 하셨는데…… 별호인가요?"

"응, 맞아. 별호에요."

서금화가 빙그레 웃었다.

"선생님, 연세가 어떻게 되세요?"

윤검군이 기가 막혀 웃으며 말했다.

"아니, 북창 정렴이 어떤 인물인지 궁금해야지. 지금 아줌마 나이가 몇 살인지가 왜 궁금한데?"

"연세가 있어 보이는데 주름이 없으니, 가늠이 안 돼서 궁금해요."

서금화가 활짝 웃으며 물었다.

"몇 살로 보이죠?"

"사십 대 초반, 중반쯤 되어 보여요."

"땡! 오십 대예요. 윤 이사님이 예순셋, 내가 딱 십 년 젊지요."

무영은 그때 문득 스쳐 가는 생각이 있었다. 항상 사람들에게 미안한 감정을 가지고 있었던 이유가 어쩌면 전생의 고리에 얽혔기 때문이 아닐까?

임진왜란 때 인구의 절반이 왜구의 칼날에 베어지고 도륙되어 비참한 삶을 마감했었다. 그 왜란을 조기에 종결할 수 있는 능력이 최풍헌에게 있었음에도 하지 않았던 것이다. 하지 않았던 것이 아니라 임금이 그의 능력을 얕잡아보아 쓰지 않았다. 난리 중에 억지로라도 조화를 부러 막지 못한 것을 내내 후회한 것이 가슴 깊이 남아 있었는지 어려서부터 부모님을 비롯해서 형 대영에게도, 친구들에게도 항상 미안한 마음을 가지고 있었다. 그 미안한 마음의 뿌리가 전생에 기인한 것일 수도 있다는 것을 이제 막 깨달은 것이다.

"이제 무슨 소리인지 알았어요."

윤검군이 물었다.

"응? 뭘 알았다는 건데? 네가 최풍헌이라는 걸 알았단 말이냐? 전생이 기억나?"

"아뇨. 다만…… 제가 지금까지 살면서, 두 분에 비해 산 지 얼마 되지 않았지만 제가 멍에처럼 지고 있던 것을 깨닫는 중이에요."

"아! 그래? 멍에를 지다니 무슨 말이니?"

"늘 다른 사람들에게 미안한 마음이 있었는데 말씀하신 것처럼 제가 만약 과거의 최풍헌이 맞다면 살릴 수 있는 생명을 못 살린 거잖아요. 그것 때문이었나 봐요. 누굴 봐도 막연하게 미안한 마음이 들었던 게."

서금화의 얼굴에서 웃음이 사라졌다.

"전생의 끈이 이어져서 그런 거예요. 보통 그런 감정은 삼사 세 전후에 다 지워지고 늦어도 오 세 이전에 다 지워지고 잊혀지는데 아직 남아 있는 거 보니 상당히 마음 깊이 남았나 봅니다."

무영이 말없이 고개를 떨구고 있자 서금화가 다시 물었다.

"내 말이 도움이 됐나요? 아니면 혼란스럽나요?"

서금화가 하얀 이를 드러내고 웃으며 물었다.

"예! 조금 도움이 된 것 같아요. 아직 확실히는 모르겠지만 혼란스럽기도 하고요."

"보통 우리 같은 사람들은 어떤 식으로든 대중에게 봉사하는 삶을 살아야 해요. 대중에게 우리의 능력이 도움이 될 수 있도록 해야 하지요."

"그렇게 하지 않으면요?"

"무영 군처럼 마음속 깊은 곳에 누군가에게 빚을 지고 있다는 생각을 항상 갖든지, 아니면 반대로 자기가 세상에서 특별한 존재인 양 나대다가 손가락질받고 나락으로 떨어지겠죠. 후자는 대부분 어설픈 자들이 그렇고, 확실히 깨달은 자들은 후자로 가진 않아요. 앞뒤를 볼 줄 알고 사리 분별을 할 줄 아니까."

윤검군이 물었다.

"종교가 없다고 했지?"

"예!"

"최풍헌의 아집이라면 종교가 없는 게 당연해."

윤검군의 말에 무영이 물었다.

"그럼, 윤 이사님은 당연히 불교겠네요?"

"그렇지. 나는 전생부터 불교라는 틀에 맞춰져 있거든."

"서 선생님은요?"

"나, 나도 종교는 없어요. 교회를 가도 절에 가도 마음에 차지 않아서요. 아마 무영 군과 마찬가지 이유일 거예요."

무영이 고개를 끄덕였다.

윤검군이 뒤로 몸을 젖히며 팔을 올려 머리 뒤로 깍지를 끼었다.

"아마 두 사람은 하나의 종교를 만들어도 되는 그릇이라 그럴 거야. 나야 불교가 딱 내 옷처럼 맞아서 굳이 다른 쪽을 안 봐도 되지만 말이요."

서금화가 윤검군을 보며 말했다.

"귀찮게 종교를 왜 만들어요. 그냥 나 혼자 제대로 살면 되지요."

"아, 말이 그렇다는 얘기지. 당신들은 당신들 자체가 신들을 거느린 살아 있는 신이니 필요가 없단 말이지요. 뭐. 잘났어, 정말."

"됐고요. 무영 군, 종교에 대해 생각해 본 적 있어요?"

"많이는 아니지만 엄마가 기독교라 일요일마다 교회에 나가시거든요. 그래서 간혹 생각해 본 적은 있어요."

"각 종교의 차이점 같은 거는?"

"여타 종교는 거의 비슷한 거 같아요. 누굴 의지하고 전적으로 믿고 따르는 거, 하지만 불교는 내가 스스로 도를 닦아 부처가 되는 게 최종 목표니까 그 점이 다르죠."

"정확하게 알고 있군요. 성경, 코란, 밀교나 무속, 민속 종교는 종교 자체에 의지하는 쪽이고 불교는 스스로 도를 닦아 성불하여 스스로 부처가 되는 것을 목적으로 하지요. 여기까지는 무영 군이 말한 대로니까 이해하지요?"

서금화가 선생님 출신답게 무영이의 이해 여부를 물어가며 이야기했다.

"네!"

"종교에 의지하는 쪽은 스스로 하고자 하는 게 아니기 때문에 자신의 본체를 닦아가는 데 한계가 있어요. 하지만 불교는 스스로 해야 하지요. 불교가 들어오기 전에 우리나라는 무교(巫教)가 성행했어요. 지금 식으로 말하자면 무당이 하늘의 뜻을 사람들에게 전달해 주는 식으로 말이죠. 그리고 무예를 닦으며 도(道)의 기본을 다진 무리가 화랑도이고, 무인(武人)들 수련하는 과정을 들여다보면 무술을 극대화시키기 위해 산천계곡을 돌아다니며 도(道)를 같이 닦는 거예요. 힘과 기술을 오래 쓰려면 아무래도 거기에 기(氣)가 더해져야 했기 때문이었지요. 그러다 삼국시대 때 불교가 한반도에 들어오면서 참선이란 것이 들어왔어요. 선(禪)은 기존의 도(道)와 어우러져 우리식의 도(道)가 형성되며 발전했고…… 고승(高僧), 선인(仙人)들을 배출하는 데 한몫을 했지요. 이해하고 있어요?"

"네!"

"그렇게 도(道)를 닦으신 분들이 고려를 거쳐 조선시대에 이르러서는 제법 여러 분이 상당한 경지에 이르는 도(道)를 이루셨는데 말이야. 나라에 이바지한 분도 계시고 전혀 보탬이 안 된 분도 계시지. 뭐 굳이 누구랄 것도 없어, 본인이 다 아니까……."

윤검군이 실실 웃으며 말하자 서금화가 눈을 흘겼다.

"웃지 마세요. 무영 군과 나를 두고 하시는 말씀이세요……. 가만…… 대학생이라고 했지요?"

"네."

"그럼, 어차피 그릇의 크기도 알았으니 무영 군이 어떤 일을 해야 하는지 스스로 깨달을 때까지 기다려 주어야겠지요?"

서금화가 윤검군에게 묻자 윤검군이 무영에게 말했다.

"우리가 전생을 찾고 지금의 경지를 다시 이룰 때까지 시간이 꽤 걸렸어요. 그리고 우린 새로운 선인을 기다린 지 20년이나 되었어. 그동안 기다려 온 시간도 만만치 않으니 무영 군에게 쉽게 깨닫도록 방법을 알려 주어야겠소. 무영 군! 잘 들어라. 너 생각 많이 한다고 했지?"

"네!"

서금화가 끼어들었다.

"생각하는 것도 좋지만 도인들은 일상생활에서 숨 쉬고 내뱉고 먹고 자는 것까지 일반인과 달라요. 무영 군은 자신의 본체를 만나 볼 의향이 있나요?"

"네? 본체요? 그게 뭐죠? 내가 여기 있는데 본체라니요?"

서금화가 고개를 흔들었다.

"아니, 아니에요. 내가 어떤 사람인지, 그 실체를 알고 대면하기 위해 도를 닦는 거예요. 난 무영 군이 도를 닦는 수행을 했으면 좋겠어요. 물론 무영 군 의지로 자유롭게 말이에요."

"자유롭게 도를 닦아요?"

"과거처럼 얽매여서 하는 게 아니라 일상에서 하는 거예요. 순서대로 하다 보면 자신의 신과 마주할 거예요. 무영 군이 하기에 따라서 빨리 자신의 신과 만날 수도 있고 늦을 수도 있어요. 할 건가요?"

무영은 망설였다.

자신의 전생을 말하더니 느닷없이 도를 닦으라니…… 뚱딴지같은 소리처럼 들렸다.

"뭘 어떻게 하라는 건데요? 어디 들어가서 하라는 거예요?"

"일상 생활하면서 자유롭게 하라고요."

서금화가 윤검군을 보자 윤검군이 두 손을 배에다 갖다 댔다.

"자, 따라 해 보아라. 이렇게 있는 숨을 다 내뱉고…… 멈췄다가…… 천천히 들이쉬고 천천히…… 멈추고…… 천천히 내뱉고…… 천천히…… 멈추고…… 다시 천천히 들이쉬고…… 이렇게 집중해서 계속 반복하거라. 처음에는 힘들어 땀도 좀 날 거야. 그러다 익숙해지면 괜찮을 테니 그리해 보거라. 이것이 기초적인 수련법 중 단전 호흡법이다. 이걸 매일 시간 날 때마다 하면서 어느 정도 익숙해지면 한 번 호흡하는 시간을 늘려가는 거다. 그러다 어느 정도 몸 안에 기가 차면 또 다른 수련법으로 옮겨가는 거다."

"또 다른 수련법이라니요?"

"명상을 통해서 마음 다스리는 법을 깨달아야 한다. 그건 다음에 만날 때 알려 주마."

"네, 그리고 좀 전에 20년을 기다렸다는 건 무슨 뜻이에요?"

서금화가 대답했다.

"우리가 무영 군을 기다린 지 20년이 되었다는 거예요. 오늘 이렇게 만나게 되어 너무 기뻐요."

"제가 태어나기 전부터 기다렸다고요? 저를 왜 기다렸는데요?"

서금화와 윤검군이 서로 쳐다봤다.

"윤 이사님은 과거 무영 군과 같은 시대를 살았고 분야는 다르지만 각각 도를 이루었어요. 윤 이사님이 20년 전에 나를 만나서 전생을 알았어요. 그리고 일하시는 중에 짬짬이 도에 정진하시면서 10년 전부터 최풍헌 얘기를 하셨어요. 무려 10여 년을 기다려서 만난 거지요."

"아! 그러셨구나. 많이 기다리셨네요. 그런데 저는 아직 제가 어떤 사람인지 몰라요. 그리고 제가 기다렸던 그 사람이 아닐 수도 있잖아요?"

윤검군이 말했다.

"이제부터 알아가면 돼."

"무영 군. 무영 군은 자신의 본래 모습과 아직 대면하지 않았어요. 무영 군의 모습이 드러나지 않았으니 그걸 깨닫도록 스스로 노력하는 게 먼저예요."

서금화의 말에 무영이 이의를 제기했다.

"윤 이사님은 자신이 사명당인 걸 깨닫고 어떻게 생활이 바뀌었나요? 현생에서 그걸 왜 알아야 하지요? 그걸 깨달아서 뭐 어쩌자고요. 전생에서는 전생에서의 삶이 있는 거고 이번 생에서는 이번 생에서의 삶이 있는데 왜 전생을 굳이 알아야 하죠? 모르는 게 정상이라면 정상인 채로 이번 생에 충실하게 살면 되잖아요."

무영의 질문에 윤검군과 서금화가 마주 보더니 웃음을 터트렸다.

"뭐 어쩌자는 건 아니야. 아까도 말했지만, 너의 본래의 모습을 들여다보라는 거지."

"지금 제 모습이 본래의 모습인데요. 곤충이 아니라서 우화(羽化)하지도 않을 거고요."

두 사람이 웃다가 윤검군이 말했다.

"너도 전생에 도를 이룬 인물이니 이번 생에서도 남다를 것이다. 우리가 나이가 많으니 죽기 전에 너를 서둘러 각성시켜 네가 도의 높은 경지에 이른 것을 보고자 함이다. 알아들었느냐?"

"네! 단지 그것뿐이시라면……. 굳이 해야 하나?…… 알았어요."

서금화가 무영에게 단단히 일렀다.

"모든 수련의 기본은 단전 호흡이에요. 단전에 기가 쌓이면 몸이 가벼워지고 하단전, 여기 가슴이 열리면서 중단전, 상단전까지 차오르면 새로운 세계를 접할 거예요. 그렇게 되기까지 꾸준히 해야 하고 그렇게 되고 나서도 역시 계속 명상과 호흡으로 나를 다스리면서 수련을 이어가야 해요. 아직 아무것도 하지 않은 상태이니 처음에는 집중도 안 될 것이고 힘들 거예요. 그렇지만 어느 정도 단계에 들어서면 매우 평안해질 거예요. 그때가 되면 내게 전화하세요."

서금화는 자신의 명함을 내밀었다.

무영은 서금화의 명함을 들여다보았다.

'인터넷 강사 서금화'라 적혀 있었고 휴대폰 번호가 있었다.

"알았어요. 하지만 할지 안 할지는 모르겠네요."

"그냥 전화하지 마요. 아까 말한 것처럼 어느 정도 도달해서 또 다른 경지로 나아가고 싶다면 전화하라는 거예요."

"예! 알았습니다."

무영이 인사를 하고 밖으로 나갔다.

무영을 집으로 보내고 윤검군과 서금화가 길을 걸으며 대화를 나누었다.

"각성하는 데 얼마나 걸릴까요?"

"하기 나름이지요. 대답은 하고 갔지만 잘한다면 기본 토대는 되어 있으니 각성하는 데 얼마 안 걸릴 수도 있어요. 흥미를 느끼지 못한다면 몇 년이 걸릴 수도 있고요. 수호신이 크고 많은데 빨리 각성했으면 좋겠어요."

"나처럼 십 년을 안 넘었으면 좋겠소. 그나저나 어려서 좋네."

수호신들

무영은 집에 돌아오자마자 북창 정렴에 대해 알아봤다.

컴퓨터에 뜨는 내용을 읽던 무영은 읽으면서 실실 웃었다.

"뭐, 거의 전설이나 동화에서나 나올 법한 이야기네. 사람이 어떻게 이럴 수가 있어. 말도 안 돼. 사명당 정도야…… 뭐 그럴 수 있지. 아니지, 그럴 수 없지. 만화 영화도 아닌데 그럴 수 없어."

컴퓨터에 뜬 내용에는 배우지 않아도 어려서부터 모든 것을 통달해 천문, 지리, 의학, 축지법까지 썼다는 내용이 나왔다.

그리고 자신의 전생이라는 풍헌 최씨에 대해서도 검색해 봤다.

풍헌은 고을의 풍기 문란을 단속하는 하급 관리의 명칭이었고 성만 최씨라고 나올 뿐 이름에 대해 나오는 것은 없었다. 술을 좋아해서 녹봉을 받으면 거의 주막에 가져다줄 만큼 술을 좋아했다. 임진왜란을 미리 내다보았고 사람들에게 대피할 것을 미리 알려 줬지만, 평상시 술에 절어 사는 말단 관리의 말을 듣는 사람은 없었다. 단 한 명만이 그의 말을 믿어 주었는데 풍헌 최씨는 그에게 전 재산을 요구했다. 풍헌 최씨를 믿고 돈을 맡겼던 남자는 임진왜란이 터지자, 풍헌 최씨를 따라 가족을 이끌고 깊은 산속으로 갔다. 그곳에는 그가 준 돈으로 가족과 살 집, 곡식들이 있었다고 한다.

또한 선조 임금에게도 자신에게 병권을 준다면 3일 안에 왜적을 물리치겠다고 하였으나 말단 관리의 말은 철저하게 차단당했다. 그러면 혼자라도 나아가 싸울 수 있게 명령을 내려달라고 하였으나 그마저 묵살당했다고 전해진다.

'아주 노력을 안 한 것은 아니었지만 사람들에게 능력을 인정받으려고 노력하지 않은 것은 확실하네. 미리 능력자인 것을 인지시켰다면 그렇게 무시당하진 않았을 거고, 좀 상황이 달라졌을 수도 있었을걸.'

무영은 고개를 갸웃거렸다.

'그것인가?…… 그런가 보다. 그것이 가슴에 고스란히 남아 있었나 보다.'

가슴 한쪽에 항상 누군가에게 미안함을 담고 있던 실체가 이것이 맞다면, 무영은 그 실체와 대면하고 싶었다. 다른 무엇보다 '자신의 실체'라는 말이 확 와 닿았다.

'내가 만약 풍헌 최씨가 맞다면 서금화 선생님의 말씀대로 해 보자. 내가 기억력이 좋은 건 알지만 공부 잘하는 게 전생과 연관이 있는지 그것도 궁금해.'

단전 호흡을 할지 말지 모르겠다고 한 것과 달리 마음은 자신의 실체를 만나는 것에 강한 호기심이 발동하며 그날 저녁부터 바로 시작했다.

무영은 컴퓨터로 '단전 호흡'을 한 번 검색해 보고 윤검군이 가르쳐 준 대로 단전 호흡을 시도했다.

'까짓거 숨 쉬는 건데 뭐가 어렵겠어.'

그런데 그게 아니었다. 30초에 한 번 숨 쉬는 것을 반복하자 10분만에 땀이 송골송골 맺혔고 잠시 딴생각을 해도 호흡은 흐트러지고 마는 것이었다.

'쉬운 게 아니었구나.'

단전 호흡에 대해서 컴퓨터를 뒤지다 보니 윤검군이 말한 것처럼 호흡은, 마음 수련이든 운동 수련이든 모든 수련의 기본이었다.

하루 이틀 단전 호흡을 하며 흥미를 느끼게 되자 점차 호흡에 집중하는 시간을 늘렸다.

학교 등하교하면서 걸을 때도, 수업이 끝나고 쉬는 시간에도, 집에서도 무영의 호흡 수련은 계속되었다. 어느 정도 익숙해지자, 한 번 숨 쉬는 것을 1분으로 늘렸다. 오랜만에 서점에 가서 단전 호흡에 관한 책도 사서 어떻게 하는지 확실하게 알고 난 후부터는 한 호흡의 길이를 조금씩 늘여갔다. 일주일이 지나자 하루 먹는 식사량이 줄어드는 느낌이었지만, 이주일이 지나자 식사량이 현저히 줄어들었다. 집중력이 높아지며 머리가 맑아지고 몸이 정갈해지는 느낌이 들었다.

침대에 누워서도 잠들기 전까지 호흡을 그대로 유지하며 잠들었다.

이 주가 지나자 몸이 매우 가벼워지는 느낌이 들어 몸무게를 재봤지만, 몸무게는 조금 빠져 있었고 눈이 밝아지는 느낌이었다.

이십 일이 지난날 등교하던 무영은 이상한 것을 느꼈다. 분명히 땅을 디디며 걷고 있는데 자신의 몸무게가 전혀 느껴지지 않은 것이다.

'단전에 어느 정도 기가 찼구나. 신기하다.'

걸을 땐 물론이고 지하철 계단을 오르내릴 때도 다리의 감각은 그대로지만 몸의 무게를 느끼지 못했고 숨이 차거나 힘이 들지도 않았다. 체중계에 몸무게를 달아 보아도 몸무게는 차이가 없었다. 처음 1kg이 빠지고 분명 몸무게는 그대로인데 무영은 자신의 몸무게를 느끼지 못하고 있었다.

'중국 무협영화에 나오는 것처럼 공중에 붕붕 날아다니는 게 이런 게 기본이 되어서인가? 아무리 그래도 날아다니는 건 아니지.'

한 달 만에 무영은 윤검군에게 전화해서 자신의 상태를 알렸다.

윤검군은 호흡법을 계속하라고 하면서 명상하는 법도 알려 주었다.

공부에 몰두하면 호흡을 신경 쓰지 않기 때문에 공부는 학교 수업 듣는 것만 하고 오로지 호흡과 명상에 매진했다.

명상에 들면 모든 게 멈춘 듯 세상이 평온했고 시간이 훌쩍 지나가곤 했다.

겨울이 오고 방학이 되자 무영은 바깥출입을 끊고 가부좌를 틀고 앉아 벽을 보며 호흡과 명상을 했다. 무영은 하루하루 몸 상태가 달라지고 있음을 느꼈다. 먹지 않아도 배고프지 않았고 그런데도 힘은 넘쳐났다. 세포 하나하나가 깨어나 정신을 집중하면 몸 구석구석까지 몸 상태를 느낄 수가 있을 정도였다.

손가락, 발가락 끝의 신경까지 섬세하게 느껴졌고 기의 흐름이 몸을 타고 흐르는 전기처럼 전율이 느껴지기도 했다.

단전호흡과 명상을 시작한 지 6개월이 지났다. 그사이 해가 바뀌고 여름이 다가오고 있었고 하늘이 유난히 높고 푸른색을 펼쳐 보이고 있었다.

명상을 하며 고요히 앉아 있던 무영이 누군가가 지켜보는 것 같은 느낌이 들어 눈을 떴다.

주위에 푸른 기운이 일렁이며 어떤 형체가 보였다. 방 안 가득히 메우고 있는 푸른 기의 한 가운데 사람의 형상이 눈을 껌벅이며 자신을 지켜보고 있었다. 처음 보는 형상들에 움찔 놀라서 물었다.

"어, 너희들 뭐냐?"

무영의 질문에 푸른 형체가 응답했다.

'제가 보이십니까?'

"보인다. 누구냐?"

'당신을 지키기 위해 따라다니는 신(神)입니다.'

"수호신인가?"

'주위를 보십시오. 나 말고도 당신을 따르는 신은 많습니다.'

무영이 주위를 둘러보니 과연 여러 개의 형체가 각기 다른 모습으로 기를 일렁이며 자신을 쳐다보고 있었다.

'우리는 당신을 지키기 위해 당신이 아기로 태어날 때부터 지금까지 당신을 지키고 있었습니다. 당신이 일반 사람처럼 우리의 존재를 잊고 평생을 살았다면 어느 순간 우리 모두 당신을 떠났겠지만 역시 당신은 다르시군요.'

"너희들은 내 눈에만 보이는 건가?"

'그렇습니다. 전에 어떤 여자분이 우리를 보더군요. 당신에게 전생 얘기를 했던 여자분이요. 서금화라고.'

"아. 서금화 선생님!…… 그분이 자신이 전생에 북창 정렴이라고 했는데 맞아?"

'예!'

"윤검군 이사님이 사명 대사인 것도?"

'예!'

"그럼, 내가 풍헌 최씨인 것도?"

'예!'

무영은 잠시 생각했다. 이 놀라운 변화에 대해서 어떻게 받아들여야 할지 정리를 해야 했다.

"너희들은 내 눈에만 보이는 거 맞지?"

'예! 맞습니다.'

"아냐, 서금화 선생님의 눈에도 보였잖아. 내 눈에만 보이는 건 아니네."

'아마 윤검군 님의 눈에도 우리가 보일 겁니다. 윤검군 님은 그날그날 상태에 따라 보이기도 하고 안 보이기도 하는 것 같더군요.'

"그래! 윤 이사님도 그렇단 말이지. 너희들은 내게 도움을 주기 위해서 내 곁에 있는 것이야?"

'그렇죠.'

"만약에…… 누가 나를 못살게 굴던가 나를 때리려고 하면 그것도 막아 줄 수 있는 건가?"

'네!'

"그렇구나. 그래서 그동안 나를 못마땅하게 여기는 사람들이 많았어도 나에게 손을 못 댔구나. 너희들이 나를 막아 준 거지?"

'그런 적도 있었죠.'

"만약에…… 다른 사람들 중에 너희 같은 존재를 거느리고 다니는 사람이 있다면 서 선생님 같은 사람 말이야. 나도 그들이 보일까?"

'예! 우리가 보였으니, 지금부터 다른 사람들의 신도 보입니다. 우리 같은 존재만 보이는 게 아니고요. 신계로 들어가지 않고도 우리를 통해 과거와 미래를 알 수 있어요. 또 이 땅에 남아 있는 귀신들도 다 보이게 되니 그것도 감당하셔야 하지요. 험한 귀신들도 있으니까요.'

"일반 귀신들도 다 보인다고? 맙소사!!!"

'당신은 이제 막 개안(開眼)이 되셨습니다. 개안이 되면 지금까지 못 보던 세상을 볼 수 있지만 꼭 좋은 것만은 아니니 잘 가려서 보십시오.'

"이제부터 언제나 너희들과 대화도 할 수 있고 볼 수 있는 것이야?"

'그렇습니다. 당신이 지금 이상의 상태를 유지하신다면요.'

"아!!! 그럼, 예전에 똥 같은 몸 상태에서는 너희들을 못 본다는 얘기구나."

'그렇습니다.'

"전생에 도를 닦았던 사람들은 이생에서도 득도를 하게 되나?"

'대부분 그렇지 않습니다. 하늘에서 이승에 내려올 때 기억이 지워져서 내려오기 때문에 자신이 전생에 뭘 했는지 깨닫는 사람이 거의 없거든요. 당신은 윤검군 님 눈에 띄어 서금화 님을 보게 된 것이 계기가 됐지만 대부분의 사람들은 그런 귀한 인연을 만나지 못하죠. 자신이 어떤 사람이었는지도 모르고 살다가 죽습니다.'

"두 분은 어떻게 만났는데?"

'서금화 님이 20년 전에 윤검군 님이 다니는 회사에 한 시간 강의를 하러 간 적이 있었어요. 학교를 막 그만두고 인터넷 강의가 활성화되던 시기였지요. 회사 간부들 교육 차원에서 일 년에 두세 번 있는 강의에 서금화 님이 초청되어 간 건데요. 거기서 윤검군 님을 보았고 그

뒤에 힘없이 있는 꺼질 듯 말 듯 한 신들을 본 거예요. 그 신들은 윤검군 님이 제대로 도를 닦아줘야 자신들도 힘을 받을 수 있는데 그렇지 않은 거지요. 좀 더 지체했다간 신들도 떠나거나 소멸될 지경이었죠. 수호신들이 떠나면 사람은 병들고 모든 재난에 노출이 되지요. 윤검군 님은 그 수호신이 소멸되기 직전에 서금화 님 눈에 띈 거예요. 그래서 강의가 끝나고 따로 만나서 당신에게 했던 대로 수련할 것을 권했던 거죠. 일중독에 빠져 일만 하던 윤검군 님은 조금씩 자기 전에 수련을 하기 시작했지만, 워낙 일에 치여 살던 분이라 10년이 넘어서야 자신의 수호신과 만날 수 있었어요. 그리고 회사를 좀 더 다니다가 퇴직하고 지금은 사외이사로만 남아 있지요.'

"그랬구나. 나는 학생이라 시간이 많아서 하루의 시간을 온전히 투자할 수 있었으니까 좀 빨랐던 거군. 아참, 그리고 난 어려서부터 책을 읽으면 기억력이 좋아서 잘 기억하곤 했는데 그것도 너희들 영향이냐?"

'약간의 영향은 있지만 그건 당신의 능력이지 우리가 관여할 수 있는 일이 아닙니다.'

"아! 그래, 그럼 나는 원래 기억력이 좋았구나. 혹시 너희가 내 능력을 좌지우지한다거나 그런 건 아니지?"

무영의 질문에 푸른 형체가 웃었다.

'우리는 당신을 지키는 수호신이지 당신의 의지에 관여하는 신들이 아닙니다. 절대로 그런 일은 없었습니다.'

"정말이지?"

'우리가 지금까지 당신을 지키는 정도였지만 앞으로 도력이 생겨서

우리를 부릴 수 있을 정도가 되면 우리는 당신의 뜻에 따라 움직일 겁니다. 그런 도력을 갖추십시오.'

"도력이 높아지면 너희들을 부릴 수 있다고?"

'못된 귀신들과 거룩한 신을 보좌하는 신들과 혼동하지 마십시오. 저희는 당신을 모시는 거룩한 신입니다.'

"거룩한 신이라…… 좋군. 모두 몇 명이야?"

'일곱 명입니다.'

"이름이 무엇이냐?"

'이름도 당신이 지어 불러 주셔야 합니다.'

"그래, 일곱 명이나 이름을 지어야 한다고…… 음, 그 푸른 빛은 왜 푸른 빛인 거지? 다른 붉은 빛이나 노랑이나 뭐 다른 색도 있을 텐데……."

'우리가 푸른 빛인 것은 당신의 영향입니다. 우리가 선택해서 푸른 빛이 아니고요.'

"나? 나 때문에?…… 왜?"

'그건 모르겠지만 당신의 성향에 따라 우리의 빛이 달라집니다.'

"그럼, 푸른색이 뜻하는 건 뭘까?"

'사람들은 푸른 빛을 동쪽, 백호, 숫자 3·8, 오행으로는 목(木)으로 부르더군요. 동양철학에서요.'

"다른 사람들도 다 일곱의 수호신들을 달고 다니니?"

'그건 사람마다 다릅니다. 한 명만 있을 수도 있고요. 서너 명이 있기도 하지요.'

"사람마다 다르다고? 그럼, 서금화 선생님의 수호신은 몇 명이지?"

'그쪽은 네 명입니다.'

무영은 자신을 이끌어 준 두 명의 도인들 수호신부터 궁금했다. 안 보이면 몰라도 보이니까 생기는 궁금증은 풀어야 했다.

"윤 이사님은?"

'세 명이요.'

"태어날 때부터 수호신은 정해져 있는 거야? 아니면 태어나서 늘어나기도 하는 거야?"

'태어날 때는 한두 명의 수호신을 가지고 태어났어도 수련을 통해 죽을 즈음엔 세 명, 네 명의 수호신을 거느린 채 저승길로 가기도 했지만, 요즘은 거의 반대지요. 달고 나온 수호신마저 다 소멸시키고 있는 상황이에요. 사람들이 사는 것에 바빠서 깨달으려고 하는 사람들이 없거든요.'

"환경이 옛날처럼 단순하지가 않으니까 그렇겠지. 수호신이 없으면 어떻게 되는데?"

'수호신이 없으면 잡귀신들이 들러붙기 쉬운 몸이 되기 때문에 사는 데 고단할 거예요. 귀신들에게 휘둘릴 테니까요. 신을 안 믿다가도 힘들면 신을 찾잖아요. 그럼, 바로 귀신이 응답하며 들러붙지요. 기가 센 사람에게는 귀신들이 붙질 못해요. 힘들어도 이겨나가려는 자아가 강하거든요. 그러다 사고가 나기도 하지만.'

"아! 그렇구나……."

무영은 잠시 생각하다가 다시 질문했다.

"그럼, 숫자에 따라서 그 능력의 차이가 나는 건가? 아니면 많으나 적으나 같은 거야?"

'숫자도 중요하고 크기도 중요하고 빛의 색도 중요합니다.'

"크기라니……?"

'신마다 크기가 다 다릅니다. 신도 능력에 따라 커지기도 하고 쪼그라들기도 하거든요.'

"너희들은 뭐 비슷한 거 같은데…… 뚱뚱하고, 길고, 홀쭉하고, 그 차이점 외에 없잖아."

무영이 일곱 명의 신들을 돌아보며 말하자 계속 얘기하던 뚱뚱한 수호신이 고개를 저었다.

'저희야 한 분의 능력 안에서 존재하는 수호신이니까 덩치가 비슷할 수밖에 없지요. 그래도 나름 또 각자 개성이 있는 수호신들이기도 하고요.'

"개성이 있어? 어떤 개성? 한 번 차례로 말해 봐."

'제가 먼저 말씀드릴게요.'

뚱뚱한 수호신이 얼굴에 환한 웃음을 머금고 무영의 앞에 바싹 다가섰다.

"야, 야. 그만 다가와. 좀 떨어져."

무영이 손을 흔들자 뚱뚱한 수호신이 팔랑거리며 조금 물러났다.

'옴에나, 자신의 수호신을 밀어내는 법이 어딨어요.'

"난 아직 너희들을 보는 게 적응이 안 됐단 말이야."

'앞으로 우리 말고도 길에 널린 귀신들도 무수히 보게 될 거예요.'

"뭐라고?"

무영은 화들짝 놀랐다. 이들은 자신의 수호신이고 이 신들이 보인다면 다른 귀신들도 물론 보인다는 것을 일깨워 주고 있었다.

"그러네…… 그건 싫은데. 그럼, 우리 집에 너희 말고 다른 귀신들도 있니?"

'없어요. 우리가 다 내쫓았거든요.'

"아! 그랬어…… 음, 나가면 어떤 귀신들이 있는데?"

'사람에 붙어 다니는 놈도 있고, 길바닥에 붙어 있기도 하고 지붕이나 차 위에서 까부는 놈도 있고…… 가게나 시장, 교회나 절까지…… 아마 눈 돌리는 곳, 거의 모든 곳에 귀신들이 있을 거예요.'

"그럼, 앞으로 내가 그 귀신들을 다 보면서 다녀야 한다고?"

'그러셔야죠. 개안된 분의 숙명이니까요.'

"아이구야, 그걸 어떻게 감당해. 너희들이 다 가려줘. 그 귀신들 안 보이게 해줘."

'일반 사람들의 눈을 가리는 건 얼마든지 가능하지만 이미 눈이 트인 분의 눈을 가리는 건 저희도 힘들죠. 대신 쫓아내거나 정리해 드리는 건 가능합니다. 말씀만 하신다면요.'

"골치 아프게 생겼군. 내가 마음이 약한데 험한 귀신 보고 놀라면 어떡하지?"

'아까 우리보고 안 놀라시던데요.'

"너희가 만화 영화 〈알라딘〉에 나오는 지니처럼 생겨서 친근감이 있었거든. 그래도 속으로는 놀랐어. 다른 귀신들은 너희 같지 않을 거 아냐."

'그렇죠. 말씀대로 험하고 고약한 귀신들이 많지요.'

"영화에서 나오는 것처럼 피칠하고 팔다리 없는 고약한 모습으로 모든 귀신이 보이게 된다면 정말 걱정된다. 어떡하지."

'걱정 마세요. 그중에는 재미있는 놈들도 있으니까요. 그리고 그 귀신들을 잘 활용하시면 사람들을 도울 수도 있어요.'

"내가 귀신들에게 다가갈 수나 있을 것 같아?"

'처음에는 꺼려지겠지만 자주 접하다 보면 신경 쓰이지도 않을 거예요. 그리고 우리가 옆에 있으니까 걱정 마세요. 보이는 게 거슬린다면 치워 드릴게요. 하지만 처음부터 치우라고 하지는 마세요. 그래도 귀신 세계를 보시는 게 도움이 되실 수도 있으니까요.'

"어떤 도움…… 게네들이 내게 도움 될 일이 있을 게 뭐야?"

'그야 귀신들도 다양하고 워낙 변수가 많으니까, 저희도 모르죠.'

"그냥 얼렁뚱땅 얘기하지 마. 난 심각하다고."

'저도 있는 그대로 말씀드리는 거예요. 사람들이 이 세상에 태어났을 땐 저마다 타고난 사명이나 해야 할 일들이 있어서, 풀어야 할 것들이 있어서 태어나는 거예요. 귀신들이라고 그들의 존재 가치가 아주 없는 것은 아니죠. 신계에 들어가지 않고 인간계에 남아 질서를 어지럽게 하는 존재인 것은 맞지만요. 그들 나름대로 이유가 있고 사연이 있어요.'

"결국 안 좋은 존재인 것은 맞잖아."

'예, 맞아요. 엄연히 신계와 인간계는 분리되어 있으니까요. 하지만 뒤집어 보면 거의 맞닿아 있어서 신계에서 일어나는 일이 인간계에 그대로 일어나니까 분리되어 있지만 상호작용을 하는 관계지요.'

"점점 어려워지는 말을 하네. 내가 사는 이곳이 인간계고 사람이 죽어서 가는 곳이 신계라는 거지?"

'네!'

"신계에서 일어나는 일들이 인간계에 그대로 일어난다고? 사람들이 이 땅에서 하는 일이 신계에서도 일어난다고 말하는 건가?"

'반대지요. 신계에서 일어나는 일들이 인간계에 투영되어 그대로 일어나는 거예요. 신계에서 전쟁이 일어나면 인간계에서 전쟁이 일어나고 신계의 전쟁이 끝나면 인간계에서도 전쟁이 끝나죠.'

무영이 곰곰이 생각하다가 물었다.

"산 사람이 신계에 다녀올 수도 있나?"

'도력이 높다면 가능하겠죠. 간혹 사람들은 잠자고 있을 때 영이 신계로 잠깐 다녀가기도 하고 주변의 귀신들과 소통하고 만나기도 해요. 사람들은 그걸 매우 신기해하지만, 그런 능력은 사람이라면 누구나 가지고 있어요. 단지 모를 뿐이죠. 의지력이 약한 사람일수록 신에게 의지하려는 성향이 있는데 그런 사람들은 귀신들이 잘 달라붙어요. 귀신들에게 휘둘려 살면서 자신들은 특별한 사람이라고 착각하는 사람들도 있는데 정상은 아니지요.'

"귀신들에게 휘둘리지 않고 내 의지대로 신계를 드나들 수도 있단 말이지?"

'그럴 수도 있겠지만 지금의 도력으로는 직접은 안 되실 거고요. 저희를 통해서 그쪽의 소식을 알고 싶다면 그렇게 할 수 있어요. 그리고 그렇게 하지 않으셔도…… 만약 지금 서금화 님, 윤검군 님과 앞으로 만날 사람들과 계속 인연을 이어간다면 이 땅에 매우 유익한 일을 하시겠지만 오래 살지는 못할 거예요. 그러니 굳이 미리 신계 답사는 안 하셔도 될 것 같아요.'

"뭐? 잠깐 방금 뭐라고 했지? 이 땅에 유익한 일? 그게 뭐야? 그리고 오래 살지 못할 거라고?"

'그건 서금화 님과 윤검군 님이 말씀하실 거예요. 당장은 아니겠지만요.'

"그게 이 땅에 유익한 일이라고? 그럼 해야 하잖아. 그런데 그 일을 하면 오래 못 살아? 왜?"

'상응하는 대가가 따를 거예요. 그리고 그 일이 성공한다면 이 땅에서 하실 일은 더 이상 없는 거고요.'

"그럼, 이번 생에 이 땅에 내려온 것은 서 선생님, 윤 이사님과 그 어떤 일을 하기 위해 태어난 거네."

'그렇다고 볼 수 있지요.'

"만약 실패한다면 오래 살기는 하겠지만 태어난 보람도 찾지 못하고 어영부영 살다가 죽겠구나."

'예, 그러실 거예요.'

무영이 머리를 손으로 괴고 생각하다가 또 질문했다.

"만약에 내가 죽으면 너희들은 어떻게 되니?"

푸른 형체들이 서로를 쳐다봤다. 뒤에서 팔짱 끼고 대화를 듣고만 있던 푸른 형체가 앞으로 나왔다.

'우리는 당신 몸의 일부이기 때문에 사망하면 당신 몸으로 들어가 영혼과 합체하여 신계로 들어가게 됩니다. 우리 일곱 명은 당신의 성격이자 능력인 셈이지요. 모양이 제각각인 것은 당신 성격의 온화함과 단호함, 열정, 끈기, 인내, 지식, 활동성 등의 특징을 각자 나누어 지녔기 때문이에요. 조금 전까지 당신과 이야기를 나눴던 저 친구는 당신의 지식에서 나온 수호신이에요.'

"그럼, 수호신은 자기 자신이 만들어 내는 거야?"

'그건 다 달라요. 조상신이 수호신으로 붙는 경우가 가장 많고요, 은혜를 입었던 사람이 죽어서 수호신으로 오는 경우도 있고요. 전혀 인과관계가 없음에도 사람이 선하거나 도력이 붙어가고 있는 사람에게 이끌려서 오는 수호신도 있어요. 아주 극소수이긴 하지만, 이미 전생에 도력이 출중했던 사람은 태어나면서 자신을 지키기 위한 방어 수단으로 자신의 능력으로 수호신을 만들어 나오는 분도 계시죠. 당신처럼요.'

"방어 수단으로 수호신을 만들어 나온다고?…… 그럼, 수호신 없이 태어나는 사람들도 있잖아. 그런 사람들은 그래서 고단하게 사는 건가?"

'그런 셈이죠. 어머니 뱃속에서 지워지는 경우도 있고 태어나서도 어떤 도움이나 지켜 주는 신이 없기 때문에 혹독하게 살다가 죽는 경우가 많죠. 힘들게 살다가도 좋은 신을 만나 도움을 받으면 형편이 풀리기도 하고 반대인 경우도 있게 되지요.'

"아까 인간계와 신계의 경계가 있다고 했는데 이런 거면 신계와 인간계의 경계가 왜 필요해. 그냥 얽혀서 살고 있는 거 아냐?"

뚱뚱한 수호신이 다시 나섰다.

'정확하게 신계와 인간계가 그어져 있는 건 맞아요. 만약 선이 그어져 있지 않다면 지금 살아 있는 사람 중에 천 살, 만 살이 되는 사람이 있어야 하는데 천 살은 고사하고 백 살 넘은 사람도 별로 없잖아요. 삶과 죽음의 경계가 확실하고 죽은 자는 신계로 들어가 다음 생을 위한 준비를 해서 다시 이 땅에 내려오는데요. 그 과정을 무시하고 이 땅에서 산 자들의 인생에 관여하고 영향을 끼치면 그것 자체가 신계의 질서를 어지럽히는 행위라 간혹 신계의 경찰이라 할 수 있는 곳에서 못된 귀신들을 잡아가기도 해요.'

"아!…… 그래!…… 그렇구나. 너는 지식을 담당하는 신이라고 했지?"

'예! 다른 사람들보다 당신의 지식이 유난히 많기 때문에 내가 뚱뚱한 거예요.'

"이름을 짓자. 너희들의 특성을 알아야 내가 너희들을 부릴 때 맞는 일을 시킬 것 아니냐. 너는 일곱 명 중에 가장 뚱뚱하구나. 지식창고라 했으니 '지고청'이라 하자. 지식창고의 약자야. 그리고 너는."

지고청 옆에 있는 길쭉한 수호신을 지목했다.

"너는 나의 무엇이냐?"

'전 활동성을 담당합니다. 쭉쭉 늘어나기도 하고, 쪼그라들기도 하고요, 하루에도 지구 수백 바퀴를 돌 수 있어요.'

"몸의 변형을 자유자재로 하면서 엄청 많이 움직일 수 있구나. 그럼 '활동청'으로 하자. 잠깐…… 모든 움직이는 것에는 에너지가 필요해. 너희들의 에너지는 어디에서 공급받지? 신계에 있는 신들의 에너지는, 신들이 허상인 영(靈)이라도 뭔가 에너지가 있어야 사는 것 아냐. 무게가 없다고 공기만 마시며 사는 건 아닐 텐데 말이야."

지고청이 다시 나섰다.

'그렇죠. 그런 것 때문에 귀신들이 인간계에 머무는 경우도 있어요. 신계의 신들은 떠다니는 미세한 수분을 먹어요. 공중에 떠다니는 아주 작은 입자라 사람 눈에는 보이지 않지만, 신들도 먹어야 움직이니까요.'

"그렇구나. 문득 신들은 뭐 먹고 사나 궁금했어. 안 먹어도 되는 줄 알았지. 그리고 너는 정말 온화한 표정이구나. 보는 것만으로도 평화로워 보이는걸."

'말씀대로 온화함을 담당하고 있는 수호신입니다. 감정의 기복 없이 언제나 평온함을 유지하지요. 당신 성격의 큰 장점이에요.'

"내 마음의 평정심을 유지해 주는 기둥이구나. 넌 그냥 '평화'라 하자."

평화가 뒤로 빠지자, 무영의 앞에 나선 수호신은 얼굴에 웃음기가 가득 차 있었고 금방이라도 함박웃음을 지을 것 같은 얼굴이었다.

"넌 무엇이 그렇게 즐거우니?"

'전 항상 재미있는 것만 생각하니까요. 당신이 힘들 땐 제 얼굴을 보세요. 금방 즐거워질 거예요. 제 유머 감각으로 당신이 주위 사람들에게 호감형으로 비치는 거예요.'

"그런 거 같다. 웃음 소(笑), '소청'으로 하자."

소청이 옆으로 물러서자 굳은 표정의 수호신이 무영의 앞으로 나왔다.

'저는 진지하고, 근엄하고, 단호한 성격의 수호신입니다. 좀 딱딱한 성격이지만 이 또한 당신에게 있는 성격입니다.'

"그렇구나. 내가 생각해도 재미없는 구석이 있긴 하지. 그럼 넌 '엄진청'으로 하자. 엄청 진지한 신의 약자야. 너는……."

무영이 엄진청의 옆에 표정 없이 서 있던 수호신을 가리키자, 그 수호신이 무영의 앞으로 왔다.

'저는 당신의 인내와 끈기의 성격입니다. 도인이라면 필수 덕목이

지요.'

"나의 필수 덕목이라…… 그래! 인내, 끈기 정말 필요하지. 그렇지만 표정이 너무 없구나. 마치 아무 생각이 없는 것 같아 보여. 아무 생각 없음을 한자로 '무심'이라 하지. '무심'이라 하자."

무심을 밀어내고 촐랑거리며 마지막 신이 등장했다.

'전 열정입니다. 화려한 것을 좋아하고 다이내믹한 것을 좋아하지요.'

"나한테 그런 면도 있었나?"

'미래 양을 볼 때 기분이 어땠나요?'

열정 수호신의 질문에 무영의 얼굴이 붉어졌다.

"알았어. 그래서 너의 특기가 뭐야?"

'당신에게 열정을 드리고 사람들에게 화려하게 보일 수 있게 해 드립니다.'

"난 별로 화려하지 않은데…… 항상 검소하다고 생각하거든. 옷도 매일 입는 것만 입고 신발도 운동화 세 켤레로 살고 있어."

'그래도 당신은 다른 사람들 눈에 화려하게 보여요. 이목구비가 뚜렷하고, 피부가 하얗고, 얼굴은 작고 키가 커서 아무 옷이나 입어도 소위 옷발 나는 구등신 미남이거든요.'

"아! 내가…… 그래? 몰랐네. 그래서 사람들이 아이돌인지 간혹 묻기도 하는구나. 화려하게 빛난다…… '화영'이라 하자. 됐지…… 그럼, 이름은 다 지었나. 더 이상 없지?"

지고청이 나서며 대답했다.

'이름은 다 갖게 되었습니다.'

"그래도 너희들 신이니까 기본적으로 할 수 있는 건 뭐야?"

'신으로서 할 수 있는 건 다 할 수 있지요. 그 외에 성격적인 것이 더해졌을 뿐이에요.'

"아! 그래. 알았어. 알았어. 근데…… 가만, 왜 지고청은 색이 진한데 화영은 색이 좀 엷은 거니?"

'말씀대로 지식은 방대하게 알고 계시기 때문에 진한 거구요. 타고난 화려함은 있지만 후천적으로 가꾸는 것을 등한시하셔서 색이 상대적으로 엷은 겁니다.'

화영이 나섰다.

'저도 좀 찐~해지고 싶어요. 지금부터라도 좀 가꾸시는 데 투자를 하시는 게 어때요?'

"아! 됐어. 지고청! 혹시 내가 도력이 높아지면 수호신은 더 늘어나는 거니? 어떻게 되는 거니?"

'수호신은 얼마든지 늘릴 수 있어요. 당신의 도력이 높아지면 우리 말고도 찾아오는 신들이 있을 텐데 우리가 받아들여야 그들도 당신의 수호신이 될 수 있습니다.'

"아! 그럼 반드시 일곱 명에 국한된 것은 아니구나. 난 일곱 명이 상한선인 줄 알았네. 서금화 선생님도 신을 늘릴 수 있겠구나."

'서금화 님에게 라이벌 의식을 느끼시나 봐요.'

"수호신이 네 명이라면서…… 그냥 물어본 거야. 그런 건 없어."

무영은 윤검군에게 자신에게 찾아온 변화를 얘기하지 않았다. 윤검군이 일하느라 10년 넘게 걸린 깨달음을 여섯 달 만에 했다는 것을 알면 심기가 불편할 수 있었기 때문이다.

"지고청아! 서 선생님이나 윤 이사님, 나, 이렇게 세 사람이 이 시점에 모인 이유가 있을까? 지금 임진왜란 같은 난리가 일어날 것도 아닌데.”

푸른 빛을 일렁이며 지고청이 말했다.

‘뭔가 할 일이 있을 거예요. 일반인들이 할 수 없는 일을요.’

“그게 뭔데?”

‘세계의 기운을 한반도에 가져오는 일이요. 한국이 세계의 중심이 되려면 반드시 있어야 하는 기운의 정수를 한반도에 가져와야 하는 일이죠.’

“뭐? 그게 어떻게 하는 건데?”

전혀 생각지 못한 대답이 나오자, 무영이 눈을 크게 뜨고 지고청을 보았다.

‘일반 사람들은 할 수 없고 당신 같은 깨우친 사람만이 가능하지요. 한 명으로도 절대 할 수 없고요. 그래서 도인과 선인이 한꺼번에 모인 지금이 그 일을 할 수 있는 적기라 보고 있네요. 때가 되면 윤검군 님이 말씀하실 거예요.’

불과 몇 달 전까지만 해도 평범한 가운데 머리가 총명한 학생이었던 무영이었다. 하지만 윤검군과 서금화를 만나고 여섯 달 사이 무영은 그저 총명한 학생에서 벗어나 새로운 세계를 접하고 있는 도인이 되어 있었다.

오랜만에 집 밖으로 나온 무영의 눈에 골목길이 달라 보였다. 분명 어려서부터 다니던 골목인데 무언가 길에 엉겨 붙어 있는 것이 보였고 지나가는 사람 등에 귀신이 업혀 있는 것도 보였다. 무영이 귀신이 업혀 있는 사람의 뒷모습을 쳐다보자, 눈이 마주친 귀신이 황급히 사람에게서 떨어져 나와 어디론가 사라졌다.

"저게 귀신이구나. 떨어져서 다행이다. 저 사람은 전혀 모르는 것 같네."

무영이 나지막이 혼잣말처럼 얘기하자 지고청이 말했다.

'당신은 저 귀신을 잡을 수도 있고 혼내줄 수도 있습니다.'

"어떻게?"

'우리에게 명령하시면 돼요. 하지만 인간사에 관여하다 보면 당신 일 하는 데 방해가 될 테니 관여하지 마세요. 그런 일은 무당이나 하는 겁니다.'

"알았어. 귀신을 처음 봐서 신기해서 그래."

강남 쪽으로 내려갈수록 사람들이 더 많아졌고 대로변에는 사람들이 몰려다녔다. 그 수많은 사람들 사이사이에 귀신들이 있었고 무영이 다가가면 어김없이 귀신들은 도망쳤다. 무영이 무서운 게 아니라 무영 주변에 있는 거대한 신들의 위세에 도망가는 것 같았다.

'수호신들의 힘이 크긴 하구나. 귀신들이 모두 도망가네.'

"사람들 눈에 안 보여서 정말 다행이야. 개안된 게 좋은 것만은 아니군. 저런 것들을 다 봐야 한다니.

무서운 수련

눈을 감고 한참 동안 수련 중이던 무영의 앞에 무언가 달려드는 느낌이 들었다. 그리고 곧바로 주변에서 투덕거리는 소리가 들렸다.

눈을 떠보니 자신의 수호신과 처음 보는 시커먼 신들이 엉켜 싸우고 있었다.

"무엇 하는 귀신들이냐?"

무영이 소리치자, 수호신들과 외부의 신들이 단번에 짝 갈라졌다.

외부의 신들은 셋이었고 무영이 화난 눈초리로 쏘아보자, 몸을 부르르 한 번 떨더니 사라졌다.

"저놈들은 무엇이냐?"

지고청이 무영의 앞으로 나섰다.

"수련을 방해하려는 귀신입니다. 당신이 살아 있는 큰 신이 되는 걸 질투하는 신인데 주위에 저런 신이 있는 줄 몰랐네요. 셋이나 몰려오다니…… 앞으로 주위를 잘 살피겠지만 혹시라도 정말 우리 힘으로 안 되는 신이 있다면 그건 당신 스스로 물리쳐야 합니다."

무영이 편한 자세로 벽에 기대어 앉으며 물었다.

"너희 힘으로 안 되는데 내가 될까?"

"사람이 귀신을 무서워하는 건 안 보이기 때문이에요. 눈에 보이는 귀신은 사람의 상대가 안 되지요. 왜냐하면 귀신은 물체를 드나들 순 있지만 귀신 자체가 무게가 없기 때문에 눈에 보이는 귀신은 한 줄기 연기에 불과해요. 가물거리는 연기는 사람의 입김 한 방이면 날아가 흩어져 버리는 미미한 존재예요. 정말 아무것도 아닌 것들인데 사람들 눈에 안 보이니까 두려움의 대상이 되는 거지요. 저런 귀신들이 알짱거리는 건 대부분 수도를 방해하는 목적이지만, 때로는 당신의 수호신 자리에 끼고 싶어서 찾아오는 신도 있습니다."

"그걸 어떻게 구별하지?"

"수도를 방해하지 않고 곱게 주변에서 바라만 보는 신이 있습니다. 그러다 우리 쪽에 묻어 들어오려는 신이 앞으로 있을 거예요. 오늘처럼 방해하는 고약한 신들이 대부분이겠지만요."

"그 귀신들이 나를 방해해서 뭐 어쩌자는 건데?"

"수도를 방해하면서 시험하는 거지요."

"시험?"

"어느 정도의 능력인지 수도를 방해하면서 가늠하는 겁니다."

"그 귀신들이 내 능력을 가늠해서 어쩌자고?"

"어정쩡한 사람이면 귀신들과 결탁해서 사람들 끌어들이기 좋잖아요. 소위 거래를 하는 거죠. '내가 너 돈 벌게 해 줄게, 넌 나의 종이 되어라' 하는 식이죠. 지금도 그런 사람들 많잖아요. 하지만 정식 수련을 쌓는 도인들은 귀신들이 몇 번 건드려 보다가 물러서요. 자신들이 건드릴 상대가 아니라는 걸 알기 때문이지요."

무영이 제법 긴 머리를 쓸어 넘겼다.

"그 고약한 귀신들을 내가 제압해야 한다고?…… 할 수 있을까?"

무심이 나섰다.

"아까 화나셨을 때 엄청 강한 빛을 내고 계셨어요. 오늘 덤빈 귀신뿐만 아니라 더한 귀신도 잡으실 수 있어요. 마음만 강하게 가지신다면요."

"그래! 그렇게 믿어 주니 고맙구나."

"이제부터 귀신이 보이더라도 피하지 마시고 부딪치세요. 귀신들은 우리 때문이 아니라 당신 서슬에 놀라서 도망갈 거니까요."

무영은 귀신들이 눈에 보이는 것이 지긋지긋했다.

돌아다니다 보면 각양각색의 귀신들이 온 천지에 깔려 있었다.

멀쩡한 귀신도 시커먼 그림자처럼 보였는데 멀쩡한 귀신보다는 흉하게 일그러진 형상들이 많았고 다치거나 사고로 죽은 귀신들은 피를 흘리거나 피가 묻어 있는 몰골로 일그러져 있어서 더욱 흉측하게 보였다.

그것이 싫어서 밖에 돌아다니는 것보다 집에 틀어박혀 수련하는 쪽을 더 좋아했다. 하지만 개안이 되고 수련의 단계가 높아질수록 점점 힘들어지고 있었다.

"지고청아, 서 선생님은 어떻게 수련을 하시지? 그분은 전생까지 보는데 나는 그 단계까지는 안 간 것 같거든. 그렇지?"

앞에 있던 지고청이 고개를 가로저었다.

"그건 당신이 우리에게 누구의 전생을 물어보신 적이 없어서 대답해 드린 적이 없어서예요."

"그럼 나도 전생을 볼 수가 있는 건가?"

"그렇죠. 서금화 님도 자신의 신들을 통해서 신계를 보고 계시니까 당신도 우리들을 통해서 보시면 됩니다."

"서 선생님과는, 만약에 같이 일한다면 나보다 도력이 높으시면 내가 의지가 되고 배울 게 많이 있을 거야. 서 선생님 수련법은 어떻지?"

"당신이 하시는 방법과 같습니다. 그분께서 하라는 대로 하셨잖아요."

"그렇지. 어쨌든 잡귀신들이 주변에 얼쩡거리는 거 너희들이 막아."

"네!"

일곱 명의 수호신이 대답하자 무영이 다시 등을 떼고 돌아앉았다.

명상에 들면 고요한 세계가 펼쳐졌다.

푸른 벌판을 자신이 거닐고 있기도 하고, 때로는 텅 빈 우주 공간에 떠 있기도 하였다. 이번엔 어떤 고요한 평화가 기다릴지 기대하면서 명상에 들었다.

현실과 차단되고 완전한 명상 속에서 무영은 향기로운 냄새를 맡고 있었다.

'이게 무슨 꽃 냄새지?'

주위에 갖가지 꽃들이 피어 있는 들판에 자신이 있었다. 어디선가 두 팔에 꽃을 잔뜩 든 두 어린아이가 나타났다.

'이 꽃을 드립니다. 무영 님!'

'너희는 누구니?'

여자아이가 대답했다.

'우리는 아름다운 무영 님의 수련을 응원하기 위해 왔어요.'

남자아이도 말했다.

'힘든 수련을 잘 이겨 내세요. 점점 힘들어지실 거예요.'

'수련이 힘들어진다고? 너희가 그걸 어떻게 알아?'

남자아이가 웃으며 꽃 한 송이를 무영이에게 건네주었다.

'뭐든지 단계가 있잖아요. 무영 님은 우리를 지금 봤고 앞으로 쭉쭉 뻗어 나가야 하는데 쉽지 않을 거예요. 그래도 잘 극복하세요.'

'너희를 보면 수련이 잘 되니?'

여자아이가 맑은소리로 깔깔 웃었다.

'그렇지 않아요. 단지 우리는 무영 님에게 앞으로 닥칠 험난한 수련을 잘하시도록 이 꽃다발과 함께 응원하러 온 거예요. 우리 뒤에 무영 님을 찾아오는 손님이 많아질 테니까요.'

'누가 찾아오는데?'

'누가 찾아오든 잘 이겨 내기 바랍니다.'

남자아이가 품 안의 꽃들을 무영이에게 모두 건넸다. 무영이 받아 들고 얼굴을 대자 향긋한 냄새가 났다.

'제 것도 받으세요.'

여자아이가 두 팔 가득 안고 있던 꽃들을 무영에게 내밀었다.

'어이구, 꽃장수 해도 되겠네. 되게 많은데.'

무영은 무릎을 굽혀 여자아이 것도 모두 받아 들었다. 두 팔 가득 꽃다발을 안자 두 아이가 활짝 웃으며 배에 두 손을 대고 절을 했다.

'그럼, 우리는 가겠으니 부디 큰 도를 이루십시오.'

두 어린아이가 사라지고 무영은 명상에서 벗어났다.

방 안에 은은한 향기가 가득 차 있었다. 명상에서 벗어났음에도 무영은 아이들과의 대화를 되새기며 한동안 그대로 앉아 있었다.

무영은 윤검군에게 전화를 해서 서금화와 함께 만나고 싶다고 했다.

자신이 개안이 된 상태를 얘기하지 않았으니 만나면 자신의 신을 볼 것이고 윤검군과 서금화의 신들도 자신에게 드러날 것이었다. 아니 서금화는 이미 자신의 상태를 알고 있을지도 모른다. 무영은 두 사람의 신들이 보고 싶었고 자신의 신들을 서금화와 윤검군이 어떻게 볼 것인지도 궁금했다.

카페 입구를 들어서면서 무영을 발견한 서금화의 눈이 휘둥그레졌다.

일어서서 인사를 한 무영을 잠시 멈춰서서 바라보던 서금화가 걸어와서 무영의 앞자리에 앉았다.

"드디어 개안이 된 건가요? 빨리 됐군요. 정말…… 어마어마해요."

무영의 뒤에 버티고 있는 신들을 보며 서금화가 혼잣말을 했다.

"서 선생님의 신도 굉장하군요."

무영이 서금화의 주위에 있는 신들을 유심히 보면서 자신과 다른 빛깔과 다른 크기의 신들을 보며 놀라고 있었다.

"나야말로 놀라고 있어요. 언제 개안된 거예요? 전엔 희미했는데 이젠 확실한 색깔을 가지고 강력한 아우라가 발산되고 있어요. 이 정도의 신이면 굉장한데……."

"얼마 안 됐어요. 아! 저기 윤 이사님 오셨어요."

"안녕하셨어요? 이사님!"

무영이 일어나서 윤검군을 향해 허리를 굽혔다.

카페 입구에 들어선 윤검군이 두 사람의 신들이 와글거리고 있는 모습에 입을 떡 벌리고 서 있다가 다가와 서금화의 옆자리에 앉았다.

"세상에……! 그 짧은 시간에 어떻게 했길래."

윤검군이 탄성을 지르듯 내뱉었다.

윤검군의 신은 서금화에 비해 크기도, 수도 작았다.

"이야! 이거 안 되겠는데…… 내가 제일 작고 볼품없잖아. 어떻게 했길래 이렇게 큰 신들을 불러들였담."

서금화가 손을 입에 대고 작은 소리로 말했다.

"조용…… 조용히 얘기하세요. 주위 사람들에게 이상하게 보이겠어요."

윤검군이 고개를 끄덕이며 열심히 무영의 신들을 훑어보았다.

"그래, 언제부터 개안이 된 거야?"

"두 달 됐어요."

"아니 무려 두 달이나 지났는데 이제 얘기하는 거야?"

윤검군이 놀라 두 눈을 크게 뜨고 무영을 쳐다봤다.

서금화가 윤검군의 어깨를 툭툭 치며 말했다.

"진정해요. 이건 엄청난 경사니까. 무영 군, 지금 상태를 얘기해 줄래요?"

서금화가 말을 재촉했다.

"이젠 주변의 신들이 모두 보여요. 서 선생님의 신도, 윤 이사님의 신도 이 카페에 있는 신들 모두가 보여요."

"혹시 가족이나 다른 사람들에게 미래를 얘기해 주거나 과거를 말한 적은 있나요?"

"없어요."

"그런 말은 절대 하지 말아요. 그런 건 우리가 할 일이 아니에요.

보여도 모른 체 해야 하고 알아도 모른 체 해야 해요. 무영 군의 신이 지켜 주기 때문에 잡귀신들이 주변에 오지 못하겠지만 여타 귀신들에게 관심 갖지도 말아요. 모든 귀신을 무시해야 돼요. 그래야 수도하는데 지장을 받지 않아요. 아셨죠?"

"예! 느낌으로 그래야 할 것 같았어요. 처음에는 보이는 것 자체가 무서웠고 무서운 걸 극복하고 나니까 능력에 대한 책임감이랄까…… 금기 같은 게 있을 것 같아서 최대한 조심하고 있어요. 귀신이 보일 땐 눈 감고 지나가기도 하구요."

윤검군이 혀를 찼다.

"뭐가 달라도 다르네. 난 막 자랑하고 싶었었는데. 나이만 어리지 엄청 고수구먼."

서금화가 윤검군의 말을 받았다.

"고수 중의 고수지요. 어쩌면 우리 중에 가장 고수가 될지도 모르지요."

무영이 물었다.

"두 분 외에 또 누가 있으신가요?"

서금화가 무영을 바라보며 말했다.

"있지요. 지금이 대한민국이 세계로 뻗어 나가고 국력이 나날이 솟구치고 있는데 이건 우연이 아니에요. 다 보이지 않는 곳에서 밀어주는 힘이 작용하기 때문이지요. 일반 사람들은 전혀 모르겠지만요."

"두 분이 그런 일을 하고 계신 건가요? 그 외에 다른 분들과 함께요? 얼마나 많은 분이 계신 건가요?"

무영의 질문에 서금화가 빙그레 웃었다.

"우리 같은 사람이 많으면 큰일 나요. 분명한 건 과거에 선도든 불도든 도 좀 닦았다는 분들이 꽤 내려와 계신다는 거예요. 그리고 무영군이 일찍 우리 눈에 띄어서 정말 다행이에요."

"두 분 외에 더 있다는 말씀이군요?"

"그렇죠. 더 계세요. 그분들은 다음에 기회가 되면 자연스럽게 만나게 될 거예요."

무영이 물었다.

"제 신들은 모두 푸른색을 띠고 있어요. 크기도 각각 다르고 능력도 다 다르게 있더라고요. 서 선생님의 신은 투명한 것 같기도 하고 흰색 같기도 하면서 크기가 엄청 크네요. 윤 이사님은 약간 노란 빛을 띠고 있고요. 신의 빛깔에 무슨 의미라도 있는 건가요?"

윤검군이 서금화를 보며 대답해 주라는 수신호를 보냈다.

"신들의 빛깔이 다른 건 나도 몰라요. 한 가지 분명한 건 도를 닦는 당사자의 성향이 바뀌면 신들의 빛깔도 바뀐다는 거죠. 우리 세 사람이 모두 색이 다르군요. 그건 세 사람의 성향이 다 다르다는 거예요. 그러니 그런 궁금증이 생기는 건 당연하지요."

"제가 할 일이 있나요? 아니면 함께 할 일이 있는 건가요?"

"같이 할 일이 있을 거예요. 될지 안 될지 모르겠지만. 무영 군이 젊으니까, 우리가 못하면 어쩌면 무영 군이 할 수 있을지도 몰라요. 지금은 수련에 힘써 주세요."

어떤 사람들이 있는지, 어떤 할 일인지를 물었지만 서금화도 윤검군도 더 이상 이야기해 주지 않았다.

신을 부릴 수 있는 능력을 함부로 써서는 안 된다는 당부만 하고 헤어졌다.

미래에게서 문자가 왔다.

'나 다음 주부터 합숙소에서 지내야 해. 데뷔 조에 나만 서울 출신이고 다 지방 출신 언니들이라 합숙한대. 데뷔해도 같이 다녀야 하니까 계속 합숙할 거 같아.'

'잘됐다. 드디어 데뷔하는구나. 언제나 응원할게.'

무영의 답장에 미래의 답글이 달렸다.

'그럼, 자주 못 볼지도 몰라. 보고 싶다고 울지 마.'

'눈물 나도 참아야지. 네가 좋아하는 길을 가는 건데. 울면서 박수쳐 줄게. ㅠㅠ.'

'ㅎㅎ. 그래도 시간 나는 대로 문자 하고 전화하면 되잖아.'

'그러자.'

정말 미래가 합숙 생활을 시작하자 같은 동네라 어쩌다 길에서 만나던 일도 기대할 수 없게 되었다.

합숙 생활을 시작한 지 한 달이 다 되어 가던 어느 날, 한밤중에 미래에게 전화가 왔다.

"여기 화장실이야. 언니들이 있어서 큰 소리로 말할 수 없어."

"아…… 그래! 잘 지내지?"

미래가 속삭이듯 말하는 소리를 잘 듣기 위해 전화기를 귀에 바짝 댔다.

"앞으로 전화 못 할지 모르니까, 그리고 문자도 혹시 내가 답장 못 할지도 몰라서 미리 말하는데 우리 휴대폰 검사도 받았어. 선배 언니가 미리 귀띔해 줘서 네 문자를 모두 지워서 걸리지 않았는데 휴대폰 검사도 하더라. 그러니 내가 가끔 전화하거나 문자 할 테니까 아무 때나 문자 하지 말아줘. 걸리면 혼나거든. 별일 없지?"

"나야 별일 없지. 별일은 네가 있네."

"우리 앨범 녹음은 다 끝났고 안무 연습으로 하루가 짧을 지경이야."

"너무 무리하는 거 아냐?"

"괜찮아. 재미있고 설레는걸. 이십 대 초반 언니가 두 명이고 우리 그룹에서 내가 막내라 언니들도 이뻐해 줘."

미래와의 통화는 짧았지만 앞으로 통화도 문자도 어려울 것이란 얘기였다. 그런 것까지 회사에서 통제하면 당연히 할 수 없을 것이다.

더위가 한풀 꺾일 때쯤, 미래가 5인조 걸그룹으로 데뷔를 했다. 데뷔 앨범이 음악차트에 오르고 인기를 얻으며 바빠서인지 하루에 몇 통씩 하던 문자를 일주일에 한두 번밖에 안 올 정도로 뜸해졌다. 무영은 TV에서 행복한 미소를 지으며 노래하고 춤추는 미래를 보며 마음속으로 응원했다.

학교에서는 전공과 학기당 따야 하는 점수에 관한 수업만 받았고 동아리 활동은 일절 하지 않았다. 집으로 와서 컴퓨터도 켜지 않고 오로지 단전 호흡과 명상으로 시간을 보냈다.

중간중간에 서금화에게 전화해서 기의 조절법과 궁금한 점을 물었다. 서금화도 무영의 수련 상태가 궁금했는지 현재의 상태나 근황을 자세히 묻기도 했다. 하루에 얼마나 수련을 하는지, 신들을 대할 때 어떻게 대하는지, 신들의 성향이 어떤지 등등을 물었다.

자신의 상태와 가장 근접한 사람이 서금화밖에 없었기 때문에 상담

대상이 되었고 궁금증을 속 시원하게 대답해 주는 유일한 사람이었다. 그 외에는 자신의 수호신들에게 물어보면 무엇이든지 알려 주었다.

여느 때와 마찬가지로 무영은 저녁에 명상에 들었다.

아무 생각 없이 평온한 마음으로 텅 빈 공간에 자신을 놓아두었다.

공기가 축축하게 바뀌는 것 같았다. 그러자 무언가 주변에서 작은 소리가 났다. 소음이 차단된 완전히 고요한 속이라 작은 소리도 들렸는데 그것은 바닥을 기어다니는 작은 곤충의 소리 같았다.

감았던 눈을 뜨고 보니 주위가 온통 시커먼 벌레로 가득 차 있었다. 바퀴벌레, 지네, 돈벌레 등이 뒤섞여 눈 가는 곳마다 끝도 없이 어마어마하게 뒤덮여 있었다. 놀라운 광경에 숨이 턱 막힐 지경이었지만 그보다 더 놀라운 건 빠른 속도로 무영의 몸을 타고 올라오는 것이었다. 시커멓고 징그러운 벌레들이 온몸을 타고 올라오자 처음 몇 번은 몸을 흔들기도 하며 벌레를 털어 내보았지만 금방 아무 소용 없는 일임을 깨달았다. 털어 내도, 털어 내도 벌레는 새카맣게 깔려 있어서 바로 다시 기어 올라오는 것이었다.

무영은 눈을 감았다. 벌레가 스멀스멀 기어 올라오는 느낌이 피부에 닿아 소름이 돋았지만 참았다. 그저 환영일 뿐이다. 느낌을 느끼는 것도 다 환영 속의 일이라 생각하며 벌레의 존재를 환영에서 지우려고 했다.

벌레들은 온몸을 덮고 코와 귀로 기어들어 왔다. 기어 올라올 때 피부에 닿는 느낌과 사뭇 다르게 좁고 예민한 피부에 직접적으로 닿으니 간질거리는 느낌이 훨씬 강했다. 환영인 걸 알면서도 이런 감정을 느낀다는 게 기분 나빠진 무영이 한숨을 내쉬었다. 동시에 머릿속을 텅 비우는 시도를 했다.

복잡한 전철 안에서 간혹 옆에서 떠들거나 전화 통화를 할 때면 그 소리, 소음에서 벗어나려고 일부러 딴생각을 하거나 몸에 힘을 쭉 빼고 아무 생각 없이 있다 보면 머릿속이 텅 빈 것처럼 될 때가 있었다. 소위 멍때리는 수법인데 이것은 주변의 소리를 듣고 싶지 않거나 보고 싶지 않을 때 현실에서도 매우 유용하게 써먹었던 수법이었다.

효과는 즉시 나타났다. 무영이 아무런 반응을 보이지 않자, 벌레들이 거짓말처럼 사라진 것이다. 얼마 후 눈을 뜬 무영은 주변을 한 번 둘러보았지만, 어디에도 벌레의 흔적은 찾아볼 수 없었다. 생활 자체가 수도와 연결되어 있었다는 걸 깨닫는 순간이었다.

다시 눈을 감았다.

소나무 향기가 나는 울창한 숲에 들어와 있었다. 이따금 새소리가 들리더니 곧 모든 소리가 잦아들고 주위가 어두워졌다. 고요한 가운데 멀리서 늑대가 울부짖는 소리가 들렸다. 소리가 점점 크게 들리더니 멀리 작게 반짝이는 빛이 열 개가 넘게 보였다. 그 빛들은 잠시 멈추어 있다가 점점 무영이를 향해 움직이기 시작했다.

'산짐승들이다. 어떡하지?'

무서우면서도 소름 돋는 분위기 속에 반짝이는 눈동자들이 어느 정도 가까이 오자 늑대의 모습이 보였다. 일곱 마리쯤 되어 보였고 사나운 이빨을 드러내고 낮게 으르렁거렸다.

무영이 뒤로 주춤거리고 물러서면서 생각했다.

'벌레들처럼 이것도 환영이다. 그냥 눈감고 무시해 버리면 되겠지?

뭐가 덤벼도 다 무시해 버리면 되지 않을까? 맨손으로 싸워봤자 나만 다칠 텐데…… 왜 갑자기 이런 것들이 튀어나오는 거야?'

무영은 눈을 질끈 감았다.

'이것들은 다 환영이다. 아무것도 아닌 허깨비들이다.'

하지만 바로 몇 미터 앞까지 와서 낮게 으르렁대자, 무영의 정신이 순간 흐트러졌다. 그리고 눈을 뜨자 바로 앞에 있던 늑대가 도약하며 무영에게 덤벼들었다. 기겁을 한 무영이 뒤로 넘어지고 팔을 휘두르며 소리 질렀다.

"저리 가!"

덤비던 늑대가 '퍽!' 소리를 내며 사라지고 뒤따라 덤비려던 늑대들이 주춤거렸다.

'앞에서 덤비던 대장 늑대가 왜 사라졌지? 늑대들이 왜 덤비지 못하는 거지?'

무영은 넘어진 채 사태 파악이 안 되어 어리둥절하고 있었다. 늑대들이 다시 공격할 태세를 갖추자, 무영도 엉거주춤 일어섰다. 앉아 있는 것보단 서 있는 것이 뭘 해도 나을 것 같아서였고 뭔지 모르지만, 늑대가 선불리 덤비지 못하는 이유도 알아야 했다. 무영이 두 팔을 들어 방어 자세를 취하자, 공격하려고 으르렁대다가 슬며시 꼬리를 내리고 뒷걸음질 치기 시작했다. 그러더니 뒤돌아서서 숲으로 사라졌다.

"뭐야. 내가 싸움 잘하게 생겼나? 방어하려고 폼만 잡았을 뿐인데 왜 도망가지?"

어두운 숲에서 뭐가 더 튀어나올지 몰라 어서 이 숲을 벗어나고 싶었다.

무영은 다시 눈을 감았다. 눈을 감은 동안에 밝은 분위기의 장소로 바뀌어 상쾌한 기분으로 걷고 싶었다. 하지만 어쩐지 분위기가 여전히 냉랭한 숲속의 한가운데 그대로인 것 같았다. 서늘한 숲의 기운이 고스란히 느껴지는 가운데 무영은 살며시 눈을 떴다.

'헉!'

바로 코앞에 이글거리는 커다란 두 개의 눈동자가 자신을 뚫어지게 쳐다보고 있었다.

'호랑이!'

무영은 정신이 아득해지는 느낌이었다.

동물원 호랑이라면 앞에 울타리가 쳐져 있어서 구경하는 사람이 보호되지만, 이곳은 숲속 한가운데였다. 말 그대로 집채만 한 호랑이가 낮게 으르렁거렸다. 귓가에 울리는 그르렁 소리는 심장까지 얼어붙게 만들어 옴짝달싹할 수가 없었다. 호랑이가 날카로운 이빨을 드러내고 으르렁거리자, 빛에 반사된 이빨이 더 크고 무시무시해 보였다.

무영은 정신을 차리려고 애썼다. 이 상황이 현실이 아니라는 것을 강하게 뇌리에 심으면서 후들거리는 다리를 진정시키려고 했지만 소용없었다.

'괜히 수도를 시작했어. 이건 아니야. 이런 극도의 공포심이라니. 이건 아니야.'

다리만 후들거리는 것이 아니라 팔도 덜덜 떨리고 있어서 손으로 두 팔을 꽉 움켜잡았다. 팔이 덜덜 떨리는 진동이 온몸으로 전달되며 사고력까지 마비시키고 있었다.

호랑이가 낮게 그르렁거리며 무영이를 향해 움직이기 시작했다. 무영의 긴장과 공포는 극에 다다르고 있었지만, 눈도 깜박이지 않고 호랑이를 주시하였다. 호랑이가 이빨을 드러내며 우렁찬 포효와 함께 도약했다.

"악!"

무영이 소리 지르며 꽉 쥐고 있던 손을 무의식적으로 확 풀며 한 번 휘두르고 머리를 감싸 쥐었다. 순간적으로 무영은 어떤 빛을 본 것 같았다. 어떤 빛인지 몰랐지만 그로 인해 덤벼들던 호랑이가 큰 상처를 입고 바닥에 뒹굴고 있었다.

얼굴을 감싸 쥐고 있던 무영이 손가락 틈새로 호랑이를 지켜보다 서서히 손을 내렸다. 고개를 갸웃거리며 자신의 두 손을 내려다보기도 하고 조금 전의 빛이 어떻게 생겨났는지를 곰곰이 생각해 보았다.

호랑이가 다친 몸을 일으키고 있었다. 무영은 호랑이가 덤비기 전에 빛이 생겨난 원인을 찾아내야 했다. 아니면 호랑이 밥이 될 수도 있었다. 이제 다리가 후들거리는 것은 멈췄고 무영은 조금씩 이성을 찾기 시작했다.

'이것은 환영이다. 너무 긴장하고 무서워서 환영인 것도 잊었네. 정말 다시 경험하고 싶지 않은 악몽이다.'

무영은 늑대가 자신이 싸우려는 자세를 잡았을 때 도망간 기억을 떠올리고 주먹을 꽉 쥐며 싸울 자세를 취했다.

'제발 도망가라.'

속으로 도망가기를 간절히 바라며 겉으로는 정말 싸울 것처럼 호랑이를 노려보며 두 주먹을 앞으로 모았다.

호랑이가 주저앉아 머리를 바닥에 대고 무영이를 쳐다보았다.

"뭐야. 왜 그래?"

싸울 의사가 없는 것처럼 호랑이는 잠시 그대로 있다가 힘들게 다시 일어나서 서서히 숲으로 사라졌다.

'아까 그 번쩍였던 빛은 뭐였지? 그 빛에 호랑이가 큰 상처를 입었단 말이야. 누가 나를 도왔나?'

누군가 자신을 도와 늑대도 물리쳐 주고 호랑이도 물리쳐 준 것 같았다. 자신의 수호신들은 이 수련의 공간에 들어올 수 없으니, 자신의 수호신들은 아닐 것이다. 그렇다면 누굴까? 어쨌든 수련 중에 무서운 짐승이 나와도 도와주는 신이 있다면 방금처럼 극심한 공포에 질리지 않을 수 있을 것이다. 무영은 무엇인가 뒷배가 있는 것 같아 마음이 든든해졌다.

다시 눈을 감으니, 주위의 환경이 바뀌는 것이 느껴졌다. 밝은 환경이기를 바라며 눈을 떠보니 뭔가 색다른 느낌이 들었다.

'뭐지? 이 분위기는?'

무영이 주위를 두리번거리며 분위기를 파악하려는데, 앞에서 덩치 큰 사내가 걸어오고 있었다. 키도 큰 데다 피부도 까무잡잡하고 이목구비가 큼지막하고 눈썹이 치켜 올라가서 험상궂게 생겼다. 삼국시대 때나 입었을 법한 옷차림이었는데 놀라운 것은 오른손에 덩치만큼 긴 칼이 들려 있었다.

사내가 성큼성큼 걸어와 무영이 앞에 멈춰 섰다.

"네가 가려는 곳이 어딘지 모르지만 나를 넘어야 할 것이다."

사내가 화등잔 같은 눈을 부라리고 두 손으로 칼을 치켜들었다.

무영이 깜짝 놀라 뒤로 물러섰다.

"어, 이봐요. 잠깐, 잠깐만요!"

사내가 무영의 소리를 무시하고 그대로 칼을 내리쳤다. 무영이 훌쩍 뒤로 물러나면서 피했지만, 사내는 칼을 고쳐잡고 정면으로 다시 빠르게 치고 들어왔다. 무영의 가슴이 정통으로 찔렸다. 가슴에 묵직한 고통이 느껴졌고 칼을 움켜잡은 무영이 사내를 보며 물었다.

"나한테 왜 이래! 날 죽일 셈이냐?"

"그렇다."

무영의 가슴에서 칼을 빼낸 사내의 대답과 함께 아래에서 위로 휘두른 칼이 무영의 왼쪽 팔과 어깨를 긋고 지나갔다. 칼이 지나간 자리에서 피가 배어 나왔지만 그게 문제가 아니었다. 사내가 다시 칼을 고쳐잡고 무영에게 겨누고 있었기 때문이다. 가슴에서 흘러나오는 피를 한 손으로 막으며 다시 물었다.

"날 왜 죽이려는 건데? 내가 너한테 뭘 잘못했는데?"

"이유는 없다. 난 약한 놈을 싫어하거든. 죽기 싫으면 날 이겨라."

"이유가 없다고? 그런 법이 어디 있어?"

"여기 있다."

사내가 다시 칼을 휘둘렀다. 무영은 필사적으로 사내의 오른쪽으로 피하면서 엉겁결에 오른팔을 휘둘렀다. 순간 무영은 자기 팔에서 뻗어나간 빛줄기에 사내가 휘청하는 것을 보았다. 빛줄기에 맞은 사내의 오른쪽 옆구리가 패이고 팔목이 잘렸다. 팔목이 잘리면서 칼이 바닥에 '철컹' 소리를 내며 떨어졌다.

무영은 깜짝 놀랐다. 그동안 늑대를 없앴던 것도, 호랑이에게 크게 상처를 입혔던 빛의 실체가 밝혀지는 순간이었다. 누구의 도움이 아닌

자기 팔에서 뻗어 나간 빛줄기인 것을 확인한 것이다.

"제법이구나. 그렇지. 이렇게 나와야지. 맥없이 죽어 버리면 시시하지."

"어, 야! 그만해. 이러다 죽는다."

무영이 자신의 가슴과 왼팔에서 줄줄 흘러내리는 피를 한 번 보고 사내를 다시 보았다. 둘 다 상처를 입어서 이러다간 큰일 나겠다 싶어서 그만두고 싶었지만, 사내는 왼손으로 떨어진 칼을 다시 주워 들었다.

"이 싸움은 네가 죽든지 내가 죽어야 끝난다."

"난 너 죽이고 싶지 않아."

"그럼, 네가 죽어라."

부리부리한 눈알을 굴리며 사내는 남은 왼팔로 무지막지하게 칼을 휘둘렀다. 오른쪽 옆구리에 큰 부상을 입어서인지 사내의 움직임에 조금 힘이 빠져 보였다. 사내가 화가 났는지 괴성을 지르며 칼을 마구 휘두르기 시작했다.

무영은 사내의 움직임을 보면서 오른팔을 힘껏 휘둘렀다. 환한 빛줄기가 오른팔로부터 쏟아져나와 덤벼들던 사내를 정면으로 맞췄다. '퍽!' 소리와 함께 사내가 눈앞에서 사라졌다.

'죽은 것인가? 귀신이니 죽지는 않았겠지?'

무영은 왼팔에서 통증이 오는 것을 느끼고 쳐다보았다. 통증은 어깨에서도 있었고 어깨와 가슴 아래로 피범벅이 되어 있었다.

한숨을 쉬며 무영은 명상에서 빠져나왔다.

현실에서는 왼쪽 어깨도, 가슴도, 왼쪽 팔도 피는 나지 않았지만 약간 저린 것 같았다. 왼팔을 들어 움직여 보다 무영은 가슴에 뭔가 달라진 점을 발견했다.

'이상하다. 여기 빛이 갈라져 있어. 칼에 정통으로 찔린 곳인데. 아! 그곳에서 부상당하면 안 되는 것이었나?'

좀 지나면 아물 것이라 생각했지만 칼에 베인 빛의 틈은 좀처럼 채워지지 않았다.

다음 날, 다시 자리를 잡고 명상에 들려다 무영은 망설였다.

'또 무서운 놈 나타나면 어떡하지? 또 죽여야 하나? 어제 칼에 베인 부상 때문에 빛이 금이 가 있어. 더 이상 칼 맞는 건 질색인데…… 무섭기도 하고…… 하지 말까?'

무영은 망설이다 서금화에게 전화했다.

"어제 명상 중에 칼 든 고대의 남자가 나타나서 저를 무조건 죽이려고 해서 저 정말 무서웠어요. 칼로 몇 번 베였고요. 어찌어찌 처치하고 명상에서 빠져나왔는데 이럴 때 명상을 계속 해야 하나요? 또 나타나면 어쩌죠?"

서금화가 깜짝 놀라서 물었다.

"고대의 남자, 혹시 사천왕상 같은 모습이었어요?"

"사천왕이요? 그게 뭐예요? 아!!!…… 절 문 양쪽에 있는 그 사천왕상, 맞다. 그러고 보니 비슷해요. 크기도 크고 긴 칼로 덤비는데 칼날이 번쩍거려서 정말 오금이 저리더라고요."

"그래서 그 귀신 처치했다고요?"

"예!"

"아, 다행이에요. 나처럼 안 돼서……."

"그게 무슨 소리예요?"

"명상은 계속해요. 그 사천왕처럼 생긴 귀신들이 계속 나타날 거니까 싸워서 이기세요. 반드시 이겨야 해요."

"선생님처럼 안 돼서……라니요?"

"내가 그 귀신들에게 막혀서 도력이 멈춘 거예요. 그러니 계속 나가려면 도전하는 귀신들을 물리쳐야 해요. 아셨죠? 난 거기서 멈췄지만, 도력이 높아질수록 시험하는 강도가 높아질 거예요. 덤비는 귀신의 솜씨가 점점 더 좋아질 건데…… 혹시 어떻게 물리쳤어요?"

"그게…… 팔을 휘둘렀더니 빛이 쏘아져 나갔어요. 그 빛에 맞고 사라지던데요."

"아!!! 그렇구나. 그런 거였구나. 기의 에너지가 무기군요. 알았어요. 나머지는 나중에 만나면 자세히 얘기하고 수련은 계속하세요."

서금화는 무영에게 거듭 맞서 싸워서 이길 것을 당부하고 전화를 끊었다.

또 나타나면 가차 없이 해치우라는 것인데 서금화도 경험했던 모양이었다. 그러자 전에 나타났던 두 어린아이가 했던 말이 생각났다. '갈 길이 험난한 것을 응원하러 왔다'고 했었다. 앞으로 계속 그런 귀신들과 싸울 것이라는 예고였던 것이었을까?

'어디 또 나타나나 보자. 어제처럼 무섭게 생기지 않고 칼날이 번쩍이지 않으면 덜 무서울 텐데.'

그보다 무영은 팔을 휘둘렀을 때 뿜어져 나오는 빛에 귀신들이 상처를 입거나 소멸하는 것이 매우 궁금했었다. 서금화는 빛의 정체가 기의 에너지라고 했다. '기의 에너지!'가 무기다.

무영은 마음을 다잡고 자세를 잡았다.

명상에 드니 넓은 벌판에 서 있었다. 두리번거리며 작은 오솔길이 나 있는 곳을 따라 걸었다. 아무것도 나타나지 않는 것을 다행으로 생각하며 평온함을 즐기는데 어디선가 말 울음소리가 났다.

소리가 나는 곳으로 고개를 돌리니 두 명의 말 탄 고대의 용사가 긴 창과 칼을 휘두르며 무영을 향해 돌진해 오고 있었다.

'맙소사, 이젠 말까지 타고…… 두 명이네.'

무영은 두 명을 향해 몸을 돌리고 자세를 낮췄다. 두 명의 용사는 순식간에 무영의 코앞까지 닥쳤다. 두 명의 인상착의를 보기도 전에 칼과 창이 동시에 날아들자, 무영은 위로 솟구쳐 올라 팔을 휘둘렀다.

힘이 실린 두 팔에서 뻗어 나간 빛줄기는 두 명의 거구를 말 아래로 떨어지게 했다. 그리고 무영은 말 아래에 있는 두 거구에게 인정사정 두지 않고 다시 두 팔을 휘둘렀다.

첫 5인 회동

여름방학이 되자 한여름의 기온이 섭씨 34도까지 올라갔다.

집안에 혼자 있을 때는 에어컨을 켜지 않아도 덥지 않았다. 무영의 수호신들은 잔잔한 바람을 일으켜서 주위를 항상 시원하게 해 주었다. 머리부터 발끝까지 자연의 기가 가득 찬 몸은 먹지 않아도 배고프지 않았고 반대로 힘은 넘치는 것 같았다. 처음 수호신이 보였을 때는 무영만 한 신들이었는데 몇 달 사이에 신들의 크기가 커졌고 색도 진해졌다. 신들은 돌아가면서 주변에서 일어나는 일들을 이야기해 줬다. 부모님이 일하는 회사에서 일어나는 일도 매일 상세하게 얘기해 주기도 해서 무영이 부모님의 회사 사정까지 알게 되었다. 하지만 무영은 지금까지처럼 아무 말도 하지 않았다.

그리고 바다 건너 미국에 있는 형 대영의 일도 신들은 전해 줬다. 대영은 처음 일 년은 랭귀지 스쿨을 다녔고 다음 해에 고등학교에 들어갔다. 사람들에게 친화력이 좋고 운동을 잘했던 대영은 그쪽에서도 운동으로 두각을 나타내고 있었다. 운동을 통해서 동양인에 대한 선입견을 극복하고 예쁜 여자친구도 사귀어 한참 신바람을 내는 중이었다.

'역시…… 형이네. 잘하고 있어.'

무영은 마음속으로 형에게 무한한 응원을 보냈다. 덕분에 가끔 부모님이 혼자 미국에 있는 대영을 걱정할 때 자신 있게 위로할 수 있었다.

"형은 걱정하지 않으셔도 돼요. 넉살도 좋고 친화력 갑이잖아요. 여기서도 워낙 활발했으니 거기서도 친구들 줄줄이 달고 다닐 거예요."

아빠가 고개를 저었다.

"그게 그렇게 쉽진 않을 거야. 우리야 단일 민족이니 국내에서 차별 같은 게 없지만 미국은 다민족에 이민자들로 이루어진 나라잖니. 피부색에 따른 인종차별이 있어. 법으로 금지한다고 해서 제대로 지켜지는 사회도 아니고…… 총기 소지가 자유로워서 툭 하면 총기 사고가 나잖니. 그러니 돌아올 때까지 불안할 수밖에 없구나."

엄마가 옆에서 불안한 마음을 보탰다.

"내가 쫓아갔어야 했는데…… 대영이가 한사코 괜찮다고 해서 안 쫓아갔지만 역시 불안하단 말이야. 대학까지 마치고 오려면 6~7년은 더 있어야 하는데 그 긴 세월을 걱정하면서 기다려야 한다니……. 이럴 거면 유학을 왜 보냈는지 모르겠다. 맘 편하게 국내 대학 보낼 걸 그랬나 봐."

"무슨 소리야. 유학 보내야 한다고 먼저 말 꺼낸 사람은 당신이라고."

아빠의 말에 엄마가 발끈 성질을 냈다.

"그건 내가 같이 쫓아가서 아이들을 돌본다는 전제하에서였지. 처음부터 아이를 혼자 보내려던 게 아니었잖아. 무영이도 안 갔고."

무영이 엄마의 불안한 마음을 달래기 위해 나섰다.

"엄마, 형 잘 있어요. 형은 여기서도 운동하는 걸 좋아했었으니까 거기서도 운동하면서 친구들 잘 사귀고 즐겁게 지내고 있을 거예요.

걱정 마세요."

"그래, 아까 전화하니까 요즘 농구도 하면서 바빠서 눈코 뜰 새 없다고 하더라. 대영이도 걱정 말라고 하는데 그놈의 총기 사건이 일어날 때마다 가슴이 철렁 내려앉아서 원."

아빠가 고개를 절레절레 흔들었다.

"그런 사고야 누가 옆에 있다고 해서 피해 갈 수 있는 게 아니니까 어쩔 수 없지. 대영이 주변에서 그런 사고가 안 나길 바라야지."

엄마가 무영이에게 물었다.

"나도 아까 회사에서 대영이와 통화했었는데 너와 통화한 지는 오래됐다고 하더라…… 형과 통화도 안 하고 어떻게 그렇게 잘 아니?"

"형 성격을 잘 아니까요. 학교 다닐 때 형 주변에 항상 여러 친구들이 있었거든요. 형이 친구들 사귀는 데 친화력 엄청 좋아요. 저 같지 않아요. 엄마 아빠 성격도 잘 알기 때문에 그렇게 걱정하지 마시라고 한 거예요. 걱정 마시고 형을 믿으세요."

아빠가 웃으며 말했다.

"우리 무영이 많이 컸구나. 키도 아빠보다 큰 거 같은데…… 마음도 아빠보다 넓네. 대견하다."

"아빠! 거래처에서 속 썩이는 분이 계신가 봐요. 요전에 잠 못 주무시고 한숨 쉬고 계시던데요."

무영이 돌린 화제(話題)에 아빠가 시무룩한 표정으로 무영을 쳐다봤다.

"내 한숨 소리를 들었니?"

"네."

"신경 쓰지 마라. 거래처에서 속 썩이는 게 어제오늘 일은 아니지. 회사 간부로 있다 보면 언제나 감당해야 하는 부분이야. 아니, 한숨 소리만 듣고 거래처 인사가 꼴통인 건 어떻게 알아?"

"아빠가 전에도 엄마에게 거래처 사장님과 얘기가 잘 안되고 있다고 말씀하셨잖아요. 그거 화장실 가다가 들었거든요."

무영은 신들에게 전해 들은 이야기를 둘러대는 중이었다.

"그 사장님에 대해서 인터넷을 통해 알아봤는데요. 야구광이시던데요. 두산베어스 팬이니까 가을 야구 표 몇 장 구해 드리세요. 그리고 좀 있으면 아드님 결혼식이니까 거기에도 가 보시고요. 그럼, 마음 좀 돌릴 거예요. 아무것도 없이 맨입으로 아빠 회사 이미지만 가지고 정공법으로 하지 마세요. 그분이 젊었을 때 대기업에 들어가려다 못 들어간 분노가 가슴속에 있거든요. 그 때문에 대기업 혐오증이 있으신데 아빠가 고자세라고 고까워할 수 있어요. 그러니 아빠가 고자세로 나가면 나갈수록 그분도 더 뻣뻣해질 거예요."

아빠의 표정이 놀라움으로 바뀌는 걸 무영의 옆에서 엄마도 지켜보고 있었다.

"어머, 저 양반 놀라는 것 봐. 무영아! 너 어쩜 그렇게 속을 꿰뚫고 있니?"

"네가 어떻게 그걸 상세하게 아니?"

무영이 시치미 뚝 떼고 대답했다.

"요즘 인터넷 잘 활용하면 웬만한 건 다 알 수 있어요. 신상털기라는 거 들어보셨죠? 그걸 했거든요. 별로 좋은 건 아니지만요."

"그거 불법 아니냐? 그걸 컴퓨터로 알 수 있어? 아…… 그리고 네가 우리 거래처를 어떻게 알아. 내가 말하지 않았는데. 거래처가 한두 군데도 아니고 수십 개나 되는데 말이야."

"컴퓨터가 요즘 만능이라서요. 어디 정보를 알아야겠다고 나쁘게 마음먹으면 다 해킹해요."

"그래서 네가 우리 회사 해킹했다는 거니?"

"제가 아빠 회사 해킹해서 뭐 해요. 단지 아빠 얼굴이 어두우니까 속을 썩이는 거래처가 한 군데 정도는 있겠다 싶어서 말씀드린 거예요. 저 해킹할 만큼 컴퓨터 도사 아니에요. 그 시간에 책을 보는 게 낫죠."

"정말이냐? 어째 말이 앞뒤가 안 맞는구나. 거래처를 알아야 신상털기도 할 텐데 거래처도 모를 텐데 어떻게 신상털기를 했지?"

"그건요…… 언제였더라?…… 언젠가 저녁 식사 때 아빠가 어디 사장님 누구, 어디 사장님 누구 말씀하신 적 있었어요. 그분들 성격이 깐깐하시다고…… 제가 기억력 좋잖아요. 그 성함, 제가 기억하고 있었어요. 컴퓨터에 그분들 이름 치면 같은 이름에 십여 명이 줄줄이 떠요. 그럼, 직업 찾아보고 들어가는 거죠. 그건 간단해요, 아빠!"

무영은 마음속으로 아는 체한 걸 후회하며 둘러댔다.

"그래, 하지만 그건 아빠 일이니까 네가 신경 쓸 일이 아니다."

아빠는 더 이상 캐묻지 않았다.

이후 무영은 부모님에게 해 주고 싶은 말이 있어도 하지 않았다. 현실에서 닥치는 어려움도 다 이유가 있는 고난이라 본인이 풀어 나가는 것이 순리였고 자식 된 도리와는 별개라고 생각되었기 때문이다.

무영 자신도 다른 사람들처럼 평범하게 살지 못하는 길로 접어든 만큼 그에 대한 대가는 이미 치르고 있었다.

길거리에 나가면 귀신들이 여기저기 득실거렸다. 수호신들의 권고한 대로 가리지 않고 귀신을 봤더니 세상 징그럽고 정신 사나웠다. 귀신들은 무영과 눈이 마주치면 바로 도망가곤 했다. 길바닥에도 시커멓게 들러붙어 있다가 스멀거리고 일어나서 쳐다보기도 했고, 사람 어깨나 등에, 심지어 머리에도 달라붙어 있었다. 동물들에게도 예외는 아니어서 예민한 동물들은 짖어대며 귀신들과 맞짱 뜨는 경우도 있었다. 눈에 보이는 귀신들은 귀찮지만, 두려운 대상은 아니어서 쫓아내면 그만이었다. 지붕에도, 담장에도, 가로수에도, 전봇대에도, 어느 곳이든 귀신들이 웅크리고 있었다. 한나절을 쏘다니며 귀신들을 보다가 집으로 돌아왔다.

그 귀신들에게 자신이 어떻게 할 것도 아닌 이상 굳이 그 귀신들을 볼 이유도 없는 것 같았다.

"지고청아! 역시 귀신들은 내 눈에 안 보이는 게 좋겠다. 정신 사나우니까 내 눈에 안 보이게 해 줘."

무영이 수호신들에게 귀신들이 보이지 않게 부탁하자, 이후 수호신들이 주변의 귀신들을 다 쫓아내고 가리는 바람에 무영의 눈에 띄지 않게 되었다. 학교에도 군데군데 보이던 귀신들도 보이지 않아서 눈살 찌푸리는 일 없이 차분하게 공부할 수 있었다.

무영이 느끼는 몸 상태도 나날이 달라졌다. 몸무게가 있고 중력이 있으니, 땅에 발을 딛고는 있지만 몸무게를 전혀 느끼지 못하고 있었다. 손가락, 발가락까지 온몸에 맑은 기운이 감도는 것을 느끼고 있었다.

무영은 거울을 보다가 자기 머리에 푸르스름한 빛이 둥글게 나는 것을 보고 깜짝 놀라서 다른 사람들의 반응을 살폈지만, 사람들의 눈에는 보이지 않는 모양이었다.

시월 중순으로 접어든 즈음이었다. 눈을 감으면 과거의 한 장면이 눈앞에 펼쳐지기도 하고, 가까운 미래가 보이기 시작했다. 그것은 수호신들이 가르쳐주지 않고도 무영의 능력 안에서 새롭게 생긴 능력이었다.

형 대영을 생각하니 유학을 마치고 입국해서 공기업에 취업하고 결혼하여 2남 1녀의 자녀를 두고 행복하게 사는 것이 보였다. 부모님은 60세 이후 한적한 시골에서 텃밭을 가꾸며 여유롭게 사는 것이 보였다. 여유로워 보였지만 어딘가 쓸쓸해 보이는 모습이 왠지 마음에 걸렸다. 그 이유는 따로 생각하지 않아도 알 수 있었다. 노후의 부모님 곁엔 무영이 없었다.

'스무 살도 못 채우고 죽는구나.'

앞으로 2~3년밖에 안 남은 짧은 기간에 어떤 이유로 사망하는 것이었는데 수호신이 있는 상황에서 좀 이상한 일이었다. 닥칠 위험을 미리 알려 주고 피해 가는 방법까지 알려 주었으며 쓸데없는 잡음이 일어나는 것까지 차단해 주는 수호신이 있는데, 죽는다는 것은 무언가 잘못된 일임이 분명했다. 또한 지금의 자기 능력이라면 어떠한 사고도 피해 갈 수 있는데…… 죽음이 보였다. 영안실에서 자신을 끌어안고 통곡하는 엄마의 모습을.

무영은 잠시 눈을 감고 집중했다.

'그래도 이생에서의 할 일은 하고 가는구나. 그럼 됐다. 부모님에게 죄송하고 미래에게는 미안하지만…….'

눈을 뜬 무영의 눈에 푸른 빛을 일렁이며 슬픈 표정으로 자신을 바라보는 일곱 명의 수호신이 보였다. 앞날의 운명이 연동(連同)되어 같은 느낌이 전달되었기 때문일 것이다.

“그래도 할 일은 하고 가잖아. 나로 인해 슬픈 사람이 있겠지만 괜찮아. 정말. 괜찮긴 한데 미래를 미리 안다는 것도 좋은 일은 아니군.”

무영은 평상시에 신경 쓰지 않던 자잘한 집안일을 하기 시작했다. 청소나 화분에 물 주는 것, 안 하던 설거지도 하면서 부모님과의 대화 시간을 늘렸다. 무영의 변화에 엄마가 놀라워하면서도 기뻐하는 모습이 역력했다.

“웬일이니? 엄마 일을 다 돕게. 아빠보다 무영이가 낫네. 아빠가 화분 담당인데 저 수국에 물을 안 줘서 말라 죽기 직전까지 갔었잖아.”

“물을 많이 먹어서 수국인가 봐요. 얘는 특히 물을 많이 줘야 하고 쟤네들은 가끔 줘도 되잖아요. 그죠?”

“아유, 그래. 그래. 잘 아네. 잊어버리고 있다가 가끔씩 물 주면 되는데 설거지까진 안 해도 돼. 네가 너무 잘하면 엄마가 미안하잖아. 공부하는 데도 힘들 텐데.”

“공부하는 게 제일 쉬운데요, 뭐. 이제 이런 어려운 일도 해 보려고요.”

이 소리에 엄마가 유쾌하게 웃었다.

무영은 바빠서 문자마저 끊긴 미래에게 밤 10시가 넘어서 소소한 안부 문자를 보냈다.

‘아무리 바빠도 식사 잘 챙기고 항상 건강해라. 그래야 활동도 열심히 하지.’

응답은 바로 오지 않았다. 첫 번째 앨범을 내고 음악차트의 순위에 꾸준히 머무르며 그룹의 이름을 알렸고 새로 발표한 곡이 각종 음악 순위 1위에 오르면서 인생 중 가장 바쁜 나날을 보내는 중이었다. 미래로선 이렇게 되기를 연습생 기간 내내 꿈꿔왔었을 것이다.

한밤중에 미래에게 문자가 왔다.

'바빠서 문자는 아까 봤는데 답장을 못했네. ㅎㅎ. 스타가 되니 이런 날도 있구나. 앞으로 내가 문자 자주 못 한다고 삐지지 마라.'

'안 삐져. 네가 좋아하는 일 하면서 행복해하는데 어떻게 삐지니? 바쁠 땐 답장 안 해 줘도 돼.'

'고마워. 그동안 공들인 보람이 있네. 새벽 2시다. 잘 자.'

'나를 뭐로 해 놨어? 문자를 해도 안 걸리게.'

'아……! 베프로 바꿔 놨어. 그랬더니 다 여자친구인 줄 알더라.'

'잘했네. 잘 자.'

언제나 바쁜 일상을 미래가 즐기고 있다면 행복한 것이다. 자신을 잊고 일로 행복할 수 있다면 그게 미래로선 더 좋은 일이라고 생각되어 무영은 더 이상 문자를 보내지 않았다.

차라리 자신을 잊고 사는 게 나을지도 모른다. 정신없이 바쁘게 살면서 무영이 어느 날 사라져도 슬퍼하지 않을 정도로 감정이 무뎌지는 것도 좋을 것이다. 자신도 미래와 함께했던 시간들을 기억 한 편에 소중히 묻어 두고 미련 없이 잊어야 한다. 쉽지 않더라도 그렇게 해야만 했다.

단풍이 본격적으로 물들기 시작하는 가을이었다.

윤검군이 서금화와 함께 차를 몰고 강남으로 왔다. 무영은 두 사람이 자신에게 누군가를 소개해 주려는 것을 알았다.

"웬일이세요. 차를 다 가져오시고?"

윤검군이 운전하고 서금화가 옆자리에 타고 있었다.

"자, 타세요. 오늘은 시원하게 드라이브나 하면서 교외로 나가봅시다."

무영이에게 뒤에 타라고 손짓하면서 서금화가 활짝 웃었다.

"어디 가게요?"

무영이 아무것도 모르는 척 질문했다.

"여긴 가을을 느끼기엔 너무 삭막하니 가을을 보러 가 보자고요."

서금화가 고개를 돌려 무영의 상태를 살폈다.

"맙소사. 지난번보다 신이 더 커졌군요. 머리에서 빛이 빛나고 있어요."

"뭐? 어디?"

윤검군이 백미러로 뒤에 앉아 있는 무영을 힐끗 보았다.

"놀랍군. 어떻게 저럴 수 있지?"

윤검군의 놀라운 표정은 눈을 감고 고요히 앉아 있는 무영에게 그대로 읽혔다.

그리고 말없이 한남대교를 건너 쭉쭉 달리더니 서울을 벗어나 경기도의 한적한 마을을 지났다. 울긋불긋 물들어 가는 산이 줄지어 있고 길가에 풀냄새, 꽃내음이 방문객을 반기는 작은 길을 따라 차는 속도를 줄이고 있었다.

가만히 창밖을 바라만 보던 무영이 말했다.

"절이 있을 법한 곳이네요. 절에 가는 건가요?"

"맞아요. 절이에요."

서금화가 대답했다.

작은 길이 옆으로 꺾어 들어가자 널찍한 공터가 나왔고 윤검군은 그곳에 차를 세웠다. 산자락 밑에 제법 큰 법당과 두 동의 별채로 된 아담한 암자가 있고 주변에 병풍처럼 아름드리나무들이 늘어서 있었다. 그 사이사이에, 밤나무에서 떨어진 밤송이가 무더기로 있고 감나무에는 빨갛게 익은 감이 홍시가 되어 가는 중이었다.

"제가 풍수는 몰라도 명당 같아 보이네요."

서금화가 두 팔을 하늘로 뻗어 기지개를 켜며 흐뭇한 미소를 지었다.

"이곳의 가을은 언제나 고향처럼 마음을 넉넉하게 해요."

차를 타고 오는 내내 말은 없었지만, 무영은 이곳에 특별한 스님이 있어 소개해 주기 위해 온 것임을 직감했다.

윤검군이 절을 가리키며 말했다.

"이 절은 말이요. 우리 아지트요."

"아지트요?"

"들어가 보면 알아요. 소개해 줄 스님도 계시고…… 저기 나오시는구먼."

법당 안에서 나오는 스님을 향해 윤검군이 손을 흔들었다.

"안녕하세요? 스님!"

서금화가 빠른 걸음으로 스님을 향해 걸어가며 인사했다.

"어서들 오십시오."

스님이 합장하며 인사하자 윤검군도 합장하며 인사했다.

가까이서 보니 스님은 피부도 팽팽하고 주름살도 없어서 한참 젊은 나이로 보였다. 무영이 엉거주춤하고 있자 서금화가 재빨리 나섰다.

"이 소년이 우리의 새로운 동지가 되어 줄 인물입니다."

스님이 놀라는 눈치였다.

"이 소년이요? 나이가 어린데…… 어!!! 이미 굉장한 수호신을 거느렸군요."

윤검군이 자랑스럽게 말했다.

"내가 그랬잖아요. 내가 사람 보는 눈은 정확하다고요. 처음 딱 봤을 때 느낌이 딱 왔다니까요. 작년 이맘때 이 소년과 만났을 때는 자신이 어떤 그릇인지 몰라서 여느 소년과 다를 바 없었거든요. 물론 총명하기는 했지만요. 그런데 나와 서 선생을 만나고 일 년 만에 이렇게 변했어요. 솔직히 나도 이 정도일 줄 몰랐다니까요. 신이 나날이 커지고 있고 도력도 붙어서 머리에 빛이 나고 있어요."

"전생의 도력이 급속히 되살아나고 있어요."

서금화가 덧붙였다.

"김무영입니다."

무영이 허리를 숙여 인사하자 스님이 합장을 하고 공손히 머리를 숙였다.

"성진이라 하오. 이 절의 주지승이지요. 잘 오셨습니다. 들어가서 얘기하지요."

무영은 성진의 주변에도 큰 신들이 버티고 있는 것을 보았다.

'다 신통(神通)하신 분들이구나. 대단하신 분들이다.'

성진을 따라 대웅전 옆의 작은 암자로 들어갔다. 벽 한쪽만 단상이 길게 있고 그 위에 작은 부처상과 여러 보살이 있을 뿐 다른 가구 없이 단출하게 방석만 몇 개 있었다.

"이곳은 신도들이 개별적으로 오셔서 담소하는 장소입니다. 기도는 대웅전에서 주로 하지요."

"오늘은 신도들이 별로 보이질 않습니다, 스님?"

서금화의 질문에 성진이 대답했다.

"귀한 손님이 오시니 오늘 오실 분들 내일 법회에 몰아서 오시도록 했어요. 잠시 기다리십시오. 금방 오겠습니다."

문을 열어 놓은 채 스님은 어딘가를 갔다.

"공양간에 가시는 것 같군요. 문 열어 놓고 이렇게 있으니 영락없는 시골 한복판에 와 있는 것 같아요. 코스모스와 국화 향기가 너무 좋은데요."

서금화가 마당 가장자리에 무리 지어 피어 있는 하늘하늘한 코스모스를 보며 감상에 젖었다.

"코스모스는 향기가 없어서 꽃향기는 모르겠고 풀냄새는 좋군요. 시골스러운 정서도 좋고. 딱 이맘때가 이곳이 가장 화려하지요."

윤검군이 서금화의 감상에 자신의 감상을 더했다.

바람이 불며 낙엽이 우수수 떨어졌다. 떨어진 낙엽은 바람에 날려 하늘로 날아오르기도 하고 흙먼지와 함께 마당에 소용돌이치며 날아다녔다.

"공양주가 밤은 잘 거두었나…… 명절 전에 왔을 때 보니 도토리도 지천으로 깔렸던데. 감은 언제 따려고 놔뒀지? 홍시면 더 따기 어려울 텐데."

윤검군이 문밖을 보며 혼잣말로 중얼거렸다.

"다람쥐도 먹고 살아야 하니까 사람도 적당히 움직여야지요."

"그렇지요. 허허허……."

"이 절에 스님 혼자신가요?"

조용히 있던 무영이 물었다.

"성진 스님을 위해 지은 절이니 다른 스님이 계실 이유가 없지요. 공양주 두 분이 저쪽 공양간과 연결된 별채에 계시고 이 암자는 스님이 기거하시는 곳이요."

서금화와 윤검군이 잡담하는 사이 성진이 찻상을 들고 들어왔다.

"아니 공양주에게 부탁하시지, 스님이 직접 들고 오십니까?"

서금화의 말에 성진이 찻상을 내려놓으며 말했다.

"마침 끓는 물이 있길래 바로 가져왔어요. 공양주는 가을이 가장 바빠요. 겨울 준비로 갈무리할 게 많아서요."

문을 열어 바람이 솔솔 들어오는 작은 공간에 작은 찻상을 가운데 두고 네 사람이 둘러앉았다. 무영이 서금화에게 물었다.

"혹시 스님께선 전생에 어느 분이셨나요? 제가 아는 분이실까요?"

서금화가 찻잔을 내려다보며 말했다.

"혹시 미래가 보이나요?"

"예! 조금은요."

"그럼, 전생도 한 번 보세요. 성진 스님부터요."

"스님이셨던 것 같아요. 고명한 스님이요."

"맞아요. 스님은 전생에도 스님이셨어요. 혹시 진묵 대사라고 들어

봤나요?"

"아뇨. 죄송해요. 제가 불교 쪽으로 문외한이라서요."

무영이 처음 듣는 이름에 미안해하자 성진이 찻잔을 밀어주며 웃었다.

"당연하지요. 그 나이에 불교에 관심이 있는 것도 아닌데 그 이름을 알면 이상한 거예요."

서금화가 무영에게 대강 설명해 줬다.

"조선시대 득도하신 대사님이셨는데 속세에 나오시지 않아서 이름은 알려지지 않았어요. 부처님의 현신이라고 불릴 만큼 도력이 높으셨지요."

"예!!! 부처님의 현신이요?"

무영이 가벼운 감탄사를 내자 성진이 무영을 바라보며 물었다.

"풍헌 최씨는 정말 자유분방하고 호기로운 선인이었지요. 기억, 나나요?"

"전혀…… 기억나지 않아요."

"현생을 잘 살고 있군요. 전생의 도력만큼은 아니어도 어린 나이에 이미 굉장한 신을 부리는 능력을 지녔으니 앞으로가 기대됩니다. 무영군!"

칭찬이 쑥스러워 무영이 고개를 살짝 숙이고 나서 성진의 신들을 살펴보았다. 작은 방안에 신이 한두 명만 들어와 있었고 나머지 신들은 마당과 주변에 있었다. 그리고 절이어서인지 수호신이 아닌 신들도 눈에 띄었다.

"이곳은 수호신이 아닌 신들도 있는 것 같네요. 스님?"

성진이 바깥을 내다보며 고개를 끄덕였다.

“맞아요. 이곳은 절이니까 아무래도 신자들 기도를 들어주는 신도 있어야 하니까요. 큰 신은 아니어도 법당 내에도 있고 절 곳곳에 있지요. 해코지는 안 합니다.”

“어허, 해코지했다간 스님에게 무슨 봉변을 당하려고요.”

윤검군이 성진의 도력을 은근히 추켜세웠다.

서금화가 말했다.

“무영 군, 이곳은 우리가 가끔 모여서 의견도 나누고 해야 할 일을 정하기도 하는 곳입니다. 우리가 많은 숫자는 아니지만 그래도 다섯 명이 채워지길 기다렸어요. 딱히 다섯 명이어야 할 필요는 없었지만 다섯 명이어야 일의 진행이 수월할 것 같았거든요. 그래서 내가 그동안 사람을 많이 찾아다녔어요. 강연에서 우연히 윤 이사님을 만났고, 윤 이사님은 10년을 기다려서 무영 군을 찾았지요.”

무영이 작은 소리로 세 사람을 둘러보며 말했다.

“여기는 네 사람뿐인데요. 어, 그러고 보니 찻잔도 다섯이에요.”

서금화가 웃었다.

“아직 못 오신 분이 계세요. 그분은 좀 있다 뵐 거고 그분까지 다섯이에요.”

성진이 말했다.

“무영 군의 나이가 어려서 내심 걱정이었는데 신을 보니 기우였어요.”

“엄청난 속도로 도를 깨우치고 있으니, 전생의 도력을 회복하는 데 얼마 걸리지 않을 것 같아요. 서 선생이 보기에도 그렇지요?”

윤검군이 서금화에게 묻자 서금화가 대답했다.

"예, 놀라워요. 볼 때마다 신들의 크기가 커지고 빛이 나고, 무엇보다 무영 군 자체가 빛이 나기 시작하고 있거든요. 일반인들의 눈에는 전혀 보이지 않겠지만요."

"어, 맞아. 맞아."

윤검군이 서금화의 말에 동조했다.

무영은 이런 칭찬에는 오랫동안 식상해 있었다. 어렸을 때부터 늘 듣던 칭찬이라 별로 와닿지 않았던 것이다. 무영이 서금화의 말에 습관적인 감사를 표하고 물었다.

"전에 할 일이 있을 거라는 말씀을 하셨던 적이 있었던 것 같아요. 다섯 명이 모여서 할 일이 뭔가요?"

무영의 질문에 성진이 대답했다.

"잠시 기다려 봐요. 한 분이 오고 계시니 그분이 오신 다음에 그 얘기 하는 게 좋겠어요. 그분도 무영 군을 나만큼이나 보고 싶어 하셔서 바쁜 중에도 오늘 시간을 쪼개서 오신다고 하셨거든요."

"거의 오셨을 거예요."

"그럼, 이 의원님 오실 때까지 조금 기다리도록 하지요. 우리 중에 가장 바쁜 분이 오시는 거잖아요."

서금화의 말에 일동이 동조했다.

"그렇죠."

잠시 차를 마시는 소리와 바람에 낙엽 떨어지는 소리만이 간간이 들릴 뿐 아무도 말이 없었다.

서금화가 찻잔을 내려놓으며 말했다.

"이 의원님이 오셨습니다."

"소승이 나가서 모시고 올게요. 여러분은 그대로 계세요."

성진이 찻주전자를 들고 일어섰다.

무영의 귀에는 안 들렸지만, 신들이 전해 주는 말로는 이 절로 들어오는 작은 도로를 따라 검은색 승용차가 오고 있다고 했다. 아마 그 차에 다섯 번째 인물이 타고 있을 것이다.

세 사람만 남게 되자 무영이 물었다.

"의원님이라고 하셨는데 어떤 의원님이신가요?"

"나랏일 하시는 의원님이에요."

서금화가 대답했다.

"국회의원님이세요."

"아!!! 예? 국회의원님이 어떻게……?"

윤검군이 대답했다.

"지금 세상에서 산속에 들어앉아 도를 닦는다는 건 시대에 뒤떨어진 거요. 모든 걸 다 보고 겪으며 이겨 내고 이루어야 하는 극한의 시대인 거지요. 온갖 유혹을 이겨 내야만 하니 이루어 내기가 더 어려워요. 무영 군은 학생이라 좀 낫겠지만 사회생활을 하다 보면 힘들고 지치고 이런저런 이유로 알아도 실천을 못 하게 되고 끝내는 현실과 타협하며 살아가게 마련이에요."

서금화가 웃었다.

"본인 얘기를 남 얘기처럼 하시네요."

"이런, 이래서 내가 서 선생 때문에 기를 못 펴고 산다니까."

윤검군이 껄껄대고 웃었다.

"서 선생도 대단하시고 윤 이사님도 대단하세요. 바쁜 중에 도력을 그렇게 높이시다니…… 존경할 수밖에 없네요."

"윤 이사님도 이제 정신 차리고 제 자리 잡았으니 정말 다행이지요."

"다른 분에 견주니 한참 뒤처져 있고 이제 새로 나타난 무영 군을 보니 내가 한심한 것 같아요. 무영 군을 보면서 요즘 분발하고 있는데 혹시 뭐 좀 달라져 보이는 거 있소?"

윤검군이 서금화를 보며 진지하게 물었다.

"전보다 신이 조금 커졌어요. 무영 군이 자극이 됐군요. 잘됐어요."

서금화가 윤검군을 칭찬하자 윤검군이 웃었다.

"뒤늦게 시작해서 늦게 깨우쳤는데도 정신을 못 차리고 있었으니 나도 참 구제 불능이요. 나를 늘 일깨워 주는 서 선생에게도, 자극이 되어 주고 있는 무영 군에게도 감사하고 있어요. 두 사람이 옆에 있어서 든든합니다."

"웬일이래요. 맨날 잘 삐지시더니 오늘은 속내를 다 드러내시고, 사람이 안 하던 짓 하면 의심해 보랬는데 뭔 일 있어요?"

서금화가 웃으며 되묻자, 윤검군이 손사래를 쳤다.

"에이~ 사람 말을 꽈배기 꼬듯 꼬아서 듣지 마시오. 서 선생, 정말 진심으로 말한 거요. 나를 잘 이끌어 주어서 고맙단 말이외다."

"예, 그렇게 생각해 주셔서 저도 고마워요."

서금화가 맑은소리로 웃었다.

"무영 군에게 나에 대해서 얘기해 주는 것도 괜찮겠지요. 아직 시간이 좀 있으니까요."

서금화는 무영에게 자신의 과거사를 이야기해 주었다.

서금화는 특이하게 어려서부터 전생에 대한 기억이 지워지지 않은 채 태어났다. 그래서인지 말도 일찍 할 수 있었고 주변 상황에 대해 보지 않고, 배우지 않고도 이미 알고 있었다. 가 보지 않은 곳에 대해서도 이야기하는 아이의 말에 부모는 놀랐다. 서금화의 전생에 두 언니가 부모님으로 환생해서 서금화를 보살펴 주고 있었던 것이다. 서금화가 부모님에게 전생에 가족이었다는 얘기를 해 주자, 부모님은 반신반의하면서도 서금화를 귀하게 키웠다. 공부를 별다르게 하지 않아도 다른 아이들보다 월등히 우수했고 기억력도 뛰어났다. 하지만 열 살이 넘어가면서 이러한 능력에 변화가 오기 시작했다. 열 살을 전후해서 전생을 보는 능력이 서서히 사라지고 있었던 것이다. 다른 사람을 보아도 전생이 보였던 서금화는 사춘기에 접어들면서 생각이 많아졌다. 시간이 감에 따라 사라지는 능력에 대해 그 원인을 생각해 보았다.

보통 사람들 같으면 당연한 일이라고 생각했겠지만, 서금화는 자신의 전생을 알고 있었다. 그래서 서금화는 전생의 자신을 되찾기 위해 어린 나이에 수련하는 방법을 찾았다. 서점에 가서 책도 뒤지고 절에 가서 기도도 하고, 참선도 하며 이 방법, 저 방법을 찾아 돌아다녔다. 어느 날 고요히 명상에 잠겨 있던 서금화는 자신의 전생에서 수련하던 방법을 기억해 냈다. 그리고 그대로 수련을 실행했고 얼마 지나지 않아 자신의 수호신과 대면하게 되었다. 전생에 가지고 있던 능력을 되찾기 위해 학생 신분으로 열심히 학교에 다니는 시간 외에 수련에 전념했다.

마치 지금의 무영과도 같은 시기를 서금화도 보낸 것이다.

과거와 미래, 전생까지 꿰뚫는 눈을 가졌음에도 서금화는 사람들에게 일체 신에 대하여 말하지 않았다. 보통 사람처럼 행동하면서 말했기 때문에 누구도 서금화가 도통한 인물이라고 생각하는 사람은 없었다. 하물며 나이 어린 여자아이였기 때문에 더욱더 그럴 수밖에 없었을 것이다.

신들이 둘러싸고 있어서인지 밤길이나 언제 어느 때에도 서금화에게 시비를 거는 사람은 없었다. 서금화는 중학교 역사 선생님이 되었다. 자신의 기억 속에 있는 역사는 책에 없는 기억까지 더해져 있었다. 지금 가르치는 역사는 일제강점기를 거쳐서 많이 왜곡된 부분이 있어서 서금화가 가르치는 역사와는 조금 달랐다.

중학교에서 몇 년을 가르치다 고등학교로 자리를 옮긴 서금화는 고3 담임을 맡으면서 수련할 수 있는 시간이 줄었다. 서금화가 맡은 고3 학생들은 거의 원하는 대학에 들어갔고 소문은 다른 학교까지 퍼져갔다.

학교의 만류에도 불구하고 서금화는 목동의 학원강사로 자리를 옮겼다. 서금화가 담임을 맡으면 거의 모든 학생이 원하는 대학교에 진학한다는 소문이 퍼져서 학부모들은 서금화와 진학 상담을 하기 위해 줄을 서는 상황까지 벌어졌고 학원은 대성황을 이뤘다. 하지만 모든 사람들을 충족시킬 수는 없었다. 먼 곳에서도 찾아오는 학생들까지 생기자, 서금화는 또다시 시간에 쫓기게 되었다.

서금화는 학원 강의 시간을 대폭 줄이고 대신 인터넷 강의를 시작했다.

그즈음 서금화가 학원 행정과에서 틀어 놓은 텔레비전을 무심코 보게 되었다. 뉴스에는 국회에서 고성이 오가며 싸움질하는 국회의원들이 나오고 있었다. 서금화는 싸움질하는 국회의원들 뒤에서 담담히 지켜보고 있는 한 의원에게 눈이 갔다. 그 의원 주위로 일반 사람들에게 안 보이는 희미한 빛이 보였던 것이다. 서금화는 컴퓨터로 현직 국회의원을 모두 검색했다. 그리고 드디어 자신이 봤던 인물이 이서경임을 알아냈다.

이서경 의원을 만나기 위해 지역구 사무실을 찾아갔다. 서금화는 이서경을 보자 자신의 눈이 정확했음을 알았다. 그리고 이서경도 서금화가 이미 개안이 된 도통한 인물이라는 걸 알아보았다. 이렇게 이서경과 서금화의 만남이 이루어졌고 이삼 년이 흘렀다.

인터넷 강의의 이점은 한 번 녹화를 해서 올리면 계속 재생이 가능해서 같은 수고를 여러 번 하지 않아도 된다는 것이다. 이렇게 되자 일주일에 이틀만 학원을 나가고 인터넷 강의료만으로도 수입은 짭짤했다. 게다가 시간이 생기자 큰 회사에서 직원들의 교육을 위해 들어오는 한두 시간짜리 강의 요청도 다닐 수 있었다.

수십 차례 다니던 강의 중에 주식회사 설표에서 강의 제의가 들어왔을 때, 그곳에서 윤검군이 눈에 띈 것이다. 전생에 도통했었지만, 현생은 회사 일에 찌들고 찌들어서 도(道)와는 아주 거리가 먼 사람으로 살고 있었다. 윤검군을 만나 전생을 알려 주고 수련하는 법을 가르쳐 주었으나 윤검군은 듣지 않았다. 아니 들을 수가 없었다. 회사의 중견간부가 회사 일을 등한시하며 개인 일을 우선시할 수 없었기 때문이었고 무엇보다 서금화의 말을 믿지 못했기 때문이기도 했다. 되풀이되는 서금화의 설득에 조금씩 집에서 수련을 해 보았다. 그러자 몸에 이상이 생기고 그동안 지긋지긋하게 따라다녔던 지병들이 사라지는 것이었다. 그렇게 십 년이 흘러 윤검군도 어느 날 자신의 신과 마주하게 되었고, 이후 회사 일을 조금씩 줄여갔다. 그리고 나이가 육십이 넘자 사직서를 냈지만 회사에서 반려되면서 사외이사로 남게 된 것이다.

이서경도 자신이 다른 사람과 다른 것을 일찌감치 눈치챈 사람이었다. 평상시에는 책에 묻혀 지내다가 토요일, 일요일에는 전국의 산을 돌아다녔다. 그러다가 지리산 자락의 작은 절에서 젊은 성진 스님을 만나게 되었다. 당시 이서경의 나이는 삼십 대 후반이었고 성진은 이십 대 초반이었다. 성진이 불가에 들어온 지 팔 년이 되던 해였다. 성진은 사회에 불만이 많은 이서경의 말을 들어 주며 많은 조언을 해 주었다. 그리고 마음 다스리는 방법을 가르쳐 주었는데 이서경은 뜻밖에 명상을 즐기며 스님들이나 하는 수행법이 자신과 맞는 것을 발견했다. 사회생활을 하는 틈틈이 성진을 만나러 왔고 많은 이야기를 나누며 두 사람은 나이 차이에도 불구하고 친구처럼 지냈다.

이미 개안이 된 성진을 가까이 두고 싶었던 이서경은 경기도를 샅샅이 뒤져 지금의 땅을 사들였다. 그리고 절을 지었고 극구 사양하는 성진을 설득해서 이곳에 주지로 앉혔다. 이서경의 나이 오십 대였고 스님은 사십 대에 막 접어드는 중이었다. 사회의 구조 개혁 필요성을 느낀 이서경은 야당 후보로 국회의원으로 출마해 당당하게 당선되었고 벌써 3선 의원으로 당 간부가 되었다. 항상 정도 정치를 하고자 했던 초심을 잃지 않기 위해 시간만 되면 집에서, 성진이 있는 절에서 명상에 들곤 하면서 정치판에서 흐트러진 마음을 추스르곤 했다.

여기까지 서금화가 말을 했을 때 성진과 이서경이 열린 문 앞에 나타났다.

이서경은 육십 줄에 희끗희끗한 머리를 곱게 빗어 넘겼고 맑은 눈동자에 호감 가는 인상으로 노신사의 품격을 지니고 있었다.

방 안에 있던 세 명이 일제히 일어나서 두 사람을 맞았다.

"어서 오십시오. 의원님!"

윤검군의 말에 이서경이 활짝 웃었다.

"반갑소이다. 오늘은 특별한 손님이 계시다고 해서 만사 제쳐 두고 한걸음에 달려왔어요."

두 사람이 방으로 들어오자, 방 안이 꽉 차는 것처럼 복작거렸다.

"아! 이쪽 청년인가?"

이서경이 무영을 보면서 눈을 크게 떴다. 무영이 허리를 굽혀 인사했다.

"김무영이라고 합니다."

무영이 인사하자 노신사인 이서경이 놀랐다. 이미 전화로 이름과 설명은 들었지만, 아직 솜털이 뽀송뽀송한 청소년이었기 때문이다. 대학생이라고 들었는데 키만 컸을 뿐, 앳된 분위기가 얼굴 전체에 그대로 남아 있었다.

"오!!! 놀랍군요, 놀라워. 어쨌든 인사나 합시다. 난 이서경이요. 정치가 직업이고 전생에 율곡 이이였소."

"아, 예! 반갑습니다, 의원님!"

무영이 꾸벅 절을 하자 이서경도 따라서 절을 했다.

"자, 자, 앉읍시다. 앉아서 얘기합시다."

이서경의 말에 작은 찻상을 가운데 두고 모두 빙 둘러앉았다.

무영은 이서경이 문 앞에 서 있을 때 뒤에 버티고 있는 수호신들을 보았다. 그 또한 이들과 같은 선인임을 나타내 주고 있었던 것이다.

사람은 다섯 명이었지만 다섯 명을 따라다니는 수호신들이 수십 명이나 되어 방 안도 마당도 지붕도 신들로 북적거렸다. 신들의 크기는 모두 달랐고 색깔도 다 달랐다.

“말은 들었지만, 생각보다 매우 어려 보이는군요. 몇 살이라고 했지요?”

이서경의 말에 무영이 대답했다.

“열다섯 살입니다.”

“어허, 열다섯에 이 정도까지 올라 있다니…….”

“작년 이맘때쯤 윤 이사님을 만나고 서 선생님도 만나면서 수련을 해 보라고 하셔서 딱 일 년 정도 됐습니다.”

무영의 말에 이서경이 감탄했다.

“난 사십 넘어서 스님이 하라는 대로 하다가 어쩌다 세상을 보게 되었는데 말이요. 어쨌든 반갑고 환영하오. 김무영 군이라고 했지요, 나이가 너무 어려서 어떻게 불러야 할까요?”

서금화가 말했다.

“저희 모두 무영 군이라고 부릅니다.”

“아! 그래요. 무영 군! 전생에 풍헌 최씨였다고 했지요. 우리에게서 선생이 있어서 정말 다행이에요. 즉시 전생을 보는 눈은 서 선생밖에 없어서…… 우리 중에 내가 쓸데없이 나이가 가장 많아요. 내가 죽기 전에 반드시 하고 싶은 일이 있는데 말이요. 혹시 무영 군에게 말했나요?”

이서경이 성진을 보며 묻자 서금화가 대답했다.

“아직 말하지 않았습니다. 의원님 오시면 말하려고요.”

이서경이 고개를 끄덕였다.

“하긴 조심스러운 얘기지요. 나는 지금까지 우리나라가 왜 이렇게 주변국들에 몹쓸 짓을 당하고 수모를 당해야만 하는지 항상 생각했어요. 여기 계신 다른 분들도 나와 마찬가지였을 거요.”

서금화가 말했다.

“저만 빼고, 임진난(壬辰亂)에 조선 땅에 태어나 한 시대의 어려움을 같이 겪었던 인재들이 400여 년 세월을 건너뛰어 한 자리에 모였습니다. 풍헌 최씨가 어려서 처음에는 놀랐지만, 만약 우리가 하는 일이 길어지게 된다면 풍헌 최씨가 마지막까지 남아서 일을 해 주어야 한다는 점에서 오히려 다행이라고 생각합니다.”

이서경이 동감했다.

“오, 그도 그렇겠구려.”

“지금은 옛날처럼 단순한 시대가 아니라 통신망의 발달로 인해 얽히고설킨 복잡한 시대입니다. 옛날처럼 공기도 맑지 않고 수많은 불빛과 눈에 보이지 않는 전파들로 인해 우리의 수도가 방해받고 있어요. 그래도 우리는 해야 할 일이 있기 때문에 수도를 해야 합니다. 아직 무영 군에게는 우리가 이 시기에 이 땅에 다시 모인 목적을 말하지 않았습니다. 이제 밝혀야겠지요.”

서금화가 말하자 성진이 말을 이었다.

“여기 모인 우리 다섯 명은 일반인들은 가늠할 수 없는 능력을 갖췄습니다. 이런 다섯 명이 모이기는 쉽지 않지요. 이런 능력을 우리는 과거에 나라를 위해 다 쓰고 오신 분도 계시고, 쓰지 않아서 늘 죄책감을 가지고 현생으로 넘어온 분도 계십니다. 우리는 누구도 할 수 없는 일을 할 수 있는 특별한 능력들이 있어요. 그 능력을 우린 이 나라를 위해 쓸 겁니다. 무영 군!"

무영은 마음속에 늘 누군가에게 미안한 마음이 들었던 것을 떠올렸다. 성진의 말은 자신을 향해 말하고 있는 것 같았다.

윤검군이 나섰다.

"내가 말하지요. 돌리지 않고요. 무영 군, 각국에는 우리처럼 자신의 나라를 위해서 보이지 않게 일하는 비밀단체들이 있어요. 일본에도 있고, 중국에도 있고, 인도에도 있고, 유럽에도 있고요. 그중에서 가장 많이 알려진 단체가 일루미나티인데요. 일루미나티라는 단체가 천지의 기운이 봉해진 것을 영국에서 미국으로 가지고 갔어요. 그래서인지 지금 세계는 미국 중심으로 돌아가고 있어요. 그건 미국의 일루미나티가 천지의 기운을 봉한 단지를 미국 땅에 봉해 놓아서 그런 거예요.

우리가 그것이 어디에 있는지까지는 알아냈지만, 그것을 우리 손에 넣어서 우리 땅에 봉할 수 있어야 해요. 우리가 예언서를 많이 보아 왔지만, 미래에 큰 혼란이 닥치고 세상이 바뀌었을 때 한반도가 세상의 중심이 되리라고 예언한 대목이 있어요. 그것이 그냥 되는 것이 아니고 우리가 천지의 기운을 우리 땅으로 옮겼을 때 그 예언이 완성되는 거죠. 하지만 우리는 지금껏 벽에 부딪혀 있었고, 지난 이십 년간 새로운 방법으로 비밀을 하나하나 파헤치며 한편으로 이 땅에 내려와 있는 선인이나 도인을 찾고 있었어요. 최소 세 명 이상의 도력을 가진 자의 힘이 필요했기 때문이지요. 그러다가 운 좋게 내 눈에 무영 군이 띄어서 서 선생에게 보인 건데 역시 기대를 저버리지 않고 풍헌 최씨였더군요. 그때 내가 속으로 얼마나 소리치고 기뻐했는지 아무도 모를걸요. 서 선생에게 스무 명이 넘게 보여 준 끝에 풍헌 최씨를 찾아서 이렇게 말씀드리게 되어 행운이라고 생각하고 있어요."

윤검군의 얘기가 끝나자, 이서경이 말을 이었다.

"아직 이 얘기가 귀에 들어오지는 않을 것이지만 그래도 무영 군은 과거에 엄청난 도를 이루었던 선인으로서 이 과업에 참여해 주길 바라요."

한꺼번에 들은 줄거리를 머릿속에서 정리하고 있던 무영이 질문을 쏟아 내기 시작했다.

"각국의 비밀단체 중에서 위협이 될 만한 단체는 어디가 있나요? 역시 일루미나티인가요?"

윤검군이 엄지손가락을 치켜세우며 말했다.

"그렇지, 일루미나티가 역시 제일 큰 비밀단체지요. 그리고 지금 미국을 움직이며 세계를 움직이고 있고 그 봉해 놓은 천지의 기운도 그들의 손에 있으니까요."

"한국만 그 비밀을 알고 있는 건 아니라고 했는데요?"

무영의 질문에 성진이 찻잔을 어루만지며 대답했다.

"맞아요. 그걸 알고 있는 나라의 비밀단체는 한국뿐만이 아니라 일본, 중국, 인도, 브라질, 영국, 아랍권 등이에요. 그들도 일루미나티의 방어망을 뚫기 위해 매우 노력하고 있는 걸로 알고 있습니다. 지금까지 모두 실패로 돌아갔지만요."

"그게 어디에 있는데요?"

말이 끝나기가 무섭게 무영이 다시 질문했다.

"그건, 미국 나사 본부에 있습니다."

서금화가 낮은 목소리로 대답했다.

"나사 본부요? 워싱턴에 있는 나사 본부……."

무영은 놀랐다. 세계 정치의 중심부에 미국 대통령 직속으로 운영되는 나사에 그런 것까지 있으리라고 누가 상상이나 했겠는가.

"이야! 지금까지 내가 본 중에 제일 놀라는 표정이네. 껄껄껄……."

윤검군이 무영의 표정을 보며 웃었다.

"미국이 소중하다고 여기면 백악관에다 보관해야 하지 않나요? 왜 하필이면 나사에요? 일반인도 관람차 자주 개방하는 곳인데요."

무영이 이의를 제기하자 이에 대해서는 아무도 나서서 해명해 주는 이가 없었다.

"우리도 궁금하지만, 그것까지는 모른다네. 아마도 일루미나티가 나사에 모종의 근거를 두고 있지 않나 추측할 따름일세. 이를테면 일루미나티의 본부가 나사일 수도 있다는 거지."

윤검군이 차를 홀짝거리며 중얼거렸다.

"얼마 전에도 워싱턴 나사 내에서 사고로 중국인 연구원이 죽었다는 얘기가 있었소. 비밀을 캐던 중에 발각되어 죽은 거겠지. 사고로 위장해서 말이요."

스님이 말하자 무영이 또 질문을 던졌다.

"그럼, 그들도 나사 본부 내에 그들이 원하는 것이 있다는 것을 알고 있다는 말이네요."

"그렇지요. 우연이라고 보기엔 몇 년 전에도 나사 내의 중국 연구원이 죽은 적이 있는데 그때도 사고사였어요. 퇴근하는 중 교통사고로 죽었는데 사고 난 지점이 평상시에 사고가 거의 없던 지점이었다는 거예요. 건널목이나 교차로도 아닌, 그냥 지나가는 길이요. 그래서 우리는 사고를 위장한 사고사로 보고 있는 거지요."

성진의 말이 끝나자마자 무영의 질문이 이어졌다.

"그럼, 이 같은 정보를 어디서 입수하나요? 각국의 비밀단체를 알아내는 것도 쉽지 않을 텐데요."

"그건 내가 말하지요."

서금화가 나섰다.

"우리는 모두 수호신들이 있어요. 수호신들이 있는 이들이 간혹 있지만 그 수호신과 의사소통이 가능한 사람은 극소수밖에 없습니다. 우리는 그 수호신들과 전생부터 의사소통이 가능한 사람들입니다. 따라서 우리가 인터넷이나 각종 매체로부터 얻은 지식 외에 궁금한 것은 수호신들을 부리면 되는 것입니다. 무영 군도 수호신과 대화가 가능하잖아요?"

"네."

"그 수호신을 통해 시험 볼 때 답을 찍은 적은 없었어요?"

"그런 짓은 하지 않습니다."

무영이 단칼에 부인했다.

"여보시오, 서 선생! 풍헌 최씨를 뭐로 보고 그런 질문을 하는 거요?"

윤검군이 서금화를 타박하자 서금화가 당황했다.

"아…… 미안, 미안합니다. 제가 선생 출신인지라."

"그래요. 그 말은 좀 심했어요."

성진도 서금화를 나무랐다.

“예, 조심할게요. 미안합니다.”

서금화를 바라보며 무영이 웃으며 고개를 끄덕였다. 나이가 가장 어렸음에도 모두가 자신을 같은 서열로 받아들여 준 것 같아 내심 기뻤다. 마음을 가다듬으며 다시 질문을 던졌다.

“수호신들을 부리는 것은 우리만이 아닐 거예요. 일본, 중국, 인도 같은 나라도 도(道)를 닦는 문화이니 수호신들을 부릴 것 아닙니까?”

윤검군이 웃으며 말했다.

“껄껄껄……. 역시 질문이 날카롭군요, 풍헌! 여기 앉아 있는 분이 모두 나까지 다섯이요. 그 구성을 보면 전생에 도를 닦은 것은 똑같소만, 내용이 다 다르구려. 일단 김무영 학생 풍헌 최씨는 세속의 일을 하며 도를 닦아 선인의 경지에 이르렀고 서금화 선생도 역시 풍헌 최씨와 같은 경로로 선인이 되셨소. 이율곡 선생께서는 어려서부터 부모님의 지도 아래 뛰어난 머리를 일찍 깨우쳐 당대의 큰 스승이 되셨고 도(道)의 경지도 함께 이루셨지요. 여기 계신 누구보다도 이름을 세상에 떨친 학자시고요. 성진 스님은 진묵 대사로 당대에 이름이 있었으나 후세에는 거의 알려지지 않았소. 그리고 나, 나는 아시다시피 스님이면서 임진난을 스승님을 도와 공을 좀 세웠던 사명당이요.

김무영 – 최풍헌…… 학생, 15세

서금화 – 정렴, 북창…… 인터넷 강사, 54세

윤검군 – 유정, 사명당…… 사외이사, 64세

이서경 – 율곡 이이…… 정치인, 65세

유정희 – 진묵 대사, 일옥…… 성진 스님, 48세

이 다섯 명 중 나만 전생에, 손에 피를 묻혔소. 그래서 처음에 나를 받아 주었지만, 마지막에 단지에 천지의 기운을 봉할 땐 내 기운을 봉할 수 없어요. 이게…… 왜 그러냐면 천지의 기운을 우리 땅으로 옮기는데 피의 과거가 있으면 나라에 안 좋은 일이 생긴다는 거요. 이 말인즉슨 일본은 칼의 문화요. 그래서 그들 비밀단체의 무리는 대부분 전쟁의 영웅이나 칼잡이들로 이루어져 있어요. 개중에는 고승들도 있긴 하더구먼. 그리고 중국도 마찬가지고요. 이들이 부리는 수호신이라면 피를 좋아하는 그 특성 때문에 그 기운을 감당하지 못하지요. 그래서 이 의원님이 나를 처음에 거부하셨어요."

"하지만 인도는 다르지 않나요?"

무영의 질문은 계속됐다.

"맞아요. 그래서 말인데 우리가 일루미나티의 손에서 다행히 천지의 기운을 빼내 오면 일루미나티의 추적과 더불어 인도를 조심해야 합니다. 그들의 수호신들은 정말 정갈하면서도 강한 기운을 뿜고 있거든요. 거의 모든 나라가 피의 기운을 내뿜고 있는 것과는 정말 달라요."

이서경의 말에 윤검군이 시무룩해졌다.

"마지막에 우리의 기운을 넣을 때는 나는 빠지는 거군요."

"누가 하든 우리 땅으로 그게 오는 게 중요한 거요. 그래야 우리가 천지가 바뀔 때 세계를 이끄는 나라가 될 것이요."

이서경의 말에 윤검군의 얼굴이 금세 밝아졌다.

"그렇지요. 그게 중요하지요."

"그러니까…… 여기 계신 분들과 제가 해야 할 일이 그 천지의 기운을 찾아 우리나라로 옮겨 오는 거군요."

무영이 지금까지의 일을 정리하면서 질문했다.

"그렇지! 그리고 그것에 우리의 기(氣)를 넣어 지켜야 하는 것이고…… 그래야 우리가 진정한 이 세계의 주인이 될 수 있는 자격을 가지는 거외다."

이서경의 말에 무영이 또 질문했다.

"그건 어떤 형태로 생겼나요?"

다시 이서경이 대답했다.

"우리도 못 보았으니, 대답은 할 수 없지만 작은 항아리 같은 것이 아닐까, 생각하오."

잠시 생각하던 무영이 다시 질문했다.

"일루미나티가 뒤에서 세계를 주무르고 있다면 그다지 올바른 집단은 아닌 것 같은데요. 그들의 기(氣)가 그 항아리에 들어갔다면 역시 깨끗한 기(氣)는 아닐 것 같습니다. 그럼에도 그들이 세상을 통치하는 것이 가능한가요?"

서금화가 나섰다.

"그건 그들의 의식을 살펴보면 답을 찾을 수 있습니다. 그들의 목표가 세계 평화가 아니고 세계를 그들의 손으로 좌지우지하는 것에 맞춰져 있으니까요. 소수의 집단이 모든 것을 움직이는 것이죠."

"그게 가능한가요?"

무영이 계속 질문하자 서금화가 고개를 저었다.

"우리가 아는 상식 밖의 일이죠. 상상을 뛰어넘는 음모의 최고 수준이랄까요."

성진이 재빨리 말을 이었다.

"서구가 문명이 발달한 것 같아도 이런 못되고 어리석은 구석이 여전히 남아 있어요. 민중을 현혹하고 길들이려고 하는 거요."

"어차피 그들의 뜻대로 되지 않을 거잖아요."

이서경이 가만히 고개를 끄덕였다.

"그럼, 만약 우리가 그 천지의 기운을 찾아오고 우리의 기운을 불어넣는다면 기를 넣은 사람은 죽게 되는 건가요?"

이서경이 손을 살짝 흔들었다.

"아니요. 그것과는 상관없어요. 하지만 지금의 상황을 보건대 천지의 힘을 넣은 단지에 깨끗한 기운만 들어간 것은 아닌 것 같아요. 그래서 지금, 이 세계가 혼란스러운 것이고 미래를 그들에게 맡길 수 없는 이유이기도 하고……."

"우리야 나만 빠지면 깨끗한 기운만 들어갈 거요. 네 분의 정갈한 기운을 조금씩만 담아도 차고 넘칠 테니까요."

윤검군이 심각한 얼굴로 툴툴거렸다.

무영이 질문했다.

"그 천지의 기운을 넣은 항아리는 나사 어디에 있나요?"

성진이 대답했다.

"여러 건물을 후보지로 놓고 조사를 했지만 나사 본부 내에 있을 거란 확신을 주는 여러 증거가 있었어요. 우리만 이것을 노리는 게 아니었잖아요. 다른 나라에서도 같은 목적을 가지고 접근하다 보니 어떤 식으로든 드러나게 마련이지요. 아랍권 사람들도 보였으니까요."

공양간 보살이 와서 저녁 공양을 알릴 때까지 그들은 토론에 열중했다.

오후 2시부터 시작한 회의는 이미 5시를 훌쩍 넘어가고 있었다.

공양을 한 그들은 다시 모여 앉아 향후의 대책을 논의했다.

이서경이 먼저 말문을 열었다.

"케네디 우주센터나 그 밖의 우주센터는 견학도 하고 우주인 체험도 할 수 있는데 워싱턴에 있는 본부는 기자들도 발표가 있을 때만 통제하에 드나들 수가 있도록 했어요. 행사 때에만 일반인들이 명찰을 달고 들어갈 수 있는데 그 외에 들어갈 수 있는 방법이 거의 없어요. 백여 개의 건물이 있는데 그중에서도 몇 개의 건물은 거기에 근무하는 직원들만 드나들 수 있지요. 우리는 그 몇 개의 건물 중 한 군데에 천지의 기가 봉해진 단지가 있다고 보고 있고요."

윤검군과 스님, 서금화가 덧붙이는 말들을 다투어 쏟아 냈다.

"그래서 중국이나 인도에서는 자국의 연구원들을 포섭해서 그것에 접근하려다 번번이 제거당하는 거지요. 나사 본부 내의 방어 시스템은 자타공인 세계 최고요."

"본부에 근무하는 우리나라 연구원도 몇 명 있지만 그들에게 이런 계획을 알리면 그들도 중국이나 인도의 연구원들과 같은 꼴을 당할 거요. 그래서 우리는 본부에서 근무하는 연구원들을 포섭하는 계획을 포기했어요."

"맞아요. 섣불리 움직였다간 우리가 움직이고 있는 걸 드러내 보이는 것밖에 안 됩니다."

윤검군이 목소리를 높였다.

"우리는, 우리가 직접 가는 것을 목표로 하기 때문에 누구를 포섭하지는 않았소만 십여 년간 노력한 끝에 본부 내의 상세한 설계도와 후보 건물을 손에 넣는 데는 성공했어요. 우리가 한 것은 여기까지이고 이후부터는 진전이 없어서…… 어떤 돌파구가 필요합니다. 지금 세계 정세가 돌아가는 것을 보면 이렇게 마냥 기다리고 있을 수만은 없어요."

서금화가 나섰다.

"예, 이젠 우리도 너무 안전만 따지고 있을 때가 아닙니다. 좀 더 적극적으로 나서야 합니다. 무영 군을 빼고 다들 나이가 있기 때문에 우리에겐 시간이 별로 없어요. 이젠 목숨을 걸고 서둘러야 합니다."

이서경이 찬성했다.

"전적으로 동감이요. 이 나이에 뭘 바라고 더 살기를 원하겠소. 안전보다도 우리가 나사 본부 내로 어떻게 들어가서 어디에 있는지를 알아내야 해요. 그저 설계도가 있는 것만으로는 턱없이 정보가 부족하군요. 알아야 접근하고 가져올 수 있는 방법을 찾을 텐데요. 몇 년 전에 매년 열리는 나사 이벤트에 국회의원 자격으로 한 번 다녀오고 윤 이사님은 견학 신청을 해서 다녀오셨지요. 그게 다요. 그들이 보여 주는 건물에서는 우리가 원하는 정보를 전혀 얻을 수 없었어요."

무영이 질문했다.

"안에 들어가셨을 때 수호신에게 딱 짚어서 어느 건물에 있는지 알아보라고 하시지요?"

이서경이 대답했다.

"그것이 그렇게 쉬운 일이었으면 벌써 알았겠지요. 그게 참 귀신 곡할 노릇이 신들도 모른다는 거예요."

"신들이 모른다면 그곳에 없는 거 아닌가요?"

무영의 의심에 이서경이 고개를 절레절레 저었다.

"그럴 리 없소. 지금까지 수집한 모든 정황이 워싱턴 나사를 가리키고 있고 나사에 있는 것만은 확실해요."

성진도 이서경의 말에 동조했다.

"나사에 있는 것은 분명한데 어느 건물에 있는지를 모를 뿐이지요."

윤검군이 심각한 표정으로 말했다.

"우리가 어떤 식으로든 움직여서 더 많은 정보를 수집하고 어떻게 의심을 안 받고 들어갈 수 있는지를 생각해 봅시다."

"그렇지요. 백 번 바깥에서 보는 것보다는 한 번 안으로 들어가서 둘러보는 게 좋은데…… 몇 개의 후보 건물 내부만 파악하는 데 주력해야 할 거예요."

서금화가 아쉬움을 담아 의견을 말했다. 여기까지가 그들이 한 일이었노라고 말을 한 후, 말 없는 침묵이 길게 흘렀다.

"이 모임에 이름이 있나요?"

침묵을 깨고 무영이 질문했다.

서로 쳐다보다가 성진이 대답했다.

"무영 군까지 불과 다섯 명인데 굳이 이름이 필요할까요?"

무영이 멋쩍게 웃었다.

"아, 예! 그렇군요. 그럼, 학생인 제가 어떻게 도우면 될까요?"

"몸만 학생이지 깨우친 게 어디 학생이요? 지금까지 우리가 한 일은 다 얘기했으니, 앞으로 어떻게 할지를 토론해 봅시다."

이서경이 다른 사람의 말을 재촉했다.

"최근에는 워싱턴에 간 적이 없으니 올 겨울방학 때 무영 군과 함께 누군가가 다녀오는 게 좋지 않을까요? 혹시 압니까? 뭐 좋은 생각이라도 떠오를지…….”

성진이 말했다.

“하긴 최근 몇 년간은 가 본 적도 없군요. 진척 없는 토론만 하고 있었어요. 무영 군도 가 보긴 해야 할 테니 밖에서라도 보아두는 건 좋을 듯합니다.”

서금화가 성진의 말에 동조했다.

“그럼, 어느 분이 좋을까요? 시간이 많은 분이 동행해서 느긋하게 돌아보고 오면 될 텐데요.”

성진이 세 사람을 돌아보며 말하자 이서경이 나섰다.

“새해에 워싱턴에서 세계 평화를 위한 포럼이 열리는데 내가 국회에 신청해서 다녀오지요. 무영 군을 외손자로 올려서 동행하고요. 비용은 내가 부담할게요.”

“비서가 따라가지 않습니까?”

윤검군이 물었다.

“한 명 정도 따라가지만, 포럼이 매일 열리는 것도 아니고 단 하루뿐이니 4박 5일 일정으로 잡으면 될 거요.”

이서경은 워싱턴에서 열리는 정치 행사가 있으면 미리 알려 줄 것을 비서에게 부탁해 놓았었다. 그래서 일정 중에서 워싱턴의 정치적 행사나 정치인이 참석할 수 있는 일반 행사를 비서에게 건네받은 일정표를 기억해 두었다가 이번 기회에 그중의 한 행사에 참석하는 것으로 정했다.

“설 명절 전이고 겨울이라 따뜻한 쪽으로 가는 의원은 있어도 눈이 잔뜩 쌓인 곳으로 가는 의원은 별로 없어서 동행하는 의원도 두세 명밖에 안 될 거요. 그러니 둘러보고 오기 좋은 기회요."

자신의 의사도 묻지 않고 이야기가 멀리까지 가고 있던 것을 듣고만 있던 무영이 이의를 제기했다.

"저기요. 저 제 의견을 좀 물어보고 말씀해 주세요. 제 생각엔 지금 가서 봐도 당장 뭐가 달라질 것도 없으니 서두를 것 없다고 생각되는데요."

"아니요. 서둘러야 합니다. 정말이지 지난 몇십 년간 방법을 찾지 못해 매우 답답해하던 참이었어요. 우리에게 이 말을 전해 주신 분들, 우리 앞에 이미 유명을 달리하신 선인들도 계시거든요. 나도 칠십 줄을 바라보고 있으니 서둘러야 합니다."

이서경이 목에 힘주어 말하자 윤검군도 찬성의 뜻을 나타냈다.

"그리고 지금 세계 정세가 급하게 돌아가고 있어요. 시간이 얼마 남지 않았음을 알 수가 있는데 우리가 죽기 전에 천지의 기운이 우리 땅으로 오는 것을 보고 죽었으면 좋겠어요."

"무영 군은 한 번도 가 보지 않았을 것이니 가서 둘러보다 보면 혹시 어떤 방법이 생각날 수도 있으니까요. 사람 머리가 다 똑같지는 않으니까……. 누가 알아요? 혹시 뭐라도 얻어걸릴지?"

서금화가 대수롭지 않게 바람이라도 쏘이고 오라는 듯이 말했다.

"그럽시다. 무영 군! 부모님께는 친구들과 여행 간다고 하세요."

무영은 어쩌다 보니 그들 속에 깊이 들어와 있음을 깨달았다.

결국 무영은 그들의 의견에 떠밀려 여권을 만들고 겨울방학을 기다리게 되었다.

계획의 시작

워싱턴의 겨울 날씨는 서울과 비슷하게 추웠고 새해를 맞이한 지 열흘 정도 지나서인지 거리는 차분했다. 언제 내렸는지 시선을 돌리는 곳마다 하얀 눈이 덮여 있어 세상이 온통 하얬다.

일행은 야당 국회의원 3명과 보좌관 5명에 무영이와 또 다른 의원이 데려온 고등학생 손자까지 총 10명이었다. 무영이 대학교 2학년이었지만 이제 16살이었고, 다른 의원의 손주 하명훈은 고등학교 1학년이라 동갑이어서 틈만 나면 무영의 옆으로 왔다. 무영이 대학생인 것을 신기해하며 무영의 지식을 시험하다 놀라기도 했다.

국회 의사당과 가까운 곳에 비서들이 잡아 놓은 중간급 호텔의 스위트룸 3개를 잡아 여장을 풀었다. 3명의 의원이 하나씩 스위트룸을 차지했는데 3개의 방과 화장실 2개가 딸린 것이어서 넉넉하게 쉴 수 있었다.

이서경의 의견에 따라 내일의 포럼을 준비하기 위해 저녁을 먹고 한 방에 모여 준비했다. 두 의원은 내일 일정 외에는 따로 시간을 보내다가 출국하는 날, 공항에서 만나기로 했다. 그 사이 할아버지를 따라온 하명훈이 무영에게 와서 놀다 갔다.

다음 날, 의원들 셋과 보좌관 네 명은 의사당으로 가고 느지막이 김무영과 하명훈, 두 명의 학생을 데리고 한 명의 보좌관과 안내원이 국회 의사당 투어를 함께했다.

다음 날부터 이틀간은 각자 움직이기로 했는데 두 의원은 자유의 여신상을 더 늙기 전에 올라가 보겠다고 보좌관들과 아침에 떠났다.

천방지축 휘젓고 다니던 하명훈이 가 버리자 이서경과 이경수, 김무영이 남아 고요한 분위기가 되었다. 호텔에서 아침을 먹고 세 사람은 천천히 걸어서 예약해 둔 국회 의사당 투어를 다시 했다.

다음 날 아침, 창문을 열자 찬 바람이 몰려 들어왔다. 창문을 닫고 CNN 뉴스를 트니 워싱턴의 날씨는 오후부터 바람도 잦아들고 기온도 영상으로 올라간다고 나오고 있었다. 점심을 먹고 산책 겸해서 나사 근처를 돌기로 했다. 이서경을 돕고 있는 3명의 비서, 보좌관 중 이번에 따라온 이경수 보좌관은 특공무술을 익힌 데다 태권도 4단의 유단자여서 만약을 대비해 일부러 동행하도록 했다. 이경수 보좌관은 산책하러 나가는 줄 알고 아무 생각 없이 따라나섰다.

거리로 나서자 바람이 거의 불지 않는 데다 한낮의 태양에 추위가 조금은 누그러져 있었다. 나사는 예전에 대학이었던 곳을 개조해서 여러 번의 개축, 증축을 거쳐 오늘날에 이르렀다.

꽤 긴 거리를 지나 커다란 도로를 가로지르니 'NASA Federal Credit Union' 푯말이 붙은 문이 눈앞에 나타났다. 문 앞에 총기를 든 무장 경비원들이 지키고 있어 안으로 들어가려는 엄두도 못 내고 곁눈질로 힐끗 안을 들여다보았다. 백여 개의 건물이 산재해 있고 부지도 넓어 하나의 도시 같아 보이는 안에서 수천 명의 고급 인력들이 일하고 있을 것이다.

어느 건물인지도 모르지만, 알아도 들어가기가 만만찮은 곳임을 한 눈에도 알 수 있었다. 파카에 손을 집어넣고 천천히 담장을 따라 걷다가 담장의 끝자락에 있는 건물의 1층 카페에 들어갔다. 걸어올 때 거리에 사람이 거의 없었는데 카페 안에는 사람이 북적거렸다. 겨우 빈 자리를 발견하고 커피와 무영이의 따뜻한 우유를 주문했다.

"저기 창가에 앉은 사람들이 번갈아 가며 우리를 돌아보는데요, 의원님!"

이경수 보좌관이 탁자에 얹은 손으로 창가 쪽을 가리켰다. 거기에는 터번을 쓴 남자 한 명과 양복을 입은 남자 세 명이 코트를 의자에 걸쳐 놓은 채 이쪽을 힐끗거리며 보고 있었다. 특히 터번을 쓴 남자는 눈을 떼지 않고 쳐다보고 있었는데 네 사람이 한결같이 시커먼 수염을 기르고 있는 데다 깊은 눈에 가무잡잡한 피부여서 강인한 인상을 풍기고 있었다.

"그러게. 저들이 왜 우리를 쳐다보고 있을까?"

이서경이 그들을 한 번씩 찬찬히 바라본 후 고개를 돌리며 아무렇지 않은 듯 말했다. 그러나 이서경도 김무영도 단박에 그 이유를 알 수 있었다.

그들 중 체구가 가장 작고 터번을 쓴 남자의 머리에서 희미한 광채가 나고 있었다. 일반 사람들 눈에는 절대 보이지 않는 이 광채는 수도를 통해서 깨달음의 경지에 도달해야 나올 수 있는 빛이었다.

"무영 군도 저들을 한 번 봐 둘 필요가 있을 것 같아요. 한 명은 터번을 쓰고 세 명은 양복을 입었구먼."

그들을 등지고 있는 무영이에게 틈을 보아 자연스럽게 넌지시 돌아보라고 말했다.

무영은 이미 들어오면서 그들을 보았다. 그들 중 한 명이 특별한 능력자라는 것도 이미 알아차렸고 무영의 일행이 자리를 잡고 앉을 때까지 줄곧 그들의 시선이 따라오고 있음을 느끼고 있었다. 무영의 신들은 저들이 적의는 없다고 말하고 있는 터라 관심은 가지만 경계하지는 않았다.

이서경의 말대로 우유를 홀짝거리다가 무영이 일어나 카운터로 가서 휴지를 얻어오며 그들을 보았다. 이서경이 그들을 보라고 한 이유와 신들이 적의가 없다고 한 이유를 한눈에 알 수 있었다.

터번을 쓴 남자의 머리에 개안된 이의 빛이 희미하게 빛나고 있었다. 비쩍 마른 몸에 광대뼈가 나와 있고 움푹 팬 두 눈에서는 예사롭지 않은 안광이 빛났다. 그 남자도 이서경이나 무영의 빛을 봤을 것이고 동료들에게 말해서 그들이 이쪽을 보고 있었을 것이다.

이서경이 선인(仙人)인 사실을 이경수 보좌관은 모르고 있었다. 간혹 사무실이나 차량으로 이동 중 가부좌를 틀고 눈감고 앉아 미동도 않는 것을 보아왔지만 성진의 영향일 거라고 막연히 생각하고 있었다.

“정말 신경 쓰이게 쳐다보는군요.”

이경수 보좌관이 인상을 찌푸리며 커피를 들이켰다.

이서경이 껄껄 웃었다.

“우리가 한국인인지 중국인인지 일본인인지를 놓고 자기네들끼리 옥신각신하는 걸 거야. 신경 쓰지 마시게.”

“중동 국가 사람들이겠지요?”

"생김새로 보면 그렇게 보이는데…… 모르지. 확인해 보기 전에는…… 아마 인도 사람들 같구먼."

이경수의 질문에 답변해 주면서 이서경이 진지한 표정으로 무영을 쳐다봤다.

"저 사람, 신을 부리는 단계까지는 안되었어요."

무영의 말에 이서경이 고개를 끄덕였다.

"응, 하지만 우리를 주시하고 있으니, 마음이 쓰이는군요."

회색 구름이 낮게 드리워져 가고 있었다. 저녁부터 눈이 올 것이라고 CNN 뉴스에서 예보했기 때문에 외투에 손을 찔러 넣은 채 담장을 끼고 천천히 걸어서 다시 호텔로 돌아왔다.

다음 날은 이경수 보좌관이 무영과 함께 주변의 박물관을 관광하러 다니고 이서경은 호텔에 머물렀다. 룸서비스로 저녁을 시켜 먹으며 박물관에서 보았던 것을 이서경에게 전하며 CNN 뉴스를 보고 있었다.

"의원님! 저 사람들 어제 카페에서 본 사람들 아닌가요?"

이경수 보좌관이 TV를 가리키며 다급하게 말했다. TV에서는 어제 본 수염 난 남자들 세 명의 얼굴이 비치고 있었는데 그들은 나사 안을 허가 없이 돌아다니다가 경비원에게 발각되었고 경비원에게 총질을 해 대며 도주하였다. 그중 한 명은 잡혔고 도망친 두 명을 쫓고 있다는 것이다.

"꼭 중동 국가 사람들처럼 행동하는구먼. 허허허……."

이서경이 무영을 돌아보며 말하자 무영도 고개를 끄덕였다.

"예?…… 그럼, 어느 나라 사람들일까요? 어제 인도 사람 같다고 하셨는데요."

이경수 보좌관이 이서경에게 물었다.

"그게…… 무영 군! 자네 생각은 어떤가?"

"말씀하신 것처럼 인도 쪽이 아닐까, 생각되네요."

"그렇지. 나도 그렇게 생각해. 그렇더래도 무모하게 저러는 건 아닌 것 같구먼."

"네, 하지만 오죽했으면 저런 방법을 썼을까 싶네요. 저런 방법을 쓰기 전에 이런저런 방법을 다 써 봤을걸요."

"아마 그럴 것이야. 그런데 터번 쓴 인물은 안 보이는 것을 보니 같이 가지 않은 모양이지."

"수도를 했던 사람 같던데 저런 물리적인 행동을 하기엔 부적합하지요."

"그럼, 우리도 부적합한 인물들인가요?"

"그럴 수도 있지요."

잠시 두 사람은 말없이 침묵하며 TV만 봤다. 뉴스는 이미 다른 사건으로 옮겨가 있었고 이경수 보좌관은 두 사람의 이야기를 이해하지 못해 눈만 껌벅이고 있었다.

다음 날 아침은 눈이 소복이 쌓여 한 걸음 내디딜 때마다 발목까지 눈이 찼다. 워싱턴 기념탑과 홀로코스트 기념탑에서 사진만 찍고 다시 나사의 긴 담장을 걸었다.

"나사에서 일하는 한국인이 있을 텐데 그들의 도움을 받으면 안 될까요?"

무영의 질문에 이서경이 대답했다.

"그러면 향후 그들에게 위험이 닥치거나 피해가 갈 수도 있을 거요. 어디에 있는지 확실하지도 않은 상태에서 동포에게 피해를 줄 수는 없어요."

"그렇군요. 어디에 있는지라도 알아야 뭘 건드려라도 볼 텐데……."

무영이 뒤를 돌아보았다. 이경수가 서너 발짝 뒤에서 따라오고 있었기 때문에 대화가 들릴지 가늠하기 위해서였다.

"눈치 보지 않아도 돼. 우리 대화를 알아듣지도 못할 테니."

"그래도…… 지고청! 우리 대화를 이경수 보좌관님이 못 듣게 해."

"지고청?"

"제 수호신들 중 하나의 이름이에요."

"그렇게까지 하지 않아도 바람이 불어서 들리지도 않을 거야."

"신을 통해서 알아보는 건 어떨까요? 혹시 그 방법도 시도해 보셨나요?"

"신을 통해서? 신들은 나와 내 주변과 사람들 얘기나 들려주지. 나와 상관없는 것까지 알려 주진 않던데. 전에 성진 스님이 나사 참관을 신청해서 들어갔을 때 시도해 봤었는데 실패했었거든요. 그 이후에 다시 시도해 본 적은 없어서 모르겠소."

"아! 그럼. 지금 여기서 한 번 시도해 보는 건 어떨까요?"

"역시…… 젊어서 생각도 튀는구먼. 좋아. 무영 군이 한번 해 봐요."

"예! 음…… 무심, 활동청, 소청, 나사 내에 천지의 기운이 봉해져 있는 단지가 있을 거야. 그것이 어디에 있는지 알아봐 줘."

신들이 무영의 곁을 떠나는 걸 보고 이서경이 물었다.

"신들을 이렇게도 부리는구려. 난 그런 생각을 해 본 적이 없었네."

"알아 올지 말지 와봐야 아니까 아직 단정 짓진 마세요. 그냥 빈손으로 돌아올 수도 있어요."

"우린 지금까지 수십 년간 한다고 했는데도 빈손이었어요. 그러니 빈손이라도 괜찮아. 이곳에 있는 것이 확인되고 위치나 다른 정보까지 알 수 있다면 금상첨화겠지만."

세 명의 신들은 두 사람의 대화 몇 마디 만에 다시 돌아왔다.

"어때?"

무영의 질문에 소청이 말했다.

'문에서 중앙으로 1킬로미터 정도 들어가서 오른쪽 건물 세 개 중 마지막 건물 지하에 있어요.'

'항아리는 요렇게 생겼어요.'

활동청이 두 손을 구부려 동그란 모양을 만들었다.

'뚜껑도 큰데 이렇게 각이 져 있어요.'

활동청이 뚜껑의 모양을 만드느라 손가락을 꺾어서 각진 모양을 만들었다.

무영이 이서경을 보며 미소를 지었다.

"역시 있다는군요."

"그렇지? 있지?"

이서경이 환한 표정으로 무영의 신들을 보았다.

'그것은 지하에 있고 몇 겹의 자물쇠와 안전장치가 되어 있어요.'

무심이 말하자 무영이 찬바람을 피하려고 손으로 얼굴을 가리며 말했다. 그러자 재빨리 신들이 찬 바람을 막아 주었다.

"예, 위치도 알았고 어떤 모양의 항아리인지도 알았어요. 이제 한국에 돌아가서 지도에서 정확한 위치를 표시하고 어떻게 접근할 것인지 계획을 세워야겠어요."

"대단해. 대단한 수확이야. 날도 추운데 어서 갑시다."

그들은 바로 호텔로 돌아왔다. 바람까지 불어 날씨가 매서워졌기 때문이다.

뉴스에서는 나사에서 도망쳤던 두 명의 괴한이 검거되었다는 소식을 전하고 있었다. 그들의 국적은 인도이고 나사를 침입한 이유에 대해서 추궁하고 있다는 내용이었다.

다음 날, 일찌감치 공항에 도착해서 관광을 갔던 두 의원 일행과 합류했다. 기내에 올라 자리표를 확인하고 착석하고 이륙을 기다리는데 안내 방송이 나왔다.

"잠시 연방 수사관의 기내 검사가 있겠고 수사관이 내리는 즉시 이륙할 예정입니다. 승객 여러분께 양해 부탁드립니다."

"연방 수사관이라고? 게네들이 왜 와."

기내가 술렁거렸다. 잠시 후 검은 점퍼 차림의 건장한 남자 다섯 명이 기내에 들어와 한 사람씩 차근차근 살피기 시작했다. 그리고 이서경 일행을 지나더니 뒷자리에서 누군가를 끌고 나왔다.

사람들의 눈이 일제히 끌려 나오는 남자에게로 쏠렸다. 이서경 일행은 그 남자를 알아볼 수 있었다. 터번만 안 썼을 뿐 머리에 생전 처음 썼을 법한 털로 된 방한모를 눌러쓰고 검은색 파카를 입은 검은 수염의 마른 남자였다. 나사 끝 쪽에 자리 잡은 카페에서 눈이 마주친 가장 체구가 작은 남자였고 머리 쪽에 희미한 빛이 감돌고 있어서 그가 수도승이고 꽤나 높은 경지에 도달해 있음을 그의 수호신들이 말해 주고 있었다. 수호신들은 세 명이나 되었고 크기도 작았지만 그래도 신들 아닌가!

'무력 앞에서 수호신은 무용지물인가?'

무영의 생각에 지고청이 속삭였다.

'그건 상황에 따라서 다르고 신들의 힘이 얼마나 강한지에 따라 달라요.'

무영이 다시 마음으로 물었다.

'그럼, 이 상황이라면 너희는 나를 구할 수 있겠니?'

'그럼요.'

'위안이 되는구나.'

좁은 통로로 끌려오는 남자의 양쪽 겨드랑이에 연방 수사관의 팔이 끼워진 채 제압된 남자는 절망적인 표정을 짓고 있었다. 절망적인 수도승의 표정만큼 수호신들도 어쩔 줄 몰라 하고 있었다. 수호신들은 연방 수사관들의 몸속을 들락날락하기도 하고 눈을 가리기도 하면서 안간힘을 쓰고 있었지만, 어찌 된 일인지 연방 수사관들은 별로 영향을 받지 않는 것 같았다.

고개를 든 남자와 뒤돌아본 이서경의 눈이 마주쳤다. 이서경이 앉은 자리 두 걸음 뒤에서 걸음을 멈춘 남자가 연방 수사관에게 뭔가를 말하고 있었다.

연방 수사관이 콧방귀를 뀌며 다시 남자를 다그치며 끌려고 하자 남자가 이리저리 몸을 흔들며 저항했다. 두 명의 수사관이 고함을 지르고 인상을 쓰며 남자를 잡아끌자, 남자가 두 다리를 질질 끌며 끌려갔다. 이서경 옆을 지날 때 다시 한번 이서경과 눈이 마주쳤고 남자가 지나간 후에 이서경은 손가락 크기의 작은 통 하나가 자신의 팔에 걸쳐져 있는 걸 발견했다. 이서경은 작은 통을 만지작거리다 재빨리 주머니에 넣었다. 옆에서 무영이 그 모습을 지켜보고 있었다.

이서경이 나지막이 말했다.

"이번 여행은 확실하게 소득이 있었어요. 온 보람이 있군요."

"그러네요."

"무영 군, 자네가 행운을 가져다주는 것 같아요. 아마 우리 일이 잘된다면 무영 군이 그 중심에 있을 것 같으이."

"별말씀을요."

"공부하는 시간이 많은가, 수도하는 시간이 많은가? 내가 보기엔 공부보단 수도에 매진하는 것처럼 보이는구먼."

"책은 한 번 보면 다 아니까 수업만 듣고 따로 공부는 안 합니다. 그 외의 시간은 거의 수도에 전념하는 중이죠."

"전생도 보이는가?"

"아뇨."

"안 보는 것인가, 보이지 않는 것인가?"

"안 봅니다."

"보이는데 안 본다?…… 난 신들을 부리는 게 아니라 신들이 나를 지켜 주는 정도일세. 그건 서 선생도 마찬가지고 성진 스님은 조금씩 부리는 것도 같고, 자네는 확실히 부리고 있고…… 이제 우리 일이 풀릴 때가 된 것 같구먼. 자네 생각은 어떤가?"

"그렇게 되도록 해야죠."

"미래도 보이는가?"

"예!"

"아!…… 그렇군. 수호신을 통하지 않고도 볼 수가 있군. 벌써 그렇게까지 진행됐군. 전생의 도력을 다 회복한 것인가요?"

"아직 거기까지는 아닙니다."

비행기는 어느덧 인천 공항에 도착했다.

각 의원의 비서들이 마중 나와서 승용차를 미리 대기시켜 놓고 있었다. 이경수가 앞자리에 타고 뒷자리에 이서경과 무영이 자리 잡았다. 승용차가 출발하자 이서경은 주머니에서 작은 통을 꺼냈다. 앞좌석의 주의를 끌지 않기 위해 실내등도 켜지 않았다. 무영이 이서경 쪽으로 몸을 조금 기울여 조그만 원통에 집중했다.

원통은 평범하다 못해 버려도 아무도 주워가지 않을 정도로 작고 보잘것없었다. 뚜껑을 열자, 새끼손가락 하나가 겨우 들어갈 정도의 통 속에 돌돌 말린 종이가 있었다. 이서경이 새끼손가락을 넣어 간신히 종이를 꺼냈다. 종이는 매우 얇았고 여러 번 접혀서 돌돌 말린 상태로 넣어졌기 때문에 말린 것을 펴고 접힌 것을 조심스럽게 펼치자 제법 큰 사이즈가 되었다.

무영이 고개를 쑥 빼고 펼쳐진 종이를 들여다봤다.

"이건……."

이서경이 종이에서 눈을 떼지 못하고 들여다보았다. 나사(NASA) 정문 입구와 담장 주변의 간략한 표기에서 백여 개의 건물 배치가 한눈에 볼 수 있도록 그려져 있었다.

"이건 나사 내부 지도군요. 그들이 목표한 건물은 요 별표가 된 지점이고요."

"그렇군요. 그자들도 역시 우리와 같은 생각으로 워싱턴에 온 거였어요."

무영이 작은 소리로 말하자 이서경 역시 무영이에게만 겨우 들릴 수 있는 작은 소리로 대답했다.

"왜 이런 것을 주었는지 모르겠지만 우리에게도 유용한 정보네요. 위치까지 딱 찍어서 표시해 놨으니, 그들이 과감하게 돌진할 만도 한데요."

무영이 말한 대로 중앙에서 동북쪽의 작은 건물에 별표가 되어 있어서 그곳이 목표 지점인 것을 표시하고 있었다. 무영이 자신의 수호신들에게 물어보니 지도에 표시된 게 맞는다고 하였다.

"응! 그래도 성공률이 낮은 건 피해야지. 이게 우리 손에 들어온 게 나사 레이더망에 걸리지 않았으면 좋겠구려. 회의를 소집해야겠소. 이 지도를 보면 이분들이 얼마나 좋아하실까요?"

무영이 휴대폰을 꺼내 지도를 찍었다. 전체가 다 나오는 걸로 풀샷, 부분 클로즈업 샷으로 여러 장을 찍어 저장시켰다.

"의원님과 세 분께 보내 드릴게요."

"정말 젊은이가 움직이는 건 못 따라가겠군. 난 만나서 이야기하려고 했었는데."

이서경은 스님, 윤검군, 서금화를 떠올리며 미국에서의 성과를 알려 줄 생각에 설레서 장거리 여행의 피로도 느끼지 못하고 있었다.

무영이 편하게 집으로 갈 수 있도록 전철 앞에서 내려 주고 바로 의원 사무실로 직행한 이서경은 비서관과 보좌관을 모두 퇴근시키고 혼자 남았다. CCTV를 끈 다음, 미리 윤검군과 서금화, 스님에게 전화를 해 놓고 이서경은 사무실에서 지도를 다섯 부 복사했다. 그리고 원본은 다시 접고 접어 돌돌 말아서 작은 원통에 넣어 책상 서랍에 넣었다.

다섯 부의 지도를 잘 접어서 가방에 챙겨 넣고 이서경은 사무실을 나왔다. 윤검군에게 미리 전화를 해서 세 정거장이 지난 지하철역으로 나오라고 해 놓았다. 지하철을 타고 세 정거장을 가서 내리자, 지하철 출입구 도로변에 세워 둔 윤검군의 승용차를 발견했다. 차에는 서금화도 함께 있어서 세 명이 곧바로 성진의 절로 갔다.

차를 타고 가며 서금화가 미국 여행에 대해 물었지만, 이서경은 싱글벙글 웃으며 대답하지 않았다.

"좀 참았다가 스님이랑 같이 듣도록 하시지요. 서 선생!"

두 사람의 궁금증을 자극하면서 절에 도착하자 이서경은 공양간부터 찾았다. 이미 저녁 8시가 넘었고 하루 종일 먹은 게 기내식밖에 없어서 배고팠던 탓이다.

"오늘 도착하셨으니 장거리 여행에 피곤하실 텐데 웬만하면 내일 오셔도 될 것을요."

방에 모여 앉자, 성진이 말했다.

"그러게요. 식사도 못 하셨을 만큼 바쁘셨나 봐요."

서금화의 말을 귓등으로 들으며 이서경이 성진을 보며 말했다.

"전에 우리가 확보한 지도 있었지요. 그것 좀 봅시다."

"아, 그거 아까 무영 군에게 지도를 받았는데 그 내용인가요?"

윤검군이 묻자 이서경이 가방을 열고 지도 한 장을 꺼냈다.

"그래요. 아까 무영 군이 문자로 보내 드렸을 거예요. 이번에 입수한 지도가 있는데 우리 지도랑 비교해 보려고요."

"예? 그게 이번에 입수한 거예요?"

이서경이 워싱턴에 다녀온 과정과 오는 길에 비행기 안에서 생겼던 일까지 얘기하며 지도를 펼쳐 놓았다. 윤검군, 성진, 서금화가 돌아가며 지도를 유심히 살펴보고 또 보았다.

"그런 일이 있었군요. 그럼, 이로써 우리 말고도 이 천지의 기운을 노리는 사람들이 있다는 게 사실로 밝혀진 거예요."

서금화가 감탄하며 지도를 열심히 들여다보았다.

성진이 일어나서 한쪽 벽 반을 차지하고 있는 가구를 밀었다. 작은 문이 나타나고 그곳으로 잠시 사라졌다 다시 나온 성진의 손에 종이가 한 장 들려 있었다. 가구를 원상태로 밀어 놓으며 성진이 종이를 내려놓았다.

"자! 비교해 보시지요."

두 개의 지도를 놓고 네 명의 눈동자가 열심히 이 지도 저 지도를 훑었다.

서금화가 말했다.

"우리 지도를 볼 때 뭔 건물이 이렇게 많을까 생각했는데 정말 많네요."

"백 개가 넘는다잖아요. 그냥 열어 주고 들어가서 찾으라고 해도 못 찾을 그런 구조요. 지도는 똑같아요. 그런데."

이서경이 말하면서 복사해 온 지도의 별표를 가리켰다.

"이곳이 그 천지의 기가 봉해진 단지가 있는 건물이요. 나사 바깥쪽을 거닐다가 무영 군의 신들이 천지의 기운 단지 위치를 말한 곳과 일치하고요."

“신들이 위치까지 알려 줬다고요?”

윤검군이 되물었다.

“무영 군이 신들을 부릴 줄 아니까 그리한 것이요. 천지의 기운 단지 모양까지 알려 줬어요.”

“세상에……!!!”

서금화가 탄성을 질렀다.

“우리가 이십 년 동안 그렇게 알아보고 또 알아보았는데도 못 했던 걸 무영 군은 너무 간단하게 알아내더군요. 정말 깜짝 놀랐어요.”

이서경이 새삼스럽게 무영의 능력을 높게 평가하며 칭찬하였다.

성진이 새로운 지도를 유심히 보며 말했다.

“별표 된 쪽이면 굉장히 안쪽으로 들어가 있는데요.”

“나사 정문에서 2킬로미터 들어가서 동쪽 세 번째 건물 지하에 있는데 잠금장치가 되어 있고 지하에 내려갈 수 없도록 폐쇄되어 있답니다. 감시 카메라도 많이 달려 있고요.”

“그렇겠지요. 우리라도 그렇게 할 거예요.”

윤검군이 열띤 음성으로 공감했다.

“그러게요. 이건 기대 이상의 성과입니다. 어느 건물에 있는지 확실하게 몰랐던 것을 이제 알게 됐으니 앞으로가 정말 중요하겠군요. 게다가 단지 모양까지도요.”

성진의 말에 서금화가 의문을 제기했다.

“절체절명의 순간에 그 사람이 왜 의원님에게 그 통을 줬을까요? 나사의 비밀을 알고 있을 거란 생각을 했던 걸까요? 아니면 단순히 지도를 빼앗기지 않으려고 순간적으로 이 의원님에게 던져 버리고 간 걸까요?"

서금화의 물음에 이서경이 대답했다.

"도를 닦은 사람임은 틀림없고 우리가 그를 알아본 것처럼 그도 우리를 알아본 것이 아닐까, 싶소만…… 한 번 스치듯 지나쳤지만 그래도 구면이라면 구면이니까요. 그것보다 아마 지도를 빼앗기지 않으려고 내게 던져 주고 간 것이 아닐까요?"

"지도는 과거에 나사에 침입한 사람들에게서도 발견되었을 겁니다. 보물 지도처럼 다루어야 할 필요가 없지요. 그리고 별표의 의미를 알고 있는 사람은 지구상에 몇 사람밖에 없을걸요?"

서금화가 단정 지어 말했다.

"그렇더라도 비행기 안에 CCTV가 설치되어 있다면 되돌려 봤을 거요. 그럼, 저 작은 통이 이 의원님에게 던져진 걸 발견하겠지요."

"다 복사해 뒀으니 그 통에 지도를 그대로 넣어뒀다가 혹시 수상한 자가 물어보거든 그냥 돌려줘 버려요. 알지도 못하고 필요한 물건 같지도 않다고…… 하면서."

윤검군의 얘기에 이서경이 말했다.

"이미 그렇게 해서 여기 이 지도가 있잖소. 여러분들도 한 부씩 가지고 계시고 머릿속에 지도를 입력시켜 놓으세요. 휴대폰의 지도도 가끔씩 보시면서 좋은 의견이 있으시면 말씀해 주시고요."

이서경이 가방에서 지도를 더 꺼내 한 부씩 나누어 주었다.

"이 지도는 이제 필요 없겠는데요."

성진이 지금까지 가지고 있던 지도를 툭툭 쳤다.

"정말, 그 지도를 오랫동안 보며 의논하곤 했는데 이제 새로운 지도 때문에 버림을 받겠군요."

서금화의 말대로 지도를 보며 수차례 의논하고 토론을 했었다.

성진이 말했다.

"그나저나 이곳을 어떻게 들어가지요?"

아무도 말을 하지 못했다. 지난 수년간 다른 나라에서 실패한 소식이 들려올 때마다 섣부른 움직임은 오히려 한미간의 동맹 관계에도 악재가 될 수 있기에 최대한 표 안 나게 자료 수집만 했었다. 계획을 무수히 세웠다가 섣불리 행동으로 옮기지 못한 이유이기도 했다. 더구나 이서경은 국회의원 신분이다 보니 더욱더 조심스럽게 행동해야 했다.

"너무 눈치만 보다가 아무것도 못 하는 것보다 어찌 됐든 우린 누구의 도움을 받아서라도 일을 벌여야 합니다. 그동안 교민이나 나사 내의 한국인 직원 활용하는 것을 배제했었지만 그들을 활용하는 것도 계획 안에 넣어야 합니다. 마냥 이렇게 소극적으로 지켜볼 수만은 없어요."

서금화가 강경한 어조로 말하자 이서경이 자세를 고쳐 앉으며 말했다.

"동감이요. 이젠 행동으로 나설 때인데 섣부른 행동은 지금까지 선례를 보듯 실패할 확률이 높아요. 실패하면 우리는 제거되고 세상에는 알려지지 않겠지요. 우리 정부에는 알리지도 않은 채 괜한 트집을 잡겠지요. 우리는 지금부터 행동해야 하지만 신중해야 하오. 우리가 죽는 것보다 우리나라 전체에 끼칠 영향 때문이요. 아시겠소?"

이서경의 말에 아무도 이의를 다는 사람이 없었다.

성진이 말했다.

"예! 의원님 그건 다 아는 얘기고요. 그런 걸 피해서 우리가 앞으로 어떻게 해야 하냐는 겁니다. 지금까진 피해가 갈 것에 대비해서 동포는 끌어들이지 않는 것을 원칙으로 했었는데요. 정말 교포를 끌어들일 생각인가요?"

이서경이 대답을 못 하고 생각에 잠겨 있자 윤검군이 말했다.

"내가 아예 나사 근처에 가서 살까요? 우리 중에 시간이 제일 많은 사람인데 가서 나사에 근무하는 다른 나라 사람이라도 사귈 수 있으면 사귀고 그 사람에게 나사 내부 구경시켜 달라고 하면 구경시켜 줄 거고…… 아이고, 그냥 말 나오는 대로 했는데 정말 괜찮은 방법 같은데요. 교포와 상관없이 나사에 근무하는 사람을 사귀면 되는 거잖아요. 미국 사람이면 더욱더 좋은 거고요."

"그것도 좋은 방법이에요."

"시간이 걸리겠지만 꽤 괜찮은 생각이에요."

서금화와 성진이 윤검군을 칭찬하며 이서경을 쳐다보았다. 동의를 구하는 눈길에 이서경이 대답했다.

"윤 이사 생각대로 하십시오. 하지만 어느 정도 진척이 되었을 때는 혼자 행동하지 마시고 우리 중 두 명 이상은 같이 행동하셔야 하오. 무영 군을 포함해서요."

"무영 군을 포함해서 둘…… 무영 군이 반드시 같이 있어야 하나요?"

"무영 군의 도력이 무섭게 높아지고 있어요. 이미 앞날을 보고 있으니까요."

이서경의 말에 서금화가 조금 놀란 듯이 물었다.

"신을 통하지 않고요? 본인이 그러던가요?"

"예! 아직 전생의 도력까지는 아니어도 꽤 근접해 있는 것 같더군요."

서금화와 윤검군이 적잖이 놀라는 모양이었다.

윤검군이 시무룩한 표정으로 혼잣말처럼 말했다.

"알았어요. 그럼 저는 빠른 시일 내에 워싱턴에 집과 일자리를 알아봐야겠네요. 늙은이를 써줄 데가 있으려나?"

"생활비를 제가 좀 보내 드릴까요?"

서금화의 말에 윤검군이 웃었다.

"서 선생이 나를 제일 생각해 주시는 것 같군요. 하지만 내가 가지고 있는 돈만으로도 충분해요. 말씀만으로도 고마워요, 서 선생!"

사는 곳이 목동과 화곡동으로 지리적으로 가까워서 자주 만났었던 서금화와 윤검군은 남들이 오해할 만큼 친분이 두터웠다.

"돈 때문이 아니라 아무것도 안 하고 매일 얼쩡거리고 돌아다니기만 한다면 이상하게 볼 거요. 뭐라도 일은 하시는 게 좋겠어요. 하루단 한 시간만이라도요."

이서경이 윤검군의 말에 힘을 실어줬다.

"윤 이사님의 계획은 그렇고 우리는 어떡할까요? 우리도 뭔가 해야 할 텐데요."

서금화가 두 손을 모아쥐며 말했다.

"우리도 좀 더 적극적인 방법을 모색해 봐야 하지 않겠어요? 일단 올해 안에 어떻게든 한 번이라도 관광이 됐든, 견학이 됐든 들어가 살펴보는 것이 좋을 거예요. 그런 다음 다시 계획을 수립하고…… 한 번에 된다는 생각보다 여러 번 방문해서 그 중 기회를 잡는 거지요."

"관광으로요? 견학으로? 우리가 나사 내부 관광 신청을 하면, 받아 주겠소?"

이서경의 반문에 서금화가 대답했다.

"관광이 아니라 견학으로요. 일 년에도 꽤 많은 학생들이 견학 다녀가는 걸로 알고 있는데요. 이제 무영 군이 있잖습니까? 무영 군은 학생 신분이고 저는 학원강사 신분이고…… 다분히 견학 신청할 만하지요. 그동안에 저 혼자 신청하기 좀 그래서 못했었는데 이젠 신청할 수 있어요. 무영 군이 있으니까요."

"예전에 한 번 다녀오긴 했는데 요즘에도 신청 자격이 될까요?"

성진이 물었다.

"스님이 안 된다는 조항은…… 없는 것 같아요."

서금화가 대답하며 재미있다는 듯이 웃었다.

"나도 된다면 따라가야겠어요. 산속에만 박혀 있었더니 세상 구경 좀 하고 싶거든요. 하물며 우주를 보는 건 더 큰 세상을 보는 거니까요."

성진의 말에 이서경도 미소를 지었다.

"스님! 갑갑하시면 어디가 됐든 다니십시오. 꼭 절을 지켜야 된다는 생각은 버리시고요."

"제가 갑갑하다면 그리했을 겁니다. 하지만 제가 봐야 할 책도 많고 수도하는 게 급선무라 어디 눈 돌릴 짬이 없었어요. 앞으로 기회가 된다면 그 기회를 최대한 활용할 테니 마음 쓰지 마십시오."

"우리에게 무영 군이 합류하면서 많은 정보와 변화의 수가 생기고 있습니다. 그 변화의 수가 어떤 방향으로 갈지 모르지만, 이 자리에 무영 군이 없으니 차후 변동사항이 있거나 하면 다시 모이도록 하지요. 다음에는 시내에서 모여요. 스님 사람 구경 좀 하시게요."

서금화의 말에 모두 동의하면서 앞에 놓인 지도를 조심스럽게 접어서 품에 넣었다.

이틀 후 아침이었다. 이서경이 지역구 사무실에 막 출근하자마자 비서관이 사십 대 남자 민원인이 찾아와서 면담을 요청하고 있다고 알렸다. 이서경이 면담을 허락하자 남자가 바로 들어왔는데 인상이 예사롭지 않았다. 이서경은 그 남자가 왜 왔는지 금방 알아차렸다.

'참, 귀신같이 빨리 알아차리고 오는구나.'

"아침부터 추운 날씨에 오시느라 고생하셨습니다. 어서 오십시오."

"안녕하십니까?"

이서경이 웃으며 자리를 권하자 사십 대 남자가 고개를 숙여 인사를 하고 소파에 앉았다.

"원래 겨울에는 민원인이 별로 없는 철인데 어려운 걸음 하셨습니다."

"아…… 그렇군요."

남자는 이서경의 사무실을 한 번 둘러보았다. 한국 사람이지만 발음에 기름기가 칠해진 듯 말려들어 가는 발음이었다.

"어떤 문제로 오셨나요? 사시는 곳이 어느 동이세요?"

"저, 돌려 말하지 않겠습니다. 의원님! 워싱턴에 다녀오셨지요?"

"어이구…… 내 일정을 어찌 그리 잘 아시누."

이서경이 너스레를 떨자, 남자가 말을 이었다.

"오시는 비행기에서 작은 소란이 있었는데 기억하시지요?"

"작은 소란? 있었소만……, 내가 소란을 피운 게 아닌데요?"

"잃어버린 게 있어서요. 그걸 돌려달라고 온 겁니다. 요만한 거……."

남자가 오른손 엄지와 검지로 동그라미를 만들고 왼손 엄지와 검지로 5cm 정도의 길이를 나타내고 있었다. 이서경이 웃었다.

"아! 그 비행기에 타고 있었어요? 우리 지역 구민이 그 비행기에 같이 타고 있는지 몰랐네요. 그런데 무슨 일을 하시오?"

"무역업을 합니다. 그리고 죄송하게도 저는 이 지역 주민은 아니고요."

"음, 그럼 미국을 꽤 오랫동안 드나드셨겠소. 발음이 한국에서 배운 발음이 아니라서요. 잠시 기다리시오."

이서경은 일어나서 책상 서랍에 있던 작은 통을 꺼내 가지고 다시 자리로 돌아왔다. 이서경이 손바닥을 펼쳐 보였다.

"비행기 안에서 주운 거라면 이게 있는데 이걸 말하는 거요?"

"맞습니다."

"워낙 낡고 보잘것없어서 오다가 버릴까 했는데 쓰레기통이 안 보여서 아직 서랍에 던져 놨던 거요. 좀 늦었으면 쓰레기통에 들어갔을 텐데 다행이구려. 근데 이게 뭐요?"

"별거 없습니다. 다른 사람에게는 쓰레기지만 저에게는 소중한 추억이 담긴 거라서 추위를 무릅쓰고 찾으러 왔는데 찾게 되어 다행입니다."

"그런데 말이요. 이게 나한테 있다는 걸 어떻게 아셨소? 이렇게 정말 별것 아닌 것 같고 조그마해서 버리려고 했는데 말이요."

"아…… 비행기에 내려서 어떤 사람이 얘기를 해 주더라고요. 앞칸 몇째 줄에 앉으셨던 분에게서 봤다고. 그래서 공항에서 이름을 확인하고 의원님이신 걸 알아서 찾아오게 된 거지요."

"음, 그렇군요. 어쨌거나 겉이 꼬질꼬질해서 안 열어봤는데 뭐가 들었는지 한 번 보기나 합시다. 흔들어 봤더니 아무 소리도 안 나더구먼. 빈 통 아뇨?"

"어렸을 때 친구와 커서 뭐가 되겠다는 약속과 지도 한 장이 들어 있습니다."

"불알친구였구려. 꿈은 이루었소? 지도는 무슨 지도요?"

"꿈은 미국에 가서 성공하는 거였는데 반은 이루었고요. 지도는 워싱턴의 한 부분 지도입니다. 친구랑 다음에 그곳으로 여행 가기로 했거든요."

"아…… 나름 의미 있는 물건이었네요. 잘 간직하시오. 만약 길거리 쓰레기통에 들어갔으면 어쩔뻔했소."

"한순간에 없어져서 당황했었는데 다행입니다. 그리고 의원님이 안 버려서 정말 천만다행이고요."

"올해 첫 민원이 이상하게 해결되는군요. 허허허……."

며칠 후 여의도로 가던 차 안에서 이경수 보좌관이 말했다.

"의원님, 요즘 누군가가 의원님을 미행하는 것 같습니다."

이서경이 잠시 생각하다가 검지손가락을 입에 대고 더 이상 말을 못 하게 하고는 휴대폰 위에 손가락으로 '도청'을 썼다. 이경수 보좌관이 눈을 크게 뜨고 바라보자, 이서경이 말했다.

"요즘에 가장 잘나가는 아이돌이 누군가?"

이서경이 손을 흔들며 맞장구치라는 표시를 하자 이경수도 나오는 대로 떠들었다.

"요즘 제일 잘나가는 아이돌이라면 러브하트라고 여자아이돌 5인조가 있는데요. 노래 잘하고 안무도 좋고 무엇보다 예뻐요."

"노래 제목이 뭔데? 지금 들어볼 수 있나?"

"예! 들려 드릴게요."

이경수가 휴대폰을 검색하더니 이내 댄스풍의 발랄한 음악이 흘러나왔다. 흥겨운 리듬에 맞춰 이경수가 어깨를 들썩이는 사이 4분이 흘러가고 음악이 끊겼다.

"러브하트 노래 더 들려 드릴까요?"

"음, 음악은 흥겨운데 가사는 잘 못 알아듣겠구먼. 요즘 노래는 가사가 많고 빨라서 따라 할 수가 없어. 예전엔 가사가 몇 줄 안 돼서 외우기 쉬웠는데."

"맞아요. 예전 노래는 가사가 정말 짧더라고요. 요즘에 A4용지 한 장이 기본이에요. 특히나 랩이 들어간 게 많아서 엄청 길죠. 그래도 이건 랩이 별로 안 들어가는 거였는데요."

"랩이 뭔가?"

"아……! 리듬 비트에 맞춰서 가사를 읊조리듯 하는데 대개 빨라서 가사 전달이 안 되는 경우가 많아요."

"가사 전달도 안 되면 대중들이 못 알아듣는 음악을 한다는 건가?"

"백 퍼센트는 아니어도 대충 느낌으로 알아듣는 거죠."

"가사 전달이 안 되면 뭔 얘기 하는 줄도 모르고 듣는다는 건데…… 사랑 얘기인지, 사회 문제인지 욕을 하는지, 칭찬을 하는지는 알아야 하잖은가. 문제가 있구먼.”

“예! 저도 가끔 랩을 듣지만, 무슨 소린지 모르고 지나가는 경우가 있어요. 정확한 가사를 알려면 컴퓨터로 제목을 쳐서 가사를 읽어 봐야 알겠더라고요.”

“난 그냥 옛날 노래나 들어야겠구먼. 괜히 요즘 젊은이들 따라가려다 가랑이 찢어지기 싫으이.”

국회 의사당에 도착해서 차에서 내린 이서경이 천천히 걷다가 주차하고 뒤따라온 이경수에게 말했다.

“당분간 누가 따라다녀도 모른 척하게나. 오래지 않아 자진 철수할 테니…… 그리고 차 안에서 당분간 일과 관련된 거 말하지 말고…….”

“누가 미행하는 겁니까?”

“아마 미국 수사관일 걸세.”

“예? 왜요?”

“뭔가 오해가 있어서 내 뒤를 밟고 있는 것 같은데, 아무것도 없으면 알아서 갈 테니 놔두란 말일세. 혹시 모르니까 말하는 것도 조심하고 말이야. 자네만 알고 있고 다른 비서들에게는 얘기하지 않아도 돼. 어차피 아무것도 없다는 걸 그들도 곧 알 테니까.”

“예!”

열흘 정도가 지난 어느 날 이경수가 이서경에게 말했다.

“정말 의원님 말씀대로 그 미행하던 차량도 사람도 사라져 버렸습니다.”

“별 볼 일 없다고 생각한 거지. 실제로 별 볼 일 없고. 허허허…….”

이서경이 호탕하게 웃었다.

설도 지나고 바람에 따뜻한 기운이 섞여 불어오는 2월 말에 나사의 일정을 들여다보던 서금화는 5월 20일에 각국의 음식 박람회를 개최한다는 공고를 보았다.

세계 여러 나라의 대사, 영사, 외교관과 거기에 종사하는 외교관 직원들, 유엔의 외교관들을 초청하는 자리였다. 각 나라의 음식을 만드는 데는 교민이나 미국에 유학 중인 학생들이 만드는 것으로 지금 신청을 받는 중이었다.

서금화와 윤검군이 만나서 논의를 했다.

"성과가 있든 없든 나사에 들어갈 수 있는 간만의 기회요. 무조건 가야 하오. 나는 갈 거요."

백수나 다름없는 윤검군이 가장 적극적으로 미국으로 갈 의사를 밝혔다. 다른 사람들은 다 할 일이 있는 직업인이라 마음대로 움직일 수 있는 상황은 아니었지만, 이번에는 서금화도 적극적으로 참여할 의사를 밝혔다.

"나도 가겠어요. 만약 유학생이든 교민이든 아는 이가 있다면 그들 틈에 섞여서 들어갈 수 있을 텐데 지금 밑바닥 작업을 해 놓은 게 없어서 아는 이가 거의 없잖아요. 성진 스님이 그쪽에 계신 불교도인 한 명 빼고는 거의 아는 사람이 없다는 게 우리의 문제에요. 그래서 윤 이사님이 워싱턴으로 가시기로 하셨었잖아요. 왜 아직 안 가고 계세요?"

윤검군이 입을 삐죽이 내밀더니 서금화의 시선을 피했다.

"그러잖아도 설 쇠고 가려고 했어요. 가서 뭐든 해서 도움이 될 만한 것을 찾아보고 자꾸 부딪혀 봐야지요. 여기서 안달복달 해봐야 아무 소용 없으니. 아이고, 이제 석 달밖에 안 남았네."

"그러세요. 다른 나라에서도 노리는 것을 여기 앉아서 소식만 듣는다고 그게 우리한테 거저 굴러들어 오지는 않을 거예요. 부딪혀 가면서 해결할 방법을 모색해 봐야지요."

"그래서 워싱턴에 제일 저렴한 호텔에 일단 한 달 예약을 해 뒀어요. 한 달 후에는 주변에 작은 집 하나라도 구해서 거주하든가, 한국 교포 만나면 그 집에 얹혀살 방법을 생각해 보려고요. 어쨌든 난 비자 받는 대로 떠날 거요."

"잘하셨어요. 그럼, 언제 다시 볼지 모르니 무영 군을 보고 가시는 게 어떠세요?"

윤검군과 서금화는 강남으로 갔다. 무영도 매일 나사 홈페이지를 보면서 이미 알고 있는 이벤트였지만 서금화의 말대로 현지에 아는 사람이 없는 상황에서 이벤트에 참여할 수 있는 여건은 안 되었다.

"윤 이사님의 친화력으로 많은 사람들을 만나고 사귀세요. 그래서 그중에 나사에 근무하는 사람이면 좀 더 친해질 수 있도록 하시고요. 너무 표나게 하진 마세요. 어쩌다 열리는 행사니까 혹시라도 안 되면 다음에라도 갈 수 있도록 사전 작업이라고 생각하시고 서두르지 마세요."

"그렇지. 그러려고 가는 거요."

윤검군이 의욕에 차서 두 손을 번쩍 들고 주먹을 쥐었다. 그 모습을 보고 서금화가 깔깔대며 웃었다.

"윤 이사님의 의욕만큼 좋은 사람들 많이 만났으면 좋겠어요. 그중에 우리에게 도움이 될 사람이 있었으면 더욱 좋겠고요."

"잘될 거예요."

무영이 말하자 서금화가 물었다.

"무영 군이 말하는 건 왠지 믿음이 가요. 혹시 근거 있는 말인가요?"

"아뇨. 근거는 없어요. 하지만 잘될 거라는 막연한 느낌은 있어요."

"구체적인 게 아니라 막연한 느낌이라고…… 신들이 그렇게 말하고 있나요?"

서금화가 재차 물었다.

"신들은 제가 원하는 일을 할 수 있을 거라고 해요. 구체적이진 않아도 제가 이 일을 마무리 지을 수 있을 거라고요."

윤검군의 눈이 커지고 서금화가 놀라서 입을 틀어막았다.

"정말…… 정말?"

윤검군이 무영에게 다시 듣기를 원했다.

"그러니 윤 이사님 가셔서 그곳 사람들 잘 사귀세요. 너무 서두르지 마시고 천천히…… 잘될 거예요. 우린 우리가 원하는 것을 할 수 있어요. 올해 안 되면 내년에, 내년에 안 되면 후년에…… 우린 할 수 있어요."

윤검군이 또 물었다.

"신이 딱 집어서 언제 우리 일이 이루어진다고 했어요? 나의 신들은 그런 말은 없었는데요."

"언제라고는 안 했고요. 제가 원하는 것을 이룰 수 있다고만 했어요. 그리고 서 선생님! 5월 이벤트 날짜에 맞춰서 선생님과 저, 두 명 나사 내부 견학 신청을 해놨어요. 선생님 의향을 여쭤보지도 않았는데, 괜찮으신가요? 혹시 일정이 있으시면 취소해도 돼요."

무영의 말에 서금화가 활짝 웃었다.

"이야~ 정말? 오늘 무영 군에게 의사를 물어보고 내가 하려고 했는데 이미 했군요. 잘했어요. 내 일정은 생각하지 말아요. 이제 돈 안 벌어도 될 만큼 벌어 놨으니까."

무영은 일을 이루고 난 후 모두 죽게 되는 것을 말하지 않았다. 어떻게 죽는지까지는 모르지만 이미 죽음을 불사한 이들에게 미리 말해 줄 필요도 없었고 말해 주지 않아도 이미 알고 있을 터였다.

"무영 군! 아까 미래가 보인다고 했잖아요. 혹시 수호신 말고 다른 신들이 덤비거나 수도를 방해하진 않던가요?"

무영이 잠시 생각하다가 대답했다.

"여러 번 있었어요. 눈을 감고 명상 중이었는데 다투는 소리가 나서 눈을 떠 보니 제 수호신과 처음 보는 귀신들이 싸우고 있는 거예요. 저와 눈이 마주치니까 바로 사라지던데요."

"그게 일반 신은 아니었지요?"

"그런 것 같았어요. 선생님도 그런 적 있으시군요?"

"그렇죠. 수도를 방해하기 위해 깊은 명상으로 들어가면 방해하는 신들이 툭툭 튀어나오더라고요. 경우에 따라선 수호신과 그 신들이 싸우기도 하고 그도 안될 땐 나와 직접 싸우기도 하는데…… 나와 직접 부딪치는 싸움에서는 내가 지고 말았어요. 그 신을 이겼어야 했는데……. 그다음부턴 수도에 더 이상 진전이 없더라고요. 그 고비를 넘겼어야 더 높이 올라갈 수 있었는데 말이에요."

"그 신을 이겨야 더 높은 단계로 올라가는 게 저는 참 이상해요."

서금화가 대답했다.

"일종의 시험 같은 건가 봐요. 지나고 나서 생각해 보니까 어느 수준에서 다음 단계로 올라갈 때 일반 귀신들과 다른 신들이 시비를 걸거나 싸움을 도발해 와요. 그럴 때 귀찮아서 피하곤 했는데 한 번은 맞붙어서 싸운 적이 있었거든요. 그 싸움에서 이기니까 한 단계 성장해 있는 거예요. 물론 다음 싸움에서는 졌지만…… 그러니 신들이 도발해 오면 피하지 말고 싸워요. 나처럼 뭘 몰라서 피하지 말고요. 전에 도발해 오는 신들이 있었다고 말했었는데 다 이겼죠?"

"네, 상처를 깊게 입은 적이 있었지만 결과적으로 이기긴 했어요."

"다치더라도 피하지 말고 싸우세요. 싸워서 이겨야 도력이 한 단계 높아져요."

"그게 여러 차례 계속 끊임없이 오는 것 같아요."

"내게 왔던 신들은 조무래기였나 봐요. 별로 시원치가 않아서 귀찮을 뿐이라 처음에는 피했는데…… 그게 수도를 잘못한 거였어요. 무조건 직진, 싸워서 이기고 더 나아갔어야 했어요. 무영 군은 절대 피하지 마세요. 아셨지요?"

"예!"

달이 바뀌고 윤검군은 미국으로 떠났다.

처음에는 묵고 있는 호텔의 사진을 찍어서 보내더니 차츰 워싱턴의 풍경 등을 메시지로 보내 주기도 하며 전형적인 백수 노신사의 일상으로 살고 있었다. 시간이 지나며 나사와 그 주위의 사진도 보냈고 친구를 사귀면 같이 찍어서 보내기도 했다.

5월은 축제의 달이었다. 무영은 1·2학년 때 관심이 없었던 축제를

3학년이 되어서야 기웃거렸다. 같은 과 누나 형들과 몰려다니면서 구경도 하고 군것질도 하면서 여느 대학생들과 다름없는 시간을 보냈다. 축제 삼 일차 되는 날 저녁은 한참 잘나가는 가수나 그룹들의 공연이 있었다. 그 중 '러브하트'가 있었고 무영은 그 공연을 보기 위해 일찌감치 초저녁부터 동기생들과 간식을 품에 안고 왼쪽 중간쯤에 자리를 잡고 있었다. 동기생들이 무영의 일탈을 신기해했다.

"오늘 공연 중에 '러브하트'가 있는데 너 '러브하트' 좋아하지?"

동기생 형이 묻자, 무영은 서슴없이 대답했다.

"예, 맞아요. '러브하트' 이름도 예쁘고 가수도 예쁘고."

"야! 나도 '러브하트'야. 난 미래 원픽인데 넌 누구냐?"

"어…… 저도 미랜데요."

"이야. 너도 눈이 높구나. 자식. 공부만 하는 줄 알았는데 걸그룹도 좋아하고 제법인데…… 근데 팬이라면 미래에 대해서 기본적인 건 알아야지?"

"알죠. 저랑 동갑이고, 예쁘고, 또…… 집이 역삼동이고요."

"어, 그래. 그러고 보니까 너랑 동갑이네. 집이 역삼동이라고? 그것까지 알아? 대단해…… 그런데 키와 몸무게, 소속사는?"

"키는 대충 166에 몸무게가 50키로 정도 나갈걸요. 소속사는 영씨엔터테이먼트고요."

"오호~ 야!!! 의외야……. 맨날 공부만 하는 줄 알았던 샌님이 웬일이니…… 걸그룹을 좋아하다니. 다들 들었지. 무영이가 여기까지 따라온 건 '러브하트'의 미래를 보기 위해서란다."

그러자 양쪽에 줄지어 앉아 간식을 먹으며 각자 떠들고 있던 남녀

동기생들의 시선이 무영이에게로 쏠렸다.

"어머나, 우리 무영이에게 드디어 사춘기가 찾아왔구나. 축하해!"

"그래, 야! 책, 암만 봐도 가슴 설레는 내용은 없어. 잘 생각했다."

"야! '러브하트' 팬클럽에 들어와라. 첫 회 입회비 내가 내줄게, 무영아!"

"유튜브 조회수 봤니? 이번 노래 천만 뷰 넘었어. 이런 그룹이 대학 축제에 오다니…… 우리 학교 대단하다."

동기생들이 왁자지껄 한마디씩 하는 소리가 아스라이 들리며 무영은 기억 속에 빠져들었다.

1년 전, 학교 축제가 한창일 때 멀찍이서 축제 현장을 지나가던 무영은 내년에 저곳에 '러브하트'가 오기를 신에게 주문했다. 노래가 히트를 치고 잘나가는 그룹의 대열에 들어서면서 집과 숙소가 몇 정거장 떨어져 있지 않음에도 불구하고 미래는 집에 오는 날이 거의 없었다.

미래는 언제든 볼 수 있었다. 다만 실물이 아닌 온라인상이었다. 컴퓨터에 '러브하트'를 치면 수많은 동영상과 사진들이 줄줄이 떠올랐다. 예쁘게 웃는 사진들, 노래하고 춤추는 동영상들을 보면서 미래의 따스한 미소를 느끼지 못하는 아쉬움에 무영이는 학교 축제를 통해서나마 마지막으로 미래의 얼굴을 직접 보고 싶었다. 아마 오늘 밤 보는 것이 미래를 직접 보는 마지막 모습이 될 것이다.

쿵쿵거리는 소리와 함께 요란한 음악이 한바탕 울려 퍼지더니 교내 동아리들의 춤과 노래가 이어졌다. 어느새 군데군데 비어 있던 자리도 꽉 들어차서 사방이 학생들로 꽉 찬 가운데 메인 사회자가 등장해서 열띤 분위기를 이끌어갔다.

힙합그룹이 흥겨운 리듬으로 관중들과 주거니 받거니 호응을 이끌어 내는 사이 하늘은 서서히 노을이 짙어지며 어둠이 내리고 있었다. 불빛이 어둠을 밀어낸 무대 중앙은 수백 개의 조명이 비추고 있어서 상대적으로 불빛이 없는 관중석에서는 무대가 더 잘 보였다.

"다음, 세상 무대가 좁다고 뛰어다니는 와중에 이곳을 찾아 주신 요즘 대세 중의 대세 '러브하트'입니다……. 여러분! 함성 발사!"

사회자가 다음 출연자를 호명하자 함성 소리가 광장 주변을 뒤덮어 귀를 먹먹하게 했다. 열렬한 환호성 소리와 함께 무대 한편에서 소녀들이 모습을 드러냈다.

함성 소리와 휘파람 소리는 더 커졌고 다섯 명의 소녀들이 무대로 줄줄이 들어와 중앙에 섰다. 리더가 손을 앞으로 내밀어 몇 번 흔들고 손가락을 입술에 대자 이내 함성이 잦아들었다.

소녀들이 자신들을 알리는 인사를 함께 했다.

"안녕하세요. 여러분의 '러브하트'입니다!"

그리고 리더인 소녀가 인사말을 이어갔다.

"늦은 밤까지 집에도 안 가시고 이렇게 환영해 주셔서 감사합니다. 여러분의 성원에 보답하는 '러브하트'가 되도록 열심히 하겠습니다."

이 짧은 시간에 무영은 미래가 관중석을 열심히 훑고 있는 것을 보았다.

리더 소녀가 인사를 하자 바로 음악이 흘러나왔고 소녀들의 몸이 음악에 따라 움직였다. 학생들은 노래를 따라 부르기도 하고 안무를 같이 따라 하기도 하면서 흥겹게 축제를 즐겼다. 무영만이 가만히 앉아서 오로지 미래를 주시하고 있을 뿐이었다.

지고청이 물었다.

'눈에 띄지 않게 가릴까요?'

'아냐, 저 아이도 오늘이 나를 보는 마지막일 거야. 그러니 놔둬. 그러잖아도 날 찾고 있는 것 같은데.'

두 번째 곡이 끝나고 막간을 이용해 리더가 멤버 한 명 한 명씩을 소개했다.

소녀들을 소개할 때마다 함성이 터져 나왔고 미래를 소개할 때는 특히 더 큰 함성이 들렸다. 계속 관중석을 두리번거리던 미래의 눈이 드디어 무영을 찾은 것 같았다. 미동도 없이 가만히 앉아서 무대를 응시하고 있는 무영 쪽을 향해 계속 웃으면서 손을 흔들고 있었다.

'이 어둠 속에서도 나를 발견했네.'

무영이 미소를 지으며 손을 흔들어 주었다. 그러자 미래가 마이크 든 손까지 들어 올려 두 손을 마구 흔들었다. 다른 쪽은 쳐다보지도 않고 무영 쪽을 주시하며 두 팔을 흔들고 있었다. 영문을 모르는 무영 주변의 동기생들은 환호성을 질렀다.

"이야~ 미래가 나에게 웃으며 손 흔들어 줬어. 최고야."

"아냐, 나에게 웃어 준 거야. 나에게."

"우리 미래 짱이다. 넌 나의 원픽이야."

흔들던 손을 내린 무영이 조용히 한숨을 내쉬었다. 한숨 소리는 함성에 묻혀 아무도 듣지 못했지만, 무영의 신들은 참담한 무영의 마음과 동화되어 무거운 침묵이 흘렀다.

'러브하트'의 마지막 곡이 끝나자, 학생들 사이에서 아쉬운 탄성과 함성이 교차하며 자리를 뜨는 학생들도 생겼다.

"이제 실질적으로 축제는 끝난 거나 다름없어. 이번 축제의 정점은 '러브하트'였으니까."

"맞아, 가자."

"'러브하트' 사인받으러 갈 사람 나랑 같이 가자."

사회자가 이탈하는 학생들을 보며 급하게 마이크를 잡고 나섰다.

"여러분!! 아직 끝난 게 아니에요. 여러분이 좋아하는 가수분이 나올 준비를 하고 계십니다. 자리 좀 정리해 주시고 다시 앉아 주세요."

사회자가 뭐라고 떠들건 말건 학생들은 다음 출연자에 대한 관심은 별로 없어 보였다.

"무영아! '러브하트' 사인받으러 가지 않을래?"

'러브하트'의 팬이라고 했던 동기생 형이 무영에게 물었다.

"아뇨, 됐어요."

"야! 우리가 언제 저런 미인들을 보겠냐. 사인을 핑계로 이 시대의 미인을 보자는 거지. 가자, 응?"

"전, 됐어요."

"그래라, 자식. 다음에 보자."

무영이 재차 거절하자 동기생 형은 사인받을 기회를 놓칠까 봐 후다닥 자리를 떴다.

무대에서는 몇 년 전에 인기를 끌었던 가수가 나와 노래를 부르고 있었다.

'미래가 변장하고 매니저와 이쪽으로 오고 있어요.'

화청이 무영에게 말하자 가만히 앉아 있던 무영이 몸을 일으켰다.

'미래가 나타나면 곤란해. 나중에라도 나 때문에 힘들어지면 안 되

니까 피해야겠다.'

'그래도 마지막 인사라도 해야 하지 않을까요?'

지고청의 말에 무영이 힘없이 대답했다.

'미련을 둘수록 힘들어져. 나도 그 아이도.'

계단으로 된 관중석을 올라가 다시 밖을 향해 밑으로 내려갔다. 희미한 가로등이 비추고 여기저기 학생들이 몰려다니고 있었다. 무영이 오른쪽을 돌아보았다. 100미터쯤 떨어진 앞에서 한 남자 옆에 붙어 열심히 뛰어오고 있는 여자가 있었다. 헐렁한 바지에 운동화를 신고 모자를 눌러 쓴 채 머플러로 얼굴을 가린 미래였다. 무영은 자신도 모르게 멈춰 섰다. 머뭇거리다가 두 눈을 질끈 감고 돌아서서 한두 걸음 옮기다가 다시 멈춰서서 미래 쪽을 돌아보았다. 그 사이 30미터 앞까지 달려온 미래와 딱 마주쳤다.

하지만 미래는 무영을 발견하지 못한 듯했고, 의지와는 상관없이 무영은 미래를 불렀다.

"미래야!"

어쩌면 마지막으로 입 밖에 내어 불러보는 이름일 수도 있었다.

"미래야!"

밝은 불빛 아래에서 다시 한번 불렀을 때 10미터 앞에서 무영을 발견한 미래의 걸음이 속도를 줄였다. 미래의 옆에서 같이 달려오던 남자는 무영의 옆을 그대로 지나치고 있었지만, 미래는 무영의 바로 앞에서 멈춰 섰다.

미래는 며칠 전부터 초등학교 동창생이 오늘 행사차 가는 학교에 재학 중이라며 동창을 발견하면 잠깐 만날 수 있게 해 달라고 매니저 오빠에게 부탁해서 허락을 얻어냈다. 미래가 밝히지 않았기 때문에 물론 동창생은 당연히 여자아이인 줄 알았으므로 매니저도 허락한 것이다. 행사 중에 무대 밑에 있던 매니저 오빠에게 친구를 발견했다고 신호를 보내자, 매니저는 미래가 편하게 움직일 수 있는 변장용 옷과 모자 머플러를 준비해 뒀다가 바로 갈아입고 봐뒀던 스탠드를 향해 냅다 뛰었던 것이다.

"미래야!"

무영의 목소리는 낮으면서도 떨리고 있었다.

멈춰 선 미래가 천천히 무영에게 다가왔다.

"정말…… 정말 무영이구나."

순간 매니저의 손이 미래의 팔을 휙 잡아챘다.

"이런 데서 남자 팬과 단독으로 만나는 건 안 돼."

몇 걸음 지나치던 매니저가 다시 돌아와서 미래와 만나고 있는 무영을 발견한 것이다.

"네! 매니저 오빠, 잠깐만요."

"안 된다고, 가자!"

"잠깐만요, 오빠!"

매니저가 미래를 잡아끌었다.

무영이 인상을 썼다. 미래를 잡았던 매니저의 팔에 전기가 온 듯 찌릿찌릿한 느낌이 오면서 미래의 팔을 잡았던 손을 놓았다. 미래가 매니저의 손아귀를 벗어나 무영의 앞으로 다가왔다.

'우리를 가려줘. 나와 미래가 안 보이게.'

무영의 수호신들이 무영과 미래를 빙 둘러쌌다.

"안녕! 오랜만이네. 스타가 되니 실물 보기가 이렇게 힘들구나."

"무영아! 무영아! 야! 정말 너네 학교에 일하러 와서 보게 될 줄 몰랐어. 혹시나 해서 열심히 찾아봤더니 객석에 네가 있더라. 속으로 얼마나 기뻤는지 넌 모를걸."

미래가 무영의 두 손을 잡으려다 주변을 살폈다. 매니저의 눈치를 보는 것 같았다. 매니저는 바로 옆에 있으면서 계속 두리번거리고 있었다. 두 사람이 안 보여서 어디로 갔는지 찾는 중이었다.

무영이 미래의 두 손을 잡았다.

"괜찮아. 잠깐 매니저의 눈에 우리가 안 보일 거야."

매니저는 좀 전에 무영이 앉아 있던 쪽으로 가고 있었고 지나가는 학생들도 두 사람에게 관심을 가지는 사람은 없었다.

"어머, 이게 무슨 일이래. 그럼, 나 모자하고 머플러로 얼굴 안 가려도 돼?"

"그래! 이쁜 얼굴 가리지 말고……."

무영이 미래의 얼굴을 가리고 있는 머플러를 밑으로 내려 목에 걸쳤다.

"넌 점점 더 예뻐지는구나. 언제까지 얼마나 더 예뻐질래?"

"난 너한테만 예쁘게 보이면 돼. 우리가 이렇게 오랫동안 못 본 적은 없었던 것 같아. 그치?"

"그래! 네가 바빠지니까, 꿈을 이룬 거니까 축하해 줘야 하는데 옆에 두고도 못 보니 참 생이별이 따로 없다."

"너랑 떨어져 있으니까 그 바쁜 와중에도 순간순간 정말 보고 싶더라. 나 정말 너 좋아하나 봐."

무영이 와락 미래를 껴안았다.

“어머, 누가 우리 찍고 있으면 어떡해.”

걱정을 하면서도 미래의 팔은 무영을 감싸고 있었다.

“괜찮아. 주변 사람들 눈에는 우리가 안 보여.”

미래가 무영을 밀어내며 방긋 웃었다.

“정말이야? 이건 무슨 재주니? 마술이니?”

“아냐. 잠깐만 안 보이는 거니까 눈속임이지.”

“그래?…… 어쨌든 앞으로 자주 못 본다고 내가 널 잊은 건 아니니까 나 몰래 미팅하거나 그러면 안 돼. 알았지?”

“알았어. 그런 일 없어. 다 누나들이잖아.”

“아! 그러네. 그건 안심이다. 나 은근히 걱정했거든. 너 바람날까 봐.”

“그랬구나. 그 바쁜 와중에 내가 바람피울까 봐 걱정했구나.”

“이젠 걱정 안 할게. 이제 이 손 좀 풀어 줄래. 얼굴도 안 가렸는데, 남들이 날 알아보면 어쩌려고 그래.”

“다른 사람들 눈에는 너 안 보여. 걱정하지 마.”

“어떻게 그래? 너 무슨 마술사야?”

“조금은 그렇지.”

“그럼, 정말 매니저 오빠가 내가 널 만난 걸 기억 못해? 정말?”

“그렇다니까…… 지나가는 사람들 눈에도 우리는 안 보이니까 괜찮아.”

“정말 어리둥절하게 하네. 이젠 마술까지 한단 말이지. 내 남자친구가 대단한 건 알았지만 정말 새삼스럽게 대단하다. 마술을 배운 거야?”

"그런 건 나중에 얘기하자."

"그래. 정말 이렇게 얼굴 보고 목소리 듣고 하는 게 얼마 만이야. 매일 예전에 여럿이서 찍은 사진 들여다보곤 해. 들켜도 단체 사진이라 별로 의심을 안 하거든. 참 나 연애 힘들게 한다."

"나도 스타 애인 둔 덕에 손 한 번 잡기 힘들다."

무영이 주변을 한 번 살피더니 말했다.

"아쉽지만 이만 너를 놔줘야겠다. 너 찾느라 매니저가 고생이 많네. 이쪽으로 오면 너를 보게 될 거야. 하지만 매니저가 너를 발견하면 너도 내가 안 보이게 될 테니까 너무 놀라지 마. 난 그냥 사라질게."

"뭐? 그런 게 어딨어? 네가 무슨 바람도 아니고 정말 마술사도 아닐 텐데 어떻게 그렇게 해?"

"그런 건 나중에 물어봐. 우리한테 시간이 정말 많을 때. 어쨌든 지금 말한 건 누구한테도 말하지 말고, 알았지?"

"응…… 어, 알았어."

"매니저 온다. 머플러 써."

미래가 서둘러 머플러를 끌어 올려 얼굴을 가렸다. 마침내 매니저가 미래를 발견하고 뛰어왔다.

"야! 내가 너를 얼마나 찾았는지 알아. 도대체 어디 있었던 거야?"

"저쪽에 잠깐 갔다 왔어요. 동창 비슷한 사람이 있었는데 아니었어요."

"이상하다. 내가 여기를 몇 번이나 쳐다봤는데, 없어서 이 근방을 몇 바퀴나 뒤졌는데…… 어휴, 어쨌든 아무 일 없어서 다행이다."

"죄송해요, 정말……. 오빠가 저쪽으로 가셔서 곧 다시 오시겠거니

싶어서 여기서 기다리고 있었어요. 어두워서 잘 안 보였던 거 아니에요?"

미래는 열심히 변명을 하며 주위를 둘러봤지만, 무영의 말대로 무영은 보이지 않았다. 거짓말처럼 사라진 무영은 어디에도 없었다.

"뭘 두리번거려?"

"아니에요. 혹시 날 알아보는 분들도 있지 않을까 해서…… 스타의 기분을 느껴 보고 싶은데……."

"아서라. 나 힘들게 하지 마."

화가 난 매니저의 말투에 더 이상 말대꾸는 하지 않았다. 정말 마술사라도 된 것처럼 사라진 무영에 대해 한없이 궁금증이 차올랐지만 어디에 물어볼 수도 없어서 꾹 눌러 참아야 했다.

언젠가 정말 시간이 많을 때 이 일에 대해 무영이에게 물어봐야겠다고 생각하며 미래는 무영이와 있던 자리를 자꾸 돌아보며 매니저와 함께 동료들이 기다리고 있는 곳으로 돌아갔다.

무영은 신들에게 둘러싸여 멀어져 가는 미래를 끝까지 지켜보았다.

집으로 돌아오면서 무영은 미래에게 한 말과 행동을 후회했다. 미래가 자신을 잊게 해야 나중에 자신이 사라지고 나서 충격을 덜 받을 것인데 불장난을 해 버린 것이다. 무영의 본능이 의지를 이기고 한 행동이라 후회가 되면서도 어쩔 수 없다는 생각을 하고 있었다.

'내가 나이가 좀 있었다면 자제를 할 수 있었을 거야. 나이가 어리니 수도를 했다고 해도 감정 조절이 안 되는구나……. 아직…… 멀었다!'

무영은 미래를 머리에서 지우기 위해 면벽(面壁) 수행에 들어갔다.

주위가 완벽하게 조용해지고 어두운 공간에 몸이 떠 있었다. 아무런 생각 없이 세상과 단절된 텅 빈 공간에 덩그러니 있는 것. 무영은 이 상태를 매우 좋아했다. 그 가운데 느리게, 아주…… 느리게 숨 쉬는 배만 움직일 뿐, 모든 것이 멈춰진 세상에 있는 것이었다.

무념무상으로 시간을 잊은 채 텅 빈 공간에 있었다.

얼마의 시간이 흘렀을까…… 소리도 없고, 빛도 없고, 사람도 없고, 어떠한 형체도 없는 공간이었다. 이렇게 아무것도 없는 곳에 누군가가 불쑥 나타나 소리와 형체가 생기고 생각이 더해지고 시간이 흐르기 시작했다.

"누구냐?"

무영이 먼저 입을 열었다.

상대방은 대답 대신 컹컹 짖는 소리와 으르렁거리는 소리로 대신했다. 한꺼번에 소리가 여러 개가 들렸고 번쩍이는 눈빛이 여러 개인 걸로 봐서 짐승이 여러 마리인 것 같았다.

"이번엔 떼로 몰려왔구나. 전에 왔던 놈도 다시 왔나?"

무영이 눈을 부릅뜨자, 어제는 안광(眼光)만 보이던 형체가 오늘은 어떤 모양을 했는지 자세히 볼 수가 있었다.

큰 고양잇과의 맹수 모양인 것이 표범의 모습을 하고 있었는데 열한 마리나 되었다.

"확실하게 수도를 방해할 목적이구나. 서너 마리도 아니고 무려 열한 마리라니."

열한 마리의 맹수가 그르렁거리며 무영에게로 다가왔다.

지난번에는 무섭고 두려워서 무의식중에 몸을 움직였는데 오늘은 생각을 또렷하게 하면서 대처할 수 있을 만큼 조금의 여유가 생겼다. 횡으로 펼쳐져 오는 것은 아니었지만 대충 열한 마리가 지그재그로 서서 다가왔다.

'중앙에 세 마리, 좌우로 각 네 마리씩…….'

분명 어두컴컴한 공간이었고 짐승들의 눈빛만이 빛났다. 하지만 짐승들이 가까이 다가오자, 짐승들의 안광이 빛으로 빛나지 않고 더 큰 빛에 형체는 물론 눈동자까지 고스란히 드러나고 있었다. 무영은 자신의 몸을 봤다.

빛은 자신에게서 나고 있었고 은은한 빛이 몸 전체에서 뿜어져 나오고 있었다. 두 손을 펼쳐 보았다. 손에서 나는 빛은 더 강했다.

'내 몸이 무기로구나.'

지난번에는 한 마리여서 쉽게 물리치고 자신의 몸에서 빛이 난다는 생각조차 못 했었다. 무의식적으로 팔을 휘두르고 손가락을 튕긴 것이 상대방에게 어떤 타격을 주는지 의식하지도 못한 채 행동했었다. 오늘은 열한 마리나 되는 짐승을 상대로 자신의 능력을 시험해 볼 기회라고 생각되었다.

무영의 빛에 노출된 짐승들이 7~8m 거리에서 멈추더니 무영을 둘러쌌다. 완전히 포위된 것이다. 맨 앞 정면의 짐승이 금방이라도 덮칠 것 같은 낮은 자세로 캬르릉 거렸다.

옆에서, 뒤에서 노려보는 시선을 느끼며 무영이 두 손을 서서히 들어 올리자, 앞에 있던 짐승이 뛰어올라 덮쳐왔다. 곧바로 옆에 있던 두 마리까지 뛰어올랐고 뒤에 있던 짐승들도 으르렁거리며 달려들었다.

무영이 두 팔을 올려 크게 휘저으며 한 바퀴를 빙그르르 돌았다.

주변에서 세찬 바람이 불며 사방에서 덮쳐오던 짐승들이 뒤로 물러나며 휘청거렸다.

"한낱 풍선과도 같은 허깨비가 사람의 마음을 시험하다니, 꺼져라!"

뒤로 물러선 짐승들을 향해 엄지손가락과 장지손가락을 튕겨 하얀 빛의 작은 덩어리를 쏘았다. 작은 빛의 덩어리는 총알같이 짐승들에게 박혀서 타격을 주었고 짐승은 괴로워하며 쓰러졌다. 앞의 짐승을 쓰러뜨리자 뒤의 짐승이 덮쳐왔다. 재빨리 몸을 돌려 주먹을 휘둘렀는데 닿지 않았음에도 짐승의 몸은 두 동강이 나서 공중분해가 되어 버렸다. 놀랄 틈도 없이 양옆에서 세 마리가 덤벼들었다. 뒤로 물러서며 주먹을 쥐고 오른쪽 왼쪽을 향해 휘둘렀다. 기괴한 소리와 함께 세 마리의 짐승이 다시 공중분해가 되어 사라졌다.

남아 있던 세 마리의 짐승들도 이미 상처를 입고 바닥을 기고 있어서 덤빌 생각을 못 하는 것 같았다. 슬슬 뒷걸음질 치다가 이내 사라졌다.

무영은 눈을 떴다. 크게 숨을 들이쉬고 천천히 내쉰 다음 조금 전의 싸움에 대해서 돌이켜보았다. 두 손을 펴고 손바닥을 들여다보았다. 아무런 변화가 없는 듯 보였다.

"나와 봐."

무영이 자신의 수호신들을 부르자 수호신들이 줄줄이 모습을 드러냈다.

"짐승 열한 마리가 나를 공격했어. 지난번에는 무의식중에 물리쳤는데 오늘은 내가 또렷이 의식을 하고 똑바로 보면서 싸웠어. 지난번과 오늘의 차이는 이제 내가 가진 무기를 알고 쓸 수 있다는 거야. 그런데 왜 자꾸 이런 짐승들이 나를 공격하는 거지?"

다들 머뭇거리자, 지고청이 대답했다.

'전에 서금화 님이 수도를 방해하려고 시험이 있을 거란 말씀을 하신 적 있었어요. 기억나세요?'

"기억나. 그렇지만 짐승이 덤빈다는 말씀은 없었는데."

'반드시 사람이라는 말씀도 안 하셨어요.'

"그렇긴 해. 그럼, 지난번과 오늘의 차이는 뭘까?"

'지난번은 명상 중에 어쩌다 휘두른 손바닥에 파리 한 마리가 객사한 거고요. 오늘은 손에 쥔 파리채를 확실하게 휘두르신 거지요.'

"만약 내가 짐승들에게 당하면 어떻게 되었을까?"

'서금화 님의 말씀대로라면 도(道)가 여기서 멈추었겠지요.'

"아……! 그렇구나. 그런 말씀을 하셨었지. 그럼, 앞으로도 어떤 형태로든 또 다른 방해꾼들이 등장하겠구나."

'네, 그럴 거예요.'

그 방해꾼은 3일 후에 또 찾아왔다.

칼을 든 무사가 둘, 언월도를 든 무사가 하나, 합이 세 명이 무시무시한 분위기를 자아내며 나타났다.

"삼국시대도 아니고 고려시대도 아닌데 웬 무사에 장검이야?"

무영의 몸에서 나는 빛에 반사되어 칼날이 번쩍이자 등골이 오싹하며 긴장이 되었다.

"그래 봤자 너희는 귀신, 허깨비일 뿐이다."

무영의 말에 언월도를 든 귀신이 웃었다.

'귀신이라도 우린 급이 있는 귀신이다. 일반 귀신들과는 다르지. 흐

흐흐…….'

귀신이 말대꾸를 하자 무영은 겉으로는 태연한 척했지만 속으로는 칼날의 시퍼런 서슬에 두려움이 솟아올랐다. 지난번에도 가슴을 깊게 찔린 적이 있었기 때문이다. 그 생각이 떠오르자 괜히 위축되는 기분이 들었다.

"흥, 다르긴 뭐가 달라. 허깨비인 것은 맞지 않느냐?"

언월도를 든 무사와 칼 든 무사가 인상을 쓰며 거친 말을 퍼부었다.

'찢어 죽이면 그따위 소리를 지껄이지 못하겠지. 허깨비인지 아닌지 보여 주마.'

'너의 오만함은 오늘로 끝이다. 버릇없는 인간을 바로잡아 주는 것이 우리의 임무다.'

"귀신 주제에 사람에게 버릇을 운운하다니…… 너야말로 버르장머리가 없고 오만하기 그지없구나."

'그래서 어쩔래? 그 실력으로 우리를 대적해 보겠다고? 흐흐흐흐흐…….'

"버릇은 내가 고쳐 주겠다. 다시 사람에게 까불지 못하도록 말이다."

'입만 살아 있구나.'

언월도를 든 장수가 다짜고짜 '붕붕' 소리가 날 정도로 언월도를 휘두르며 무영을 덮쳤다. 언월도의 칼날이 다급하게 물러선 무영의 가슴팍을 아슬아슬하게 스쳐 갔다. 뒤로 돌아간 언월도를 다시 고쳐잡고 머리 위로 치켜든 사이, 무영이 두 팔을 올려 언월도 장수를 향해 내리쳤다. 무영의 손에서 나오는 기(氣)의 위력은 엄청난 기세로 뻗어 나갔다.

언월도를 든 장수가 '컥!' 소리를 내며 나가떨어졌다.

칼을 들고 구경만 하고 있던 장수가 언월도를 든 장수를 못마땅하게 보더니 무영의 앞에 나섰다.

'제법이다. 지금까지 본 인간 중에 좀 센 축에 속하는구나.'

칼을 움직일 때마다 무영의 빛에 반사되어 번쩍거리자, 무영은 눈을 감아 버렸다.

'죽으려고 작정한 것이냐. 왜 눈을 감는 것이냐.'

무영이 다시 눈을 떴다.

피한다고 피했는데 언제 베였는지 가슴에서 피가 흐르는 것을 본 무영은 화가 나기 시작했다.

"내가 귀신에게 죽을 만큼 나약하지는 않다. 아주 먼 과거의 무사가 현대의 사람에게 와서 시비를 걸다니……."

그러자 몸의 빛이 더 강해지는 것 같았다. 다가서던 칼 든 두 장수가 주춤거리며 멈췄다.

'이 빛은 뭐야? 이 빛은 인간에게서 날 수 있는 빛이 아니야.'

"그러니까 나 화나게 하지 말고 꺼지란 말이다!"

무영이 소리를 지르며 팔을 휘둘렀다. 거센 바람에 두 장수가 뒤로 밀려났다.

"그런 바람 하나 못 이기면서 덤빈다고 했나."

'그건 예상 못 했네. 네가 다른 놈들과 좀 다르다는 것은 알았지만 말이다.'

"그럼, 지금이라도 알았으면 물러나라. 박살 나고 싶지 않으면."

무영이 서서히 두 손에 힘을 주었다.

'그런 뜻이 아니었다. 살살 다루려 했는데, 그럴 필요가 없겠다.'

두 장수가 한꺼번에 양쪽으로 갈라져 위로 솟구쳤다. 무영이 옆쪽으로 몇 걸음 물러서서 그대로 뛰어올랐다. 그 바람에 양쪽에 있던 두 장수가 한쪽에 몰려 있는 셈이 되어 버렸다. 바로 코앞에서 칼을 내리치는 장수를 향해 힘을 주고 있던 주먹을 휘둘렀다. 빛이 번쩍이고 '퍽!' 소리와 함께 장수가 휘청거렸다. 무영이 휘두른 기의 덩어리가 칼에 부딪혀 충격을 준 것 같았으나 장수는 타격을 입지 않은 것 같았다.

'흥, 제법이구나.'

장수가 다시 몸을 추스르는 사이 뒤에 있던 장수가 튀어나왔다. 순간적으로 뒤로 물러나며 팔을 휘둘렀지만, 왼팔에 뜨끔한 감각이 전해졌다.

'칼에 베였구나.'

팔을 돌아볼 새 없이 다시 칼날이 옆으로 치고 들어왔다. 몸을 틀어 피하면서 장수의 옆구리를 걷어차고 중심을 잃고 쓰러지는 장수를 향해 두 손을 모아 기를 쏘았다. '펑!' 소리가 나며 장수가 소멸되었다.

옆을 보니 어느새 몸을 추스르고 다가온 칼 든 장수와 언월도를 든 장수가 덤벼들고 있었다.

무영은 온 정신을 집중하여 두 장수의 움직임을 보면서 칼날을 피했다. 두 장수의 칼날이 눈앞을 지나가고 몸통을 향해 쉴 새 없이 날아들었다. 오른쪽으로 몸을 더 틀면 칼에 베일 것이고 왼쪽으로 몸을 틀면 언월도에 베일 것이라 초집중을 하며 방법을 생각했다.

무영은 아까처럼 위로 뛰어올랐다. 그리고 공중제비를 돌며 두 장수의 뒤로 가자 비로소 두 손을 자유롭게 쓸 수 있었다. 두 손을 힘껏 뻗자, 손바닥에서 눈 부신 빛이 발사되었다. 몸을 돌리던 두 장수의 얼굴에 빛이 정통으로 맞자, 신음 소리와 함께 얼굴을 감싸 쥐고 괴로운 듯 비틀거렸다.

이때를 놓치지 않고 두 손을 깍지 끼어 맞잡은 손을 후려치듯 칼 든 무사에게 내리쳤다. 굵직한 빛 덩어리가 칼 든 무사를 관통했다. 칼 든 무사는 외마디 소리를 남기고 소멸되었다. 비틀거리던 언월도 장수가 다시 자세를 잡기도 전에 무영이 쏜 커다란 빛 덩어리가 덮쳤다.

무영은 제자리에 서서 가만히 있었다.

천천히 눈을 떴지만 싸움의 여운이 꽤 남아 있었다. 싸우느라 기를 많이 소진한 탓인지 힘도 빠져 있었다. 칼에 베인 팔과 배가 따끔거리는 느낌에 만져 보니 피는 나지 않았지만, 기분이 좋지는 않았다.

별로 생산적인 싸움은 아닌 것 같은데……, 왜 이런 싸움을 해야 하는지 이해가 되지 않았고 수도를 방해하는 것치고는 너무 살벌하다는 생각이 들었다. 어쨌든 죽여야 끝나는 싸움이었으니 자신의 취향이랑 안 맞는 것 같았다. 그래서 서 선생님은 싸움을 피했다고 하셨구나. 그래서…….

"그렇지? 지고청아?"

'맞아요. 하지만 그 산을 넘지 않으면 다음 단계로 갈 수 없어요. 서금화 님은 거기서 멈춘 거고요.'

"그런 싸움이 무슨 의미가 있을까? 신들만 희생됐잖아. 뭐 진짜 죽지는 않았겠지만 말이야."

'아뇨. 진짜 소멸됐어요.'

"어? 정말……? 왜 그런 무모한 짓을 하는 거지?"

'전 모르죠, 왜 그러는지……. 그것보다 다음에 나타날 게 더 위험

할 텐데 걱정이네요. 이번에는 정말 용감하셨는데……. 그렇게 주저하지 않고 귀신들을 척결할 정도로 용감해지셨어요.'

"귀신이니까 그럴 수 있었던 거야. 사람이라면 그렇게 못했겠지."

'앞으로도 계속 그런 식으로 용감하게 싸우세요. 어차피 다 귀신이니까요.'

"그런데 몸에서 빛이 나고 팔을 휘두르니까 빛이 나가더라."

'기가 쏘아져 나가는 거예요. 기가 약하면 아무리 힘을 써도 아무것도 안 나가요.'

"귀신들은 왜 빛에 맞으면 소멸되지? 바람에는 밀리기만 하고 다시 덤비는데 빛에는 형편없이 당하던데?"

'귀신은 빛과 상극이잖아요. 해가 쨍쨍한 대낮에 다니는 귀신 보셨어요?'

"아!!! 그렇구나. 귀신은 빛에 치명적이지."

'바람을 일으키지 말고 빛을 사용하셔야 무기가 돼요.'

"그래서 내가 지금 힘이 빠져 있는 거지. 그 세 귀신들 처치하느라 기를 써서."

'네!'

"좀 더 수련한 후에 다음 귀신이 왔으면 좋겠다. 에이…… 귀신들 때문에 내 소중한 기를 쓰다니…… 이젠 안 왔으면 좋겠네."

'또 올 거예요.'

開壁 1上

초판 1쇄 인쇄 2024년 06월 21일
초판 1쇄 발행 2024년 06월 28일
지은이 박모은

펴낸이 김양수
책임편집 이정은
교정교열 연유나

펴낸곳 도서출판 맑은샘
출판등록 제2012-000035
주소 경기도 고양시 일산서구 중앙로 1456 서현프라자 604호
전화 031) 906-5006
팩스 031) 906-5079
홈페이지 www.booksam.kr
블로그 http://blog.naver.com/okbook1234
페이스북 facebook.com/booksam.kr
이메일 okbook1234@naver.com

ISBN 979-11-5778-651-0 (04800)
979-11-5778-650-3 (SET)